- Marie Antonini -

# L'étole de cachemire

## Ou le combat des femmes

Roman

Image de couverture Stéphanie Vantard

© 2025 Marie Antonini
Édition : BoD · Books on Demand, 31 avenue Saint-Rémy,
57600 Forbach, bod@bod.fr
Impression : Libri Plureos GmbH, Friedensallee 273,
22763 Hamburg (Allemagne)
ISBN : **978-2-3225-7336-3**
Dépôt légal : Mai 2025

« Certains personnages cités dans le livre ont existé et se sont rendus célèbres par leur action ou leur art, mais les situations de ce récit sont purement fictives et dans ce roman de forme uchronique, toute ressemblance avec des situations existantes ou ayant existé ne saurait être que fortuite. »

« Le Code de la propriété intellectuelle interdit les copies ou reproductions destinées à une utilisation collective. Toute représentation ou reproduction intégrale ou partielle faite par quelque procédé que ce soit, sans le consentement de l'auteur ou de ses ayants droit ou ayant cause, est illicite et constitue une contrefaçon, aux termes des articles L.335-2 et suivants du Code de la propriété intellectuelle. »

Tous les éléments composant ce livre sont le résultat de ma propre créativité et n'ont, en aucun cas, été générés par une intelligence artificielle.

# Présentation du roman

Nous sommes en 2025. Dans de nombreux pays, les femmes subissent des violences inacceptables. On parle encore d'un top 10 des pays les plus dangereux, les plus répressifs pour les femmes, avec l'Inde, l'Afghanistan, la Syrie, la Somalie en tête de liste...

Je tenais à rendre hommage aux féministes, aux suffragettes, aux femmes courageuses qui ont revendiqué le droit d'être les égales de l'homme.
Le terme de féminisme a été utilisé la première fois par Alexandre Dumas fils, avec un sens péjoratif dans un pamphlet antiféministe justement. Ensuite, Hubertine Auclert lui donne tout son sens actuel.
Le mot suffragette a déjà été connu en Angleterre à la fin du XIXe siècle, il s'agissait de militantes qui réclamaient le droit de vote.

Le féminisme a un sens beaucoup plus large, il se définit comme un ensemble de mouvements et d'idées philosophiques qui partagent un but commun : atteindre l'égalité politique, économique, culturelle, sociale et juridique entre les hommes et les femmes.
En reprenant cette histoire des femmes entre 1928 et 1940, je voulais montrer combien tout cela est fragile, combien de douleurs, de cris, de blessures parfois, il a fallu pour aboutir à un certain résultat. Je tenais aussi à rappeler que certains hommes ont lutté d'arrache-pied contre les libertés des femmes.

Le droit de vote, l'égalité des salaires, le droit à l'avortement...

Olympe, Louise, Alexandra, Marguerite, Claire, Marthe, Madeleine…

Rencontrer ces femmes courageuses, ces militantes a été pour moi un honneur chaque jour renouvelé. J'y ai ajouté Émilie, mon héroïne, native de Besançon, elle a côtoyé virtuellement toutes ces femmes. Et comme elle le disait si bien :

Le combat n'est pas terminé !

Marie Antonini

## Préface de Brigitte Pagnot, artiste peintre

On a beau dire, on a beau faire… Nous, les femmes, aurons toujours à nous battre pour qu'on nous reconnaisse à l'égal des hommes.

Je suis sensibilisée à l'Art depuis mon enfance. Je pense que les artistes féminines ne sont pas valorisées comme elles le méritent. Celles du XVIIe siècle à nos jours ont œuvré sans être reconnues dans ce domaine traditionnellement masculin (aussi bien en dessin, peinture, photographie, sculpture). À l'heure actuelle, on commence à les (re) découvrir grâce à des médias particuliers ou des collectionneurs qui les exposent au grand jour. Mais que de femmes battantes, artistes ou non, ont été ignorées, écartées ou méprisées du fait de leur sexe !

Certaines se sont fait connaître, mais tant d'autres sont restées dans l'ombre (de leur mari ou de leur maître, par exemple Camille Claudel).

Alors merci Marie, d'avoir dédié ton ouvrage à la gent féminine, d'avoir fait toutes ces recherches pour lui rendre hommage !

## Préface de Colette Roux

Merci à Marie,

Pour avoir fait revivre toutes ces grandes dames de la lutte des femmes pour leurs droits et leur dignité.
De Christine de Pisan à Olympe de Gouge, qui y laissa sa vie, en passant par Louise Michel, Marie Curie, et au XXe siècle, la voyageuse Alexandra David Néel... l'écrivaine Simone de Beauvoir, Joséphine Baker, Gisèle Halimi, etc. Comment les citer toutes ?

Merci de nous en avoir fait découvrir tant d'autres, moins connues, actives, opiniâtres, résistantes, comme les journalistes de La Fronde, sans oublier les anonymes, les domestiques, les cousettes, et aussi les faiseuses d'anges...
Grâce au personnage d'Émilie avec ceux, hommes et femmes qui l'entourent, Marie a su nous les rendre proches :
Tant d'histoires dans la grande Histoire !
Et c'est aussi un bel hommage à la sororité qui nous est si précieuse.
Jusqu'à nos jours, le combat continue : Me Too, les Femen. La vigilance est toujours de mise et les déclarations masculinistes nous le rappellent chaque jour !
Michelle Perrot, grande historienne de la vie des femmes, nous alerte sur la fragilité des conquêtes.
Alors, restons attentives et solidaires !

Préface de Isabelle Bruhl-Bastien, auteure

Au-delà d'être une belle histoire, ce nouveau roman de Marie Antonini est un livre passionnant tant au niveau historique que sociétal, psychologique, voire philosophique. Toutes les femmes, jeunes ou moins jeunes, ainsi que les hommes devraient le lire.

Ces femmes, peut-être nos mères ou nos grands-mères, se sont battues pour que nous puissions avoir des droits au même titre que la gent masculine. Cet ouvrage, très bien documenté, nous montre combien il était difficile pour une femme de se faire respecter, de s'exprimer ou de travailler.

Rien n'est acquis pour autant. Ce roman est malheureusement toujours d'actualité. Je ne peux que conseiller la lecture de « L'étole de cachemire ou le combat des femmes », un ouvrage qui va faire parler de lui. Merci à Marie pour sa confiance en me proposant de lire son manuscrit !

## Préface de Nathalie Faure Lombardot, auteure

Je fais partie de la génération X. Née de parents qui « ont vécu » 68, des parents jeunes, à l'esprit plus qu'ouvert ! La liberté des femmes, l'égalité homme/femme, je les croyais acquises et naturelles. Il m'a fallu attendre l'âge dit adulte, pour me rendre compte qu'il n'en était rien, et que les droits des femmes étaient pour la plupart récents ! Le droit de vote des femmes en France date de 1945. Le droit pour une femme d'ouvrir un compte en banque et signer un chèque sans l'autorisation de son mari ou de son père : 1965 ! Hier, quoi ! Mais pire ! Il a fallu attendre 1975 pour obtenir le droit d'avorter ! J'avais 6 ans ! Le droit de porter plainte pour viol contre son mari : un premier arrêt de la Cour de cassation date du 5 septembre 1990, puis un arrêt plus précis est signé en 1992 ! Ce n'est que depuis 2010 que la référence à la présomption de consentement disparaît (en cas de viol entre conjoints) ! On croit rêver, n'est-ce pas ? C'est pourquoi, quand Marie m'a parlé de son manuscrit, j'ai été emballée, enchantée et je la remercie pour ce beau récit de femmes, ce récit du combat qu'ont vécu nos grands-mères et arrière-grands-mères !
J'ai un respect et une admiration sans bornes pour les Louise Michel, Josephine Baker, Emmeline Pankhurst, Frida Kahlo, Marguerite Durand, Nellie Blye, Emma Goldman et autre Clara Zetkin, pour me limiter à cette époque de la fin du XIX$^{ème}$ et début du XX$^{ème}$ siècle.
Comme l'a dit Marguerite Durand (1864 – 1936), l'un des personnages « vrais » de ce roman, « *L'accès des femmes au journalisme moderne est l'une des conquêtes dont le féminisme est justement fier et dont le mérite ne peut lui être contesté.* »
Merci Marie, de rendre hommage, à ta façon, à ces femmes auxquelles nous devons tant

# La famille d'Émilie Carpentier au Manoir Besançon

| | |
|---|---|
| Honoré Carpentier | père d'Emilie |
| Joséphine née Dulac | mère d'Emilie |
| | Se sont mariés en 1904 |
| | |
| Adélaïde Carpentier | mère de Romuald, d'Honoré et de Caroline, grand-mère d'Émilie et Marie-Louise |
| | |
| Romuald | frère aîné d'Honoré et de Caroline |
| Thérèse | femme de Romuald |
| | |
| Caroline | sœur de Romuald et d'Honoré |
| | Veuve |
| | |
| Marie-Louise | fille de Caroline, cousine d'Émilie |
| | |
| Suzanne Dulac | sœur de Joséphine |
| Louis | fiancé de Suzanne |
| | |
| Raymond d'Albiny | ami d'Honoré, parrain d'Émilie |
| Yvonne | femme de Raymond d'Albiny |
| | |
| Marcelle et Éléonore | filles jumelles des d'Albiny |
| | |
| Jeannine | cuisinière au Manoir |
| | |
| Alvaro et Carmen | jardinier et femme de ménage au Manoir, parents de Pablo |
| Pablo Gomez | fils d'Alvaro et Carmen, ami d'enfance Émilie |

## À la pension Caspari - Paris rue Taitbout

| | |
|---|---|
| Marthe Caspari | logeuse |
| Jeanne | sa fille de 8 ans |
| Georgette | la cuisinière |
| | |
| Madeleine | 20 ans, petite main chez Jane Regny |
| Céleste | 19 ans, nurse dans une famille du 16$^e$ |
| Nestor | 25 ans, artiste peintre, caricaturiste |
| Marcel | 32 ans, écrivain |
| Jean | 28 ans, bouquiniste |
| Victor | la trentaine, clerc de notaire |
| Charlotte | 30 ans, couturière |

## Au journal La Fronde

| | |
|---|---|
| Marguerite Durand | directrice. Libertaire |
| Betty | rédactrice |
| Séverine | écrivain, journaliste. Libertaire |
| Madeleine Pelletier | médecin, journaliste, essayiste. Libertaire |

## Au journal La Française

| | |
|---|---|
| Cécile Brunschvicg | directrice, journaliste féministe |
| Blanche | secrétaire de rédaction |
| Bernadette | secrétaire de rédaction |

## Chapitre 1

Le soleil d'août dardait ses rayons sur le jardin fleuri. Émilie attrapa sa capeline en paille et descendit les marches de la terrasse. Sa robe claire virevoltait autour de ses fines chevilles. Elle chantonnait. Dix-huit ans ! Elle avait dix-huit ans aujourd'hui ! Ses parents avaient organisé un repas de famille, et dans quelques heures, ils seraient une douzaine à l'applaudir au moment où elle soufflerait ses bougies devant l'énorme gâteau préparé par Jeanine la cuisinière. Elle avança entre les rangées de buis parfumés et ferma les yeux. Comme elle aimait l'odeur caractéristique de ces plantes ! C'étaient de douces réminiscences de son enfance lorsqu'elle jouait à cache-cache avec sa cousine Marie-Louise. Un merle siffleur lança ses vocalises depuis le noisetier, elle s'immobilisa quelques instants pour l'écouter.
Le domaine de ses parents se situait à Besançon, dans un quartier boisé à la sortie de la ville. La maison familiale, surnommée le Manoir par les riverains, avait été construite en 1842 par l'aïeul d'Honoré Carpentier. C'était une bâtisse massive en pierres meulières que le temps avait ternies et rendues grises.

Honoré, le père d'Émilie, s'était conduit en héros durant la dernière guerre. Militaire de carrière, il avait mené, en compagnie du général Nivelle, la bataille du Chemin des Dames, en avril 1917. Blessé pendant une attaque en 1918, il était rentré à Besançon pour y retrouver sa jeune épouse Joséphine et leur fillette Émilie, alors âgée de onze ans. Il se lança dans les affaires en 1920, et fit de l'importation de spiritueux d'Espagne, puis profitant de l'américanisation progressive, grâce à un moderne réseau de transport, il fit venir aussi de nombreuses marchandises des États-Unis et d'Asie. Il s'absentait parfois de longs mois afin de rencontrer tel ou tel interlocuteur étranger susceptible de lui procurer de nouvelles denrées.

Émilie n'appréciait pas trop l'architecture du Manoir, elle aurait préféré une maison plus modeste, mais elle adorait le parc, les saules pleureurs proches du Doubs, les bancs de pierre nichés sous les chèvrefeuilles ainsi que la roseraie, soignée depuis toujours par Alvaro, le vieux jardinier. Celui-ci était arrivé en France en 1903, il avait fui le règne chaotique du roi Alfonso XIII. Parvenu à Besançon pendant l'hiver 1905, il avait cherché du travail. Joséphine, désirant une personne qualifiée pour entretenir la propriété, avait eu vent de ses compétences au cours d'un après-midi au salon de thé du centre-ville. Sa belle-mère, Adélaïde lui avait conseillé de prendre le vigoureux espagnol à son service. Sa femme, Carmen faisait le ménage de l'aïeule. Alvaro, dans la force de l'âge, s'installa avec son épouse dans la maisonnette au bout du terrain. Le cabanon fut restauré, et au printemps 1910, naquit leur fils Pablo.

Émilie marcha jusqu'au bassin, elle s'assit sur le banc et s'abandonna à rêver. Elle n'entendit pas le crissement des pas de Pablo qui posa en douce les mains sur ses yeux. Surprise, elle cria, puis se mit à rire.

— Pablo ! Tu m'as fait peur !
— C'était le but ! Bon anniversaire Émilie !

Il lui tendit un bouquet de cinq roses blanches.
— Oh, merci, elles sont magnifiques !
— En fait, je les ai prises dans votre roseraie !
— C'est l'intention qui compte, merci ! Je dois y aller, les invités vont arriver. À bientôt ! Pablo, donne le bonjour à tes parents !
Elle s'éloigna dans un léger froufroutement laissant derrière elle des effluves parfumés que Pablo respira les yeux fermés.

La grand-mère Adélaïde bouchait la porte avec son imposante stature, elle était vêtue de la même robe qu'au mariage de son fils Honoré, en 1904. C'était une jupe noire très longue, ornée de plusieurs volants, surmontée d'un corsage piqué de plis, dont le col enserrait la gorge, ce qui n'avantageait pas son double menton. Elle relevait ses cheveux à la mode du début du siècle, faisant dire à Émilie, « Grand-maman est restée bloquée en 1900, elle n'a pas quitté son corset ni son ombrelle ! »
— Émilie, ma petite-fille ! Déjà dix-huit ans !
— Bonjour, Grand-maman, comment allez-vous ?
Autour de la table se trouvait, Raymond d'Albiny, le parrain d'Émilie, ami de la famille. Émilie le surnommait « monsieur n'est-ce pas », car il ponctuait chacune de ses phrases par cette expression. Il était accompagné de sa femme Yvonne, une personne effacée et maigrichonne, qui opinait de la tête dès que son mari ouvrait la bouche, et de deux de leurs enfants, Marcelle et Eugénie, des jumelles de douze ans. Elles étaient habillées de la même robe de forme droite, manches ballons et col rond. Celle de Marcelle était bleue, celle d'Eugénie, jaune pâle. Les gamines se tenaient raides sur leur chaise et ne bougeaient pas. Émilie tenta de leur parler, mais elles respectaient les consignes de leur mère, « Soyez sages, je ne veux pas avoir de remarque à vous faire ! »

Face à Émilie, sa tante Suzanne, la plus jeune sœur de Joséphine, buvait du vin avec délectation. Elle s'entretenait avec Adélaïde. C'était une jolie femme, âgée de vingt-cinq ans, célibataire. Elle était sortie de l'École Normale d'institutrices en 1922 et avait un poste dans une institution privée de Besançon.
Au moment du dessert, Adélaïde se leva, embrassa sa petite fille et annonça :
— Nous allons pouvoir trouver un bon mari à cette jeune fille !
Les jumelles pouffèrent, puis s'arrêtèrent aussitôt, le regard implacable de leur mère avait de quoi les terroriser.
Suzanne s'esclaffa, Émilie se dressa sur sa chaise et hurla :
— Ah, ça non ! Il n'en est pas question. Je vais poursuivre mes études !
— Tu as obtenu tes baccalauréats en juillet, cela ne te suffit donc pas ? Une femme n'a nul besoin d'être trop instruite !
Émilie lança son regard « au secours » à son père. Honoré sourit, leva son verre de champagne en disant :
— Bon anniversaire, ma Mimi !
Il se retourna pour attraper un paquet derrière lui, le tendit à sa fille. Elle fit le tour de la table, embrassa ses parents, se réinstalla et ouvrit la boîte. Elle en sortit une large écharpe, douce, mousseuse et fine à la fois. Elle était dans un dégradé de tons qui évoquaient une forêt d'automne et un coucher de soleil d'été qui seyaient parfaitement à son teint frais. Elle frotta le superbe châle moelleux contre son visage. Sa mère lui dit :
— C'est une étole en cachemire, ton père l'a ramenée de Srinagar au printemps, il l'a choisie spécialement pour toi !
— Elle est magnifique, je l'adore ! Elle la jeta sur ses épaules, les longues franges de laine descendaient jusqu'à ses mollets.
— Quel joli tissu, n'est-ce pas ? interrompit Raymond.

Suzanne offrit une pochette en papier, Émilie s'en empara, l'ouvrit avec empressement. Depuis toujours les cadeaux de sa tante avaient un modernisme d'avant-garde. Elle découvrit un livret d'une auteure qu'elle ne connaissait pas. Elle lut à haute voix :
— Appel d'une femme au peuple sur l'affranchissement de la femme. Claire Demar.
— Quelles idées allez-vous encore lui fourrer dans la tête ? maugréa Adélaïde.
— N'est-ce pas elle qui s'habillait en bleu, blanc, rouge et mettait son nom sur son plastron ? J'avais lu un article sur elle, c'était une journaliste des années 1830, ajouta Joséphine.
Raymond d'Albiny opina. Son visage restait de marbre et nul ne pouvait y déchiffrer quelconque manifestation d'accord ou de désaccord. C'était comme si cette conversation ne l'intéressait pas. D'ailleurs, il se pencha vers son ami Honoré son verre de champagne à la main :
— À la santé de notre petite Émilie ! N'est-ce pas ?
Il se tourna vers son épouse :
— Elle a encore grandi, n'est-ce pas ?
Les jumelles avaient déjà dévoré leur part de gâteau. Elles demandèrent discrètement à Yvonne si elles pouvaient aller au jardin. Elles sortirent en riant et se bousculant.
Après avoir remercié Suzanne, Émilie consulta le livre en silence. Soudain, elle lut à haute voix :
— « L'individu social, ce n'est pas l'homme seulement ni la femme seulement. L'individu social, c'est l'homme et la femme. Cependant, nous sommes les esclaves des hommes dont nous sommes les mères, les sœurs et les épouses, mais dont nous ne voulons plus être les très humbles servantes ! »
— De l'hérésie ! ronchonna Adélaïde, depuis que le monde existe, la femme est faite pour être une mère et une épouse, on sait tous cela. Si elle avait été conçue pour devenir

ingénieure, journaliste ou cheminote, Dieu lui aurait donné de gros bras et un cerveau plus développé !
— Je vais dire que je n'ai rien entendu, Grand-maman ! répondit Émilie.
Suzanne et Joséphine rirent aux éclats. Honoré se racla la gorge et lança :
— Qui reprendra du café ?
Pour lui, la diversion restait la meilleure solution pour éviter les débordements de sa mère.

L'après-midi s'écoula plus calmement, puis Honoré raccompagna Adélaïde en voiture. Il possédait une Citroën B10 noire qu'il choyait comme son bébé. L'aïeule résidait au centre de Besançon dans un bel immeuble de la Grande rue, au numéro 132, non loin de la maison natale de Victor Hugo, ce dont elle était très fière. Elle n'hésitait pas à préciser, chaque fois qu'elle parlait de son appartement : « Tout près de là où ce cher Victor Hugo vit le jour ! »
De son côté, la famille d'Albiny s'éloigna à pied, elle habitait non loin des Carpentier dans une demeure cossue au bord du Doubs.
Suzanne flâna dans le jardin avec sa nièce poursuivant leur discussion. Émilie avait pris sa décision, elle irait à l'École Normale d'institutrices. Restait à convaincre ses parents, mais elle n'était pas très inquiète, Honoré adorait sa fille et Joséphine regrettait de ne pas avoir fait de longues études. Elle avait hésité entre l'enseignement, la médecine ou encore les recherches scientifiques. Elle vénérait par ailleurs Marie Curie, si remarquable et si savante. Après tout, elle était la première femme à avoir reçu le prix Nobel de chimie en 1911 !
Elles s'installèrent côte à côte sur le banc. Au loin, Pablo désherbait un carré de pré, sans doute pour y semer quelques légumes.

— Je voulais te confier mon admiration pour une personne hors du commun, commença Suzanne. As-tu lu les articles relatant les exploits d'Alexandra David Néel ? Cela te rappelle quelque chose ?

— Il me semble avoir vu une photo d'elle sur un Figaro de cette année. Attends, elle est journaliste ?

— Elle est, comment dire, exploratrice, féministe, écrivaine, orientaliste, et… mais n'en parle pas à ton père, franc-maçonne !

— Oui, je sais, elle est allée en Inde, en Chine, elle est bouddhiste, non ?

— Plus encore, elle a rencontré le Dalaï-lama et, tiens-toi bien, c'est la première femme à être entrée dans Lhassa ! Elle n'est plus très jeune, il me semble qu'elle approche les soixante ans. Je te trouverai des journaux sur ses exploits !

— Je suis déjà passionnée, il me tarde de lire tout cela !

Elles se levèrent et toujours bavardant, regagnèrent la terrasse où les attendaient Joséphine et Honoré.

— Je dois vous quitter, dit Suzanne, je vais retrouver une amie, nous avons rendez-vous pour une réunion de… elle bafouilla, et se reprenant, ajouta, de militantes !

— De féministes, tu veux dire, l'interrompit Joséphine.

— C'est cela, grande sœur. C'est une conférence d'une Anglaise qui soutient le droit des femmes, elle défend particulièrement les ouvrières. Elle s'appelle Annie Besant. Comme elle ne fait qu'une seule tournée en province, nous avons l'opportunité de la voir aujourd'hui.

— Oh, j'aimerais venir avec toi, comme ce doit être passionnant ! s'écria Émilie.

— Désolée ma cocotte, je n'ai pas de place pour toi, mais rassure-toi, il y en aura d'autres. Je pense que nous aurons la chance de rencontrer l'aventurière marcheuse Alexandra David Néel !

— Si elle revient en France…

Suzanne les quitta, le soleil était déjà très bas à l'horizon. Émilie pénétra dans la grande maison et, se précipitant dans l'office, demanda à Jeanine la cuisinière s'il restait du gâteau.
Elle le mit sur un plat, le couvrit d'un torchon et sortit. Elle traversa le jardin, dépassa les buis, longea le banc, arriva vers le bassin. Une grenouille, surprise, plongea au cœur des nénuphars. La jeune fille déboucha devant la chaumière des Gomez. Elle frappa, Carmen ouvrit la porte, un sourire rayonnant barrait son beau visage bronzé.
— Émilie, quelle joie de te recevoir ! Entre, je te prie. Les garçons viennent de terminer leur travail.
Elle appela :
— Pablo, descends ! Nous avons de la visite !
Alvaro apparut, il s'était rafraîchi, sa figure était encore humide. Il s'excusa, mais Émilie se leva et posa un baiser sur sa joue rugueuse. Au moment où elle se retourna, Pablo faisait irruption dans la pièce. Elle l'embrassa aussitôt, il rougit légèrement. Carmen montra le plat de gâteau :
— Nous sommes gâtés, quel bon dessert pour notre souper ! Alvaro, sors donc le vin doux de Malaga, nous allons fêter les dix-huit ans de cette demoiselle ! Pablo, apporte les verres à pied de Tia Adélina !

Pablo avait soufflé ses seize bougies en mars. C'était un grand gaillard, il avait de beaux yeux noirs, des cheveux bruns bouclés et abondants comme ceux de Carmen. Il avait interrompu ses études pour venir seconder son père. Il regrettait un peu d'avoir arrêté le collège, il était bon élève et aurait aimé devenir ingénieur dans les automobiles. Cependant, la perspective de travailler dans les parages d'Émilie avait compensé son dépit. Depuis sa plus tendre enfance, il l'adorait. Il la trouvait différente des autres filles, plus modérée, plus intelligente aussi.

Émilie annonça son souhait d'entrer à l'École Normale d'institutrices, ici à Besançon.
— Tu deviendras une maîtresse, c'est bien, c'est une énorme responsabilité, dit Alvaro avec son fort accent espagnol.
Alvaro avait beaucoup vieilli ces dernières années. Il toussait beaucoup, Carmen avait craint pour lui, mais le médecin l'avait rassurée. Son mari avait trop fumé, il lui faudrait des mois pour éliminer tout le goudron de ses poumons.
Le vin de Malaga était délicieux, Émilie appréciait les moments passés avec le jardinier et sa famille. Il racontait les déboires de leur roi Alphonse XIII, la pauvreté généralisée dans la province de Teruel. Alvaro narrait son franchissement des Pyrénées, seul, à pied, la peur au ventre, sans victuailles et avec des chaussures trouées. Carmen le réprimandait :
— Ya lo has dicho diez veces ! (*Tu l'as déjà dit dix fois*)
L'homme se taisait et buvait doucement son nectar.
Émilie se leva, la nuit tombait, elle devait rentrer à présent. Carmen ordonna à Pablo de raccompagner la jeune fille. Après les « au revoir », ils sortirent tous les deux. Ils traversèrent le pré en silence et longèrent la mare. Arrivés au niveau des buis, Émilie se tourna vers le garçon et lui dit qu'il pouvait s'en retourner, elle n'était plus très loin. Il se pencha, l'embrassa sur la joue et fit rapidement demi-tour.
Honoré accueillit sa fille, il attendait derrière la porte.
— Ils vont bien nos amis ?
— Oui, très bien, tu connais Alvaro, il commence à raconter, encore et encore, je n'ose pas l'interrompre. Carmen, lui a dit un truc en espagnol, il s'est arrêté aussitôt ! Ils rirent.
Jeanine fit irruption, l'air furibond, elle regarda Honoré :

— Vous voulez manger à quelle heure ? C'est un peu compliqué aujourd'hui, ça va, ça vient, je ne sais plus ce que je dois cuisiner ! Il est déjà dix-neuf heures trente !
Joséphine sortit du salon, en souriant, elle répondit calmement :
— Ne vous énervez pas, Jeanine, on dinera comme à l'accoutumée, à vingt heures. Un potage serait le bienvenu. C'était très bon, le déjeuner, merci beaucoup !
Le ton de la cuisinière s'adoucit d'un coup :
— Ah, une soupe, vingt heures, ce sera fait. Courgettes, carottes, pommes de terre, cela vous convient-il ?
— Parfait, c'est parfait, merci !
Émilie ajouta :
— Le gâteau était formidable, un délice, tout le monde l'a apprécié, merci Jeanine !
— Ah ! Ça me fait plaisir, au fait, bon anniversaire, mademoiselle Émilie !
— Juste, Émilie, pas mademoiselle !
— Ah ! J'ai du mal.
Jeanine pivota et fila en direction de l'office.
Honoré rit, puis il s'empara d'une boîte à cigares, en sortit un Joya du Nicaragua offert par un ami commerçant. Émilie observa le rituel de son père. C'était un véritable cérémonial qui la fascinait depuis sa plus tendre enfance. Petite, elle restait là, sur une chaise, subjuguée et silencieuse. Elle ne perdait aucun des gestes savants et rigoureux de son père. Il se munit d'un coupe-cigare chromé, ses mouvements étaient lents et précis, il trancha délicatement, mais franchement l'extrémité, puis l'alluma à l'aide d'un magnifique briquet recouvert de cuir. Il chauffa doucement le pied du cigare, l'amena à ses lèvres et tira quelques bouffées tout en maintenant la flamme. La fumée s'éleva alors, odorante et bleuâtre. Honoré se recula dans le creux du fauteuil et ferma les yeux. Les deux femmes n'osaient plus bouger de peur de perturber son plaisir, son instant de

grâce. Elles se regardaient en souriant. Après quelques minutes, il les observa :
— Ce fut une belle journée, n'est-ce pas ma fille ?
— Oui, nous avons passé de bons moments, je suis heureuse d'avoir revu tante Suzanne !
— Ma sœur est un phénomène ! ajouta Joséphine.
Puis, se tournant vers Émilie :
— J'ai bien compris que tu veux enseigner, comme elle ?
— Ça me plairait beaucoup. Je rentre à l'École Normale en septembre…
— Tu as fait toutes les démarches sans rien nous dire ?
— C'est-à-dire… Ça s'est enchaîné avec les résultats des baccalauréats.
— C'est très bien, très bien Mimi ! ajouta le père en rallumant le reste de son cigare.

## Chapitre 2

Assise sur le banc de pierre, Émilie était en grande conversation avec sa cousine Marie-Louise.
Elles avaient toutes deux le même âge. Émilie venait de fêter ses vingt-deux ans, Marie-Louise allait les avoir en septembre. Elles étaient très ressemblantes, si ce n'était la couleur des cheveux. Émilie était blonde, elle avait une coupe au carré assez raide, Marie-Louise, brune et ronde de visage, portait une superbe toison frisée jusque sur les épaules.
Elles ne s'étaient pas vues depuis l'entrée à l'École Normale d'Émilie. Et aujourd'hui, son diplôme d'institutrice en poche, elle avait décidé de ne pas enseigner. Avant d'annoncer ses nouvelles intentions à ses parents, elle voulait en discuter avec sa cousine.
— Je ne sais pas comment va réagir mon père. Il m'a toujours un peu couvée…
— Certes, mais il t'adore et acceptera tes choix, ajouta Marie-Louise.
— J'ai parlé à Suzanne, elle pense que mon projet me correspond parfaitement. Elle a de nombreuses adresses à Paris, je ne serai pas seule. Depuis que j'ai lu cette revue, je me dis que ma place est là, dans cette rédaction ! Et même si je dois juste balayer les bureaux pour commencer !

Elles rirent. Marie-Louise observait Émilie et imitant Adélaïde, répliqua :
— Tu vas monter à Paris ? Mais quelle horreur, c'est une ville de perdition, tu vas devenir comme ces mauvaises filles, celles qui fument et revêtent des pantalons, une gourgandine !
Elles s'esclaffèrent.
— Sais-tu, chère cousine, que j'ai consenti, à contrecœur bien sûr, à rencontrer deux garçons envoyés par ma grand-maman ?
— Ah, pauvres de nous, moi aussi. Vas-y, raconte !
— Gaspard Falot, il porte bien son nom, celui-là, crois-moi ! Une chiffe molle, maigre comme un clou. Il m'avait emmenée au cinéma voir Loulou, le film avec Louise Brooks. J'étais ravie de ce choix, ce film est formidable. Pendant la séance, il malaxait mon genou, triturait ma jupe et, imagine, il a même essayé de m'embrasser à la fin ! Adieu Gaspard Falot ! Et toi, quel beau ténébreux grand-maman t'a-t-elle offert ?
— J'ai vu Victor Rougeaud, lui aussi est le bien nommé. Visage rubicond, il respire fort, mais quelle haleine détestable ! Il fume sans arrêt des cigarettes qui dégagent une odeur pestilentielle. Sa moustache est décolorée par le tabac. Il m'a invitée à boire un thé au centre-ville. Une fois assise en face de lui, j'eus droit à son pied sur le mien. Il me donna des coups de genoux et sa main moite et boudinée qui cherchait la mienne sans relâche, enfin un festival de maladresses grossières. Je ne l'ai pas revu. Alors, tu as parlé de deux gars, qui est le second ?
— Tu vas mourir de rire, un certain Victor Rougeaud ! Même comportement, pot de colle à souhait. Pauvre grand-maman !
— Elle n'est pas de ce siècle, c'est compliqué pour elle ! Raconte-moi des choses sur ce journal qui t'attend, ou pas, à Paris.

— J'ai eu connaissance, par cette chère Suzanne, que la rédaction de La Fronde cherchait de la main-d'œuvre, féminine, évidemment. Le quotidien a beaucoup de difficultés depuis la guerre. C'est un hebdomadaire qui a été fondé en 1897. Au début, il ne paraissait qu'une fois par mois.
— Revue féministe ?
— Bien entendu ! Et le personnel au grand complet est composé de femmes, que des femmes, des vieilles, des jeunes ! Même à l'atelier, ce sont des femmes, typographes, imprimeuses, colporteuses, partout, des femmes !
— Génial ! Crois-tu qu'il y aurait de la place pour moi ? Je rêve de tout quitter et je t'accompagnerais volontiers à la capitale ! Après tout, j'ai en poche un diplôme de secrétaire et je ne me plais guère dans l'entreprise de meubles de mon oncle Romuald.
— Euh, et ta mère ? Et notre grand-maman ? Émilie se jeta dans les bras de Marie-Louise et hurla : nous partirons ensemble pour Paris !
Au fond du jardin, Pablo taillait les rosiers, il se retourna en entendant les cris et se rapprocha. À vingt ans, il s'était métamorphosé en un superbe jeune homme. Il rit et demanda :
— Tout va bien, les cousines ?
— Tout va très bien, Pablo. Marie-Louise et moi projetons d'aller travailler à Paris dès cet automne. Et je suis ravie qu'elle m'accompagne !
Le sourire quitta le visage de Pablo, il devint livide.
— Émilie, tu as l'intention de partir ? Et l'enseignement ? Et ton diplôme ? Que vas-tu faire à Paris ?
— Je… enfin… nous allons entrer dans une rédaction de journal. Mon rêve est d'être reporter !
— Et ce n'est pas n'importe quelle revue, c'est un hebdomadaire féministe ! renchérit Marie-Louise.
— Je ne te comprends pas, tu es bien ici, à Besançon…

— J'ai envie d'autre chose, Pablo, j'ai besoin de participer à l'éveil du monde, contribuer à changer le regard de l'homme sur la femme. Je désire être, moi aussi, porte-parole de tous les partis philogynes. La Fronde, c'est le nom du journal, mais rassure-toi, il ne se veut pas pamphlet contre les hommes, juste anti-tyrans !

— D'accord. Mais tu n'as pas peur d'aller dans cette grande ville ? Paris n'est pas Besançon !

— Je serai avec Marie-Louise ! Suzanne nous a déjà communiqué des adresses pour se loger.

— Tes parents, ou plutôt, vos parents sont au courant ?

— Ça ne va pas tarder, Pablo !

Il s'éloigna sans se retourner et sans même les saluer.
Marie-Louise observa sa cousine, puis elle dit doucement :

— Tu as rendu Pablo très malheureux, il est amoureux de toi, ça se voit !

— Tu plaisantes ! Nous sommes amis d'enfance et de jeux. Non, il n'est pas épris de moi !

— On en reparlera, il est parti très triste, je l'ai senti !

— Bah, il s'en remettra. Sais-tu que j'ai deux paires de pantalons dans ma garde-robe ? Je les ai fabriqués avec l'aide de Jeanine. Il a fallu que je la bouscule un peu, elle ne voulait pas me prêter la machine à coudre. Elle n'y a consenti que parce que j'en ai discuté avec maman.

— Tante Joséphine adorerait en porter, j'imagine !

— Elle les a essayés, ça lui va à ravir. Mais papa n'est pas encore mûr. Cela viendra, j'en suis certaine, d'ici quelque temps, il lui en offrira une paire, ajouta-t-elle en riant.

La discussion avec Honoré et Joséphine fut toutefois un peu houleuse, ils ne comprenaient pas cet engouement soudain de leur fille pour le journalisme. Les arguments d'Émilie finirent cependant par les convaincre, Marie-Louise l'accompagnerait dans cette aventure, cela les rassurait. Il était vingt-trois heures, la conversation avait duré plus de deux heures. Honoré s'empara de son précieux coffret à cigares, signe que le débat était clos, il prit un Monte Cristo de La Havane, il venait d'en recevoir une pleine boîte de son ami Eusébio Yumara. Son cérémonial commença. Calé au fond du fauteuil, il ferma les yeux. Ne voulant perturber ce moment de sérénité, Joséphine chuchota qu'elle allait se coucher et Émilie sortit observer les étoiles, elle avait besoin de réfléchir. Elle avait écrit au journal deux semaines auparavant et espérait avoir convaincu la directrice Marguerite Durand de l'embaucher.

Elle ouvrit la porte-fenêtre, il soufflait un vent frais pour une fin d'été, elle attrapa l'étole en cachemire restée sur un siège de la terrasse et la jeta sur ses épaules frissonnantes. La nuit était claire, la lune pleine brillait au-dessus des arbres. Elle marcha dans la pénombre jusqu'à son banc préféré sous le chèvrefeuille. Elle s'assit et leva le nez en direction de la voute céleste. L'inquiétude grandissait, ce futur inconnu qui l'attendait lui causait des angoisses malgré l'excitation. Son attitude confiante des heures précédentes avait totalement disparu. Elle respirait fort en se répétant, j'ai fait le bon choix, tout va bien aller. Je vais rencontrer des femmes exceptionnelles ! Un bruit dans les fourrés la fit sursauter, le cœur battant elle scruta les taillis vers la mare et vit une silhouette qui approchait.

Pablo parla doucement :

— N'aie pas peur Émilie, c'est moi. Puis-je m'asseoir près de toi ?

— Viens. Pourquoi n'es-tu pas encore couché ?

— Je ne parvenais pas à trouver le sommeil. Je pensais à ce que tu as dit tantôt… Je ne peux croire que tu vas quitter la maison. Tes parents ont accepté ?

— Oui, la décision fut douloureusement entérinée. Nous partirons sans doute en septembre, j'attends une réponse du journal. Tu sais, Pablo, il s'agit de mon avenir, mes

convictions tu les connais. Tu te doutais que je ne resterais pas ici.
— C'est vrai. J'avoue que je n'avais pas envie que cela change. On... on s'entend bien toi et moi.
— Je reviendrai. En train, le voyage n'est pas si terrible !
Ils bavardèrent tranquillement pendant une heure. Émilie se leva et posa un rapide baiser sur la joue de son ami. Il s'éloigna à son tour et regagna la chaumière au fond du parc.

Les jours suivants, Émilie guetta le passage du facteur. Ce mercredi, Jeannine poussa la porte de la grille et discuta quelques minutes avec lui. Il confia une grande enveloppe, en pénétrant dans la maison, elle appela :
— Émilie, il y a une lettre de Paris pour vous !
La jeune fille se précipita et courut s'asseoir au salon avec le précieux courrier. Joséphine la rejoignit et patienta. Elle scrutait son visage. Soudain, Émilie sourit, la regarda et s'écria :
— Maman, je suis prise à la Fronde ! Marie-Louise aussi, la rédaction a besoin d'une secrétaire ! Nous sommes attendues le lundi 21 septembre à 9 heures ! C'est une lettre signée de Marguerite Durand et de la journaliste Caroline Rémy.
— C'est bien, vous aurez le temps de préparer vos bagages. À présent, il vous faut un logement. Ton père pourra t'aider pour cela, il a de nombreuses connaissances à Paris. Dis-moi, où se situe la rédaction de La Fronde ?
— C'est au... elle consulta le courrier, au 14 de la rue Saint-Georges, dans le 9$^e$ arrondissement. Maman, puis-je utiliser le téléphone ? Je dois appeler Marie-Louise.
— Honoré est dans son bureau, va frapper à la porte.
Marie-Louise hurla de joie, elle cria tellement dans l'appareil qu'Émilie fut obligée de l'éloigner de son oreille.

Elles décidèrent de se retrouver le jour même afin de discuter de leur projet.

L'après-midi, elle lut le courrier à voix haute, sa cousine l'écoutait attentivement. Il était précisé que les deux jeunes femmes remplaceraient des journalistes devant quitter la rédaction pour de plus importantes responsabilités. Madame Durand expliquait que la revue avait été créée en décembre 1897. Autour de 1900, certains numéros furent vendus jusqu'à 50 000 exemplaires, mais depuis la fin de la guerre, le féminisme n'était plus très à la mode, de quotidien, le périodique était alors devenu mensuel. Malgré cela, elle faisait face à de grandes difficultés financières. Elle comptait beaucoup sur ces jeunes personnes pour redynamiser la rédaction et en relancer la diffusion. Elle conclut en ajoutant : « *Nous lutterons pour la femme écrivaine, rédactrice qui veut placer sa copie, pour l'ouvrière qui veut un salaire égal à celui de l'homme, pour la femme qui veut avoir des possibilités d'être épouse et mère. Il faut donner une idée de l'importance du travail produit par les femmes dans notre chère patrie où on ne parle que de la grâce, du charme, des séductions et autres mièvreries.* »

— Cette fois, Émilie, nous devenons des grandes filles. Regarde la liste de celles qui ont façonné cette revue depuis 1897 ! Elle énuméra, Jeanne Caruchet, morte en 1906, professeure de lettres, elle a écrit sur l'avortement ! Jeanne Chauvin, elle défend le droit des femmes d'exercer la profession d'avocat. Tiens, Alexandra David Néel, ton héroïne, journaliste, anarchiste, exploratrice… Clotilde Dissard se battait pour la protection de leur travail. Jeanne Loiseau, celle qui se faisait appeler Daniel Lesueur. Oh, écoute, elle fut la seule à intervenir à la tribune de séances plénières du congrès international du commerce et de l'industrie au moment de l'exposition universelle de 1900 ! Madeleine Pelletier…

— Je connais ce nom, ma tante Suzanne m'en a déjà parlé, j'en suis sûre.
Honoré entra dans la pièce et les interrompit :
— C'était la première femme médecin diplômée en psychiatrie. Elle était pauvre, contrairement à beaucoup de féministes du début du siècle. Je sais qu'elle était partie en Russie juste avant la fin de la guerre, elle croyait dur comme fer à l'idéal communiste. Elle pratiqua son métier tout en faisant des conférences et en participant à ce journal. Vous allez sans doute la rencontrer. Ce n'est pas n'importe qui. Il me semble avoir lu quelque part qu'elle est née en 1874.
— Comme toi, papa ! Mais comment a-t-elle pu fréquenter la faculté de médecine si sa famille était pauvre ? demanda Émilie.
— Le docteur qui s'occupait de sa mère gravement malade a senti le potentiel intellectuel de Madeleine. C'est lui qui a financé ses études, elle a pu devenir praticienne. En 1902, il y eut des manifestations de soutien des féministes érudites, car elle avait voulu s'inscrire aux épreuves des internats des asiles, mais on lui avait refusé au prétexte que le concours était réservé aux personnes jouissant de leurs privilèges politiques, englobant, évidemment, le droit de vote. Voilà, le droit de vote des femmes n'est pas encore pour demain. Et je le regrette.
— Nous allons essayer de changer tout cela, mon oncle !
— Vous ne l'avez pas connue, mais une Vosgienne fut la première à obtenir le baccalauréat en 1861, elle avait trente-sept ans ! Elle avait fréquenté la Sorbonne alors que ce n'était pas autorisé aux filles.
— Comment se fait-il qu'elle l'ait eu à cet âge ? demanda Marie-Louise.
— On lui refusait, elle a réclamé pendant plus de dix ans, on lui répondait que les femmes n'avaient pas besoin de ça ! Je crois que c'est l'impératrice Eugénie qui est intervenue, et enfin, elle a reçu son diplôme ! Elle était saint-

simonienne, comme beaucoup de ses contemporaines. Je vous la cite parce qu'elle fut journaliste et militante du droit des femmes !
— Quelle personne merveilleuse ! J'admire nos sœurs ainées qui ont ouvert des portes et bousculé les hommes. Dans quelle revue travaillait-elle ?
— Je ne sais pas trop, elle était très pieuse, elle parlait beaucoup de l'enseignement des jeunes filles. Ah, je crois qu'elle avait écrit des articles dans « La Presse ». Tout ça, c'était avant 1900. Elle est décédée avant ses soixante ans.

Marie-Louise démissionna de son emploi chez son oncle Romuald. Il était le frère ainé d'Honoré, il avait soixante-deux ans et possédait l'entreprise de leur père. À la mort de ce dernier, Adélaïde n'avait pas laissé le choix à son grand. Il allait reprendre l'ébénisterie. Romuald était doué pour les affaires, il s'était entouré d'ouvriers d'excellence et l'avait fait prospérer. Quand la fille de sa sœur Caroline avait frappé à sa porte, il avait accepté de l'engager, elle seconderait l'actuelle secrétaire. Il avait néanmoins bien compris que sa nièce ne resterait pas dans les meubles toute sa vie, aussi, lorsqu'elle lui confia son envie de « voir ailleurs », il l'encouragea.
Émilie et Marie-Louise se retrouvaient au Manoir tous les matins afin d'organiser au mieux les préparatifs de leur nouveau départ.
Adélaïde débarqua un après-midi où toutes deux écrivaient la liste des choses indispensables à emmener. La grand-mère bouscula Joséphine en hurlant qu'elle voulait s'entretenir sur-le-champ avec son fils. Honoré sortit de son bureau alerté par le boucan. Il eut à peine le temps de prononcer un bonjour qu'elle s'écria :
— De quel droit vous permettez-vous de bafouer mon autorité ? J'apprends que mes deux petites filles vont aller se dévergonder à Paris, cette ville de perdition ! Joséphine,

il me semblait que vous étiez pleine de bon sens, vous vous égarez ! Et Caroline, comment peut-elle laisser Marie-Louise suivre Émilie ?
Émilie s'approcha et parla doucement :
— Grand-maman, restez calme, nous aurons un travail sérieux à Paris. Il ne s'agit pas d'une entreprise louche. Papa a vérifié, nous y serons bien et nous avons trouvé un logement dans une pension de famille respectable. Ne soyez pas inquiète, nous vous écrirons très souvent, n'est-ce pas, Marie-Louise ?
La jeune fille était au bord des larmes, sa grand-mère l'avait toujours impressionnée. Elle acquiesça d'un hochement de tête, incapable de prononcer un mot. En ce qui concernait l'autorité, Marie-Louise comptait sur Émilie, elle se reconnaissait plus fragile. Jamais elle ne serait partie à Paris de son propre chef, mais se sentir dans l'ombre de sa cousine, si déterminée, la rassurait.
Adélaïde se calma rapidement. Elle voulut tout connaître, savoir où elles allaient habiter, le nom de la propriétaire de la maison, l'adresse précise.
— Et ce travail, Émilie, en quoi consiste-t-il exactement ?
— Je vais être rédactrice, je pense, mais peut-être pourrais-je devenir journaliste. Ça me plairait d'être au cœur des enquêtes et des interviews.
— Je ne vous comprends pas, après cette horrible guerre qui a tué des millions d'hommes, on vous propose une vie calme, un bon mariage…
— Les temps ont changé, grand-maman.
— Je sais, je ne suis plus du tout dans le coup. Passez à la maison toutes les deux, avant de partir, bien sûr. J'ai quelque chose pour vous !

Afin de bien repérer les lieux et de s'installer, les deux jeunes filles décidèrent de prendre le train de dix heures le jeudi 17 septembre. La veille, les valises étaient bouclées.

Marie-Louise était venue dormir auprès de sa cousine, sa mère lui avait promis de l'accompagner sur le quai de la gare. Caroline avait perdu son mari, il avait été tué à la dernière guerre, elle en portait encore le deuil. Il avait succombé à de graves blessures lors de l'explosion d'un obus à Verdun.

Elles étaient passées toutes deux chez Adélaïde qui leur avait servi le thé, puis elle avait ouvert une boîte posée sur le guéridon. Émilie reçut un bracelet maillé en or, elle fut émue aux larmes lorsque Adélaïde lui dit :

— Je l'ai eu de ton grand-père Adrien à la naissance d'Honoré.

Elle sortit ensuite un médaillon et sa chaîne, en or aussi, elle l'offrit à Marie-Louise. Celle-ci embrassa la vieille dame avec effusion.

— Ce médaillon, c'est encore de votre aïeul. Il me l'a donné quand j'ai accouché de Caroline, ta mère.

Elles la remercièrent, bouleversées et larmoyantes.

Adélaïde se leva du sofa et quitta la pièce. Les cousines s'interrogèrent du regard, elle réapparut, des billets de banque dans la main droite.

— Et voici de l'argent, vous en aurez besoin, il vous faudra manger, payer le tramway, le loyer…

— Merci grand-maman ! s'écrièrent-elles en chœur.

En quittant le centre-ville, elles comptèrent leur trésor, elles avaient reçu 80 francs, une fortune !

La veille du départ, la température extérieure atteignit presque les 30 degrés. À la nuit tombée, Émilie sortit dans le parc, non pas pour atténuer l'inquiétude qui la gagnait, mais pour prendre l'air de ce coin de campagne éloigné de l'effervescence. Elle avait besoin de calme et de solitude. Dans l'obscurité, elle retrouva sans peine son banc sous le chèvrefeuille. Comme à l'accoutumée, elle leva le nez pour perdre son regard dans les étoiles. Elle sentit du mouvement à ses côtés et lentement elle ouvrit les yeux sur son ami.

— Tu ne dors jamais, Pablo ?
— Si, mais je voulais encore profiter de ta présence quelques instants... Tu vas me manquer ! J'irai peut-être te... enfin... vous voir à Paris. Tu me feras visiter cette belle ville. La tour Eiffel, l'Arc de Triomphe, l'Opéra Garnier... quelle chance tu as ! Il mit sa main gauche sur celle d'Émilie. Ma chère Émilie... Je te laisse. Bon voyage et ne m'oublie pas ! Oh, attends, j'ai un petit présent.
Pablo se leva, fouilla dans la poche de son pantalon et tendit sa main droite fermée à son amie.
— Qu'est-ce ? s'étonna Émilie. Oh, un couteau, non, un canif ! Merci, Pablo, c'est très gentil. Ma grand-maman dirait que cela va trancher notre amitié.
Émilie offrit une pièce d'un sou à Pablo.
— Pourquoi me donnes-tu cette pièce ?
— Cela se fait, pour ne pas couper le lien entre nous !
— D'accord, merci Émilie. Tu m'écriras ?
— Oui, promis, Pablo, je t'écrirai, à bientôt !
Pablo se redressa puis se pencha, il déposa un baiser légèrement appuyé au coin des lèvres de la jeune fille puis s'éloigna rapidement. Elle resta encore de longues minutes à observer les étoiles et elle regagna la chambre qu'elle partageait avec Marie-Louise. Celle-ci l'attendait en lisant le livre d'Alexandra David Néel sur le bouddhisme.
Émilie rit et l'apostropha :
— Ne serais-tu pas en train de t'initier au bouddhisme ?
— Non, mais moi aussi je suis passionnée par cette femme incroyable ! Penses-tu que nous la rencontrerons ? C'est fou ce qu'elle a déjà réalisé comme voyages, l'Inde, le Japon, la Corée, la Mongolie, le Tibet et les traductions... Pff, ça m'impressionne !
— Je doute qu'elle se trouve à Paris lorsque nous y serons. Mais sait-on jamais ? Tiens, je viens de voir Pablo dans le parc. Je pense que tu as raison, il est épris de moi... Mais il a vingt ans !

— Et alors ?
— Mmm, dans l'immédiat, départ pour notre nouvelle vie demain, dodo, maintenant !

Il régnait une forte effervescence sur la place de la gare Viotte à Besançon. Honoré avait déposé Joséphine, Caroline et les filles devant la grande porte vitrée et, au volant de son automobile, il cherchait un emplacement de parking. L'immense hall résonnait des pas et des voix des voyageurs. Le guichetier les renseigna, Émilie paya son billet et Marie-Louise en fit autant. Joséphine et Caroline étaient pâles et silencieuses, elles allaient se séparer chacune de leur enfant unique. Honoré les rejoignit au moment où elles allaient pénétrer sur le quai. Un train entra en gare en hurlant et lâchant de gigantesques geysers de vapeur et de fumée.
— C'est le nôtre ! s'écria Marie-Louise.
Elles longèrent les voitures, trouvèrent le bon numéro. Émilie se jeta dans les bras de ses parents, les yeux rougis par l'émotion. Sa cousine embrassa sa mère, puis son oncle et sa tante. Honoré porta les valises et les installa au-dessus de leurs sièges, et après un dernier baiser aux deux filles, il sortit du wagon. Après l'annonce du chef de gare, celui-ci agita le drapeau qui donnait le signal du départ. Le train s'ébranla dans un grand fracas, il quitta le terminal et s'éloigna en direction de l'inconnu.
Elles se regardèrent et s'emparèrent des mouchoirs avec lesquels elles essuyèrent leurs yeux.
— C'est parti ! lança Marie-Louise.
Elles partageaient le compartiment avec un couple de personnes âgées. La femme portait un tailleur vert kaki, assez strict, la veste boudinait son abdomen. Un chapeau bizarre avec une plume marron dansait au rythme des mouvements de sa tête. Son compagnon s'était laissé tomber lourdement sur la banquette faisant choir le sac de

son épouse. Celle-ci grommela tout en ramassant le rouge à lèvres, le minuscule miroir, et divers papiers, elle les fourra dans la pochette qu'elle cala ensuite sur ses genoux. L'homme n'avait pas de main gauche, Marie-Louise fixait le moignon tristement. Il lui dit :
— La guerre, un éclat d'obus. Plus de main. J'ai tout de même pu travailler avec celle qui me reste.
Vous allez à Paris, mesdemoiselles ?
— Oui, nous sommes journalistes, nous nous rendons à la rédaction de notre magazine, ajouta Marie-Louise d'un air suffisant.
Émilie réprima un rire qu'elle étouffa dans son gant. La dame en kaki répliqua :
— Comme c'est intéressant, dans quelle revue œuvrez-vous ?
Émilie décida qu'il était temps qu'elle intervienne, elle donna une discrète bourrade à sa cousine et répondit :
— Ce n'est pas un hebdomadaire très répandu, on le lit surtout à la capitale. Et vous aussi, vous montez à Paris ?
— Non, dit la femme, nous nous rendons à Nogent-sur-Seine chez notre ainée. Elle vient d'avoir un petit garçon. Nous passerons quelques jours en sa compagnie et ferons connaissance de notre Paul.
— C'est une bonne nouvelle, ajouta Marie-Louise.
Le silence se fit jusqu'à Troyes. Les filles discutaient entre elles, le couple ne disait rien, l'homme somnola un moment, l'épouse consultait un roman de Delly, « Le secret de la Luzette ». Marie-Louise chuchota à l'oreille d'Émilie qu'elle l'avait lu il y a de longues années.
Elle ajouta :
— C'est tarte !
Ce qui les fit sourire toutes deux.
Avant Troyes, il y eut un arrêt imprévu, une vache s'était installée sur les rails et n'avait pas envie de bouger. Trente minutes plus tard, le sifflet strident du chef de gare résonna,

le train s'ébranla. La dame avait rangé son livre et leur proposa des madeleines qu'elles acceptèrent avec plaisir. Elles avaient quitté Besançon à huit heures quarante après avoir avalé un rapide petit déjeuner, elles commençaient à avoir faim. Caroline et Joséphine avaient préparé des sandwichs, elles les sortirent du sac à midi, après la halte de Troyes. Leurs voisins mangèrent aussi. La femme étala une serviette blanche sur ses genoux et tartina du pâté sur des tranches de pain qu'elle donnait à son mari.

L'arrêt à Nogent-sur-Seine fut court, la dame se leva, attrapa le bagage et poussa son époux devant elle. Ils les saluèrent et s'éloignèrent rapidement. Deux hommes les remplacèrent. Ils entrèrent bruyamment dans le compartiment, riant et chahutant. Ils n'avaient ni sac ni valise. Ils observèrent les deux femmes et dirent bonjour distraitement poursuivant leur discussion mouvementée. Le train repartit, ils portèrent seulement un regard attentif sur les filles.

— Vous vous rendez à Paris ? demanda le garçon aux cheveux bruns.

Émilie répondit évasivement. Il n'insista pas. Ils reprirent leur conversation et leur rire.

L'arrivée gare de l'Est se fit à l'heure, malgré l'intervention bovine. Elles sortirent du convoi et jouèrent du coude à coude dans la foule. Marie-Louise se serra contre sa cousine, elle était un peu effrayée par le monde qui allait et venait. Elle en oublia d'admirer la superbe architecture du grand hall. Émilie lui montra la verrière et le fronton.

Après avoir dépassé les arches de pierre, elles cherchèrent un plan des tramways qui leur permettrait de rejoindre la rue Taibout où se trouvait la pension de famille de madame Caspari. Après s'être renseignées auprès de passants, elles montèrent dans le trolley qui les déposa vingt minutes plus tard, à l'arrêt La Fayette. Elles portèrent leur valise et

marchèrent encore une quinzaine de minutes. Elles arrivèrent devant une grande bâtisse de quatre étages, un panneau indiquait : « Pension Caspari, chambres à louer ». Émilie tira une chaînette qui secoua une cloche. Une femme joviale, vêtue de noir ouvrit aux filles.
— Bonjour, mesdemoiselles, je vous attendais. Entrez, il va commencer à pleuvoir. Je suis madame Caspari, votre logeuse, mais vous m'appellerez Marthe comme tous les pensionnaires. Je vais vous montrer vos chambres et la salle de bain, puis je vous retrouverai en bas à dix-neuf heures pour le souper. Vous êtes au deuxième étage, suivez-moi.
Les deux jeunes filles montèrent un escalier sombre qui sentait bon la cire. Arrivée sur le palier du premier, Marie-Louise posa sa valise pour souffler un peu avant d'attaquer le second niveau. Elle jeta un coup d'œil au couloir beige, des portes numérotées se faisaient face. Elle s'empara de son bagage et suivit Émilie qui atteignait déjà le haut. Elles s'enfoncèrent jusqu'à l'extrémité du corridor et se retrouvèrent devant le dix-huit et le dix-sept en face. Madame Caspari prit la parole :
— Voici vos chambres, elles sont proches, vous disposez toutes deux d'un cabinet avec lavabo et bidet. Pour la douche et les toilettes, il faut aller à cette porte, au bout du couloir. Vous n'êtes que trois à cet étage, Madeleine, au seize, est petite main chez Jane Régny. Comme vous, elle ne se trouve pas très loin de son travail. Vous ne devez recevoir personne, surtout pas d'homme. Ce soir, je vous présenterai les pensionnaires du bas. Je vous laisse vous installer, tenez, voici vos clés.
La logeuse s'éloigna, elles entendirent son pas dans l'escalier. Émilie pénétra dans sa chambre, son nouveau domaine. La pièce était spacieuse et claire, une grande fenêtre donnait sur une cour intérieure remplie de fleurs et d'arbustes. Le lit avait l'air confortable, une armoire à glace à gauche de la baie vitrée, un bureau à droite. En face, le

cabinet de toilette, et à côté du couchage, une commode et un chevet. Il ne manquait rien. Elle disposa ses tailleurs, jupes, vestes, pantalons et manteaux dans la penderie, les pulls, chemisiers, sous-vêtements sur les étagères. Sur la table de travail, elle mit des cahiers et des crayons. Elle respira fort et s'assit sur le lit en observant ce lieu qu'elle n'avait pas encore adopté. Elle s'approcha des deux portraits de femmes accrochés au-dessus de la commode. Le visage de la première lui était familier, elle colla son nez de façon à lire le nom écrit en lettres minuscules : Marie Curie.

— Voilà, soupira-t-elle ! Et dire que je ne l'ai pas reconnue ! Et la seconde, qui est-ce ? Oh, facile, je sais, il s'agit de Louise Michel !

Un léger coup sur la porte, elle alla ouvrir et se retrouva devant sa cousine.

— Tu es bien installée, Émilie ?
— Oui, et toi, ça va, ton nouveau chez-toi te plaît ?
— Je l'adore. Bon la fenêtre donne sur la route, mais ce n'est pas les Champs Élysées non plus ! Oh, tu ne devineras jamais qui sont les portraits au-dessus de mon lit. Olympe de Gouge ! L'autre, je ne la connaissais pas, Hubertine Auclert. Ça te rappelle quelque chose ce nom ?
– Non, pas du tout. Dis donc, j'ai le sentiment que notre logeuse apprécie les suffragettes ! Il va être dix-huit heures quarante, descendons.

Elles retrouvèrent Marthe. Elle mettait la table secondée par une gamine d'une huitaine d'années. Elle présenta Jeanne, sa petite qui l'aidait beaucoup. Elle allait reprendre l'école, mais il y avait aussi Georgette, une employée qui cuisinait et participait au ménage.

Trois hommes arrivèrent en même temps, ils étaient trempés par l'averse tombée brusquement. Puis une jeune fille coiffée d'un béret bordeaux pénétra à son tour dans la salle à manger. Madame Caspari annonça :

— Voici Marie-Louise et Émilie, vos nouvelles voisines, elles commencent bientôt une autre vie au quotidien La Fronde. Ici, Madeleine, notre petite main chez Jane Régny. Madeleine, brune, le visage très pâle éclairé d'yeux bleu azur, baissa brusquement la tête. Sa chevelure masqua complètement ses traits fins. Marthe poursuivit :
— Nestor, dessinateur et caricaturiste, Marcel, écrivain et journaliste et Jean qui est bouquiniste près du pont Marie, c'est ça, Jean ?
— Tout juste, j'ai repris la boîte d'un gars qui est rentré chez lui en Auvergne. J'étais déjà passionné de livres, alors ce boulot me convient vraiment !
Jeanne apporta une énorme soupière fumante et odorante. Émilie s'aperçut qu'elle était affamée. Marthe posa une miche de pain sur la table, le plus âgé des hommes découpa des tranches généreuses et Madeleine en distribua à chacun. Jean et Marcel mirent le pain au fond de leur assiette et versèrent la soupe de sorte qu'il soit totalement recouvert. Madeleine, Jeanne et Nestor le brisèrent en petits morceaux qu'ils firent tremper dans le potage. Après un temps d'hésitation, Émilie se décida à faire de même. Pendant ce temps, Marthe s'affairait devant sa cuisinière, rechargeait du bois dans le foyer, grillait des oignons et relevait de son coude la mèche rebelle qui glissait sur son front. Sa fille l'interpela :
— Maman, viens vite manger, ta soupe va être froide !
La mère, enfin assise, observa ses convives :
— J'espère que vous ferez tous bon ménage. Lundi, nous recevrons une nouvelle demoiselle arrivant de Bretagne, elle sera nurse dans une famille anglaise du boulevard ! Elle s'appelle Céleste.
— Oh, très joli prénom, commenta Nestor. Ne vous inquiétez pas, Marthe, nous sommes tous des gens bien élevés. Mis à part Jean, ajouta-t-il en s'esclaffant.

Jean rit de bon cœur, il tendit son verre à son camarade qui y versa de l'eau de la carafe. Le potage fut suivi d'épaisses parts de jambon accompagnées de salade, d'un morceau de camembert et d'un entremets au caramel.
Le repas terminé, chacun rangea sa serviette dans le compartiment du buffet réservé à cet usage. Tout le monde donna un coup de main, qui pour débarrasser, qui pour la vaisselle. À vingt heures quinze, Émilie et Marie-Louise montaient retrouver leur chambre pour leur première nuit parisienne. Elles avaient prévu de visiter un peu la capitale le lendemain, mais après cette journée épuisante, le besoin de repos se faisait sentir !

## Chapitre 3

Réveillée tôt, Émilie fit sa toilette, s'habilla d'une tenue pratique pour cette première journée parisienne. Elle avait enfilé une paire de pantalons gris foncé, un chemisier coquille d'œuf et passé une veste cintrée à carreaux bleus et blancs. Le chapeau cloche beige que sa tante Suzanne lui avait offert complèterait son allure « garçonne ». Son reflet dans la grande glace de l'armoire lui convint. Elle sourit. Sa cousine toqua à sa porte, elle entra et dit :
— Mazette, Émilie, tu vas rendre fous les Parisiens ! Je suis fade à côté de toi, non ?
— Absolument pas, je te trouve ravissante !
Marie-Louise avait revêtu une jupe pied-de-poule. La longue veste assortie avait un boutonnage asymétrique masquant à demi un pull léger à rayures rouges et blanches. Elle portait aussi en coiffe un turban qui mettait en valeur ses beaux cheveux bouclés.
Elles prirent un rapide petit déjeuner servi par Georgette. L'employée était une personne revêche, courtaude et potelée, elle ne desserra pas les dents, même lorsqu'Émilie demanda où était Marthe. Nestor les rejoignit pour boire un café, il resta debout et leur dit que la logeuse avait accompagné sa fille à l'école pour sa nouvelle rentrée. Il leur confia :

— Georgette est un bouledogue, ne cherchez pas à l'apprivoiser, ça fait deux ans que j'essaie ! Mais il n'y en a pas deux comme elle pour rendre service et préparer de bons petits plats. Elle sort rarement de sa cuisine. Je file, il fait beau, je vais m'installer place du Tertre. J'y ai un grand ami, il s'appelle Maurice Utrillo. Quand il revient de la Bresse, on traîne ensemble à Montmartre. Venez nous voir, vous allez bien monter à Montmartre ?
— Oui, c'est prévu demain, nous irons au Sacré-Cœur et visiterons tout le quartier.
— Si vous désirez un guide, demandez Nestor Martin, tout le monde me connaît là-haut ! Bonne journée à vous !

La matinée était ensoleillée, elles prirent le tramway, le métro, marchèrent beaucoup, puis elles se retrouvèrent au Trocadéro. Elles se firent face et sautèrent dans les bras l'une de l'autre. Marie-Louise avait les yeux rouges, elle essuya les larmes qui roulaient sur ses joues et s'écria d'une voix enrouée d'émotion :
— Je suis à Paris ! Regarde, la grande dame, la tour Eiffel et le Trocadéro ! C'est si beau !
Elles passèrent des heures à arpenter les Champs Élysées, le palais de Chaillot, les jardins du Trocadéro, le champ de Mars, l'école militaire. À treize heures, elles s'installèrent à la terrasse d'un café, elles avaient commandé un sandwich et une limonade. Elles avaient décidé de traîner l'après-midi dans un grand magasin.
Elles entrèrent au « Bon Marché » en poussant des oh et des ah ! Elles étaient éblouies par l'architecture du lieu de pur style Art déco, entièrement reconstruit après l'incendie de 1915. Malgré leur fatigue, elles grimpèrent tous les étages de cette incroyable cathédrale du commerce, elles admirèrent les peintures, sculptures et luminaires qui éclairaient chaque espace. Elles ne savaient plus où donner de la tête. Marie-Louise avait envie de tout, bijoux,

maquillage, robes, bibelots. Sans l'intervention énergique d'Émilie, elle aurait dépensé sans compter.
Elles arrivèrent exténuées à la pension. Marthe rit beaucoup en voyant Émilie se déchausser au bas de l'escalier.
Au souper, elles narrèrent leur journée à leurs nouveaux amis. Avant de dormir, Émilie écrivit une longue lettre à ses parents, elle raconta le voyage en train, parla de ses colocataires et termina en décrivant sa joie et celle de sa cousine devant la tour Eiffel.

Le samedi matin, avisant la gigantesque ampoule qui ornait son pied gauche, elle décida de changer d'escarpins après avoir collé un pansement sur la plaie.
Elle alla frapper à la porte de Marie-Louise, celle-ci peignait ses beaux cheveux.
— Tu sais, Marie-Louise, avant de nous rendre à Montmartre, j'aimerais que l'on aille se présenter à Marguerite Durand, au journal ! Qu'en penses-tu ?
— C'est une excellente idée de rencontrer nos futures collègues avant lundi !
Elles prirent un rapide petit déjeuner servi par Marthe. Marcel était déjà à table à leur arrivée. C'était un taiseux. Marie-Louise lui demanda ce qu'il écrivait, s'il s'agissait de romans ou de poèmes, il répondit brièvement avant de se lever :
— Un peu des deux.
Il remonta à son appartement. Marthe leur expliqua qu'il rédigeait dans sa chambre, au calme et souvent dans la journée, principalement lorsque la pension était déserte. Quand il était en pleine inspiration, il ne parlait pas beaucoup.
— Mais il ne faut pas lui en vouloir, il est plus disert le soir, vous avez remarqué ?
— Quel genre de livres produit-il ? demanda Marie-Louise.

— Il est passionné par les histoires policières. Il est grand admirateur d'Émile Gaboriau, de Conan Doyle et de Maurice Leblanc. Je crois me souvenir qu'il les a rencontrés un jour à la Rotonde ou à la Coupole, je ne sais plus. Il y a des lieux qui grouillent d'artistes ! La seule fois où je me suis arrêtée à la Rotonde pour y boire un café, j'ai aperçu Jean Cocteau et le peintre Picasso !
— Il faudra que nous allions y faire un tour, j'adorerais voir ces gens-là, annonça Émilie.

Elles partirent sous un soleil voilé, longèrent la rue Taitbout, puis celle de la Victoire. Elles s'émerveillèrent devant les hôtels de luxe. L'Impérial qui avait été inauguré en 1862 par l'Impératrice Eugénie attira particulièrement leur attention. Elles atteignirent l'avenue Saint-Georges, dépassèrent la grande synagogue dont elles admirèrent le fronton. La circulation était dense dans le quartier, des automobiles passaient en pétaradant. Elles accédèrent au numéro quatorze. Une bâtisse de quatre étages, coincée entre d'autres édifices. De hautes fenêtres le long de la façade rendaient l'immeuble encore plus imposant. Émilie poussa la lourde portière en bois sculpté. Elles pénétrèrent dans un hall monumental comptant au moins six entrées. Sur l'une d'elles était inscrit « Marguerite Durand ». Elle allait frapper quand elles se trouvèrent face à une grande et belle femme, coiffée d'un chignon gris. Le visage rieur, elle les accueillit.
— Je savais que je vous rencontrerais aujourd'hui, je le sentais. Entrez dans mon bureau quelques instants. Émilie et Marie-Louise, je suis ravie de vous voir dans nos locaux. Asseyez-vous.
Elle leur raconta brièvement son parcours, d'abord comédienne, elle avait ensuite fréquenté les milieux politiques et surtout journalistiques. Elle publia des articles de propagande avec son mari de l'époque. Elle se prit de

passion pour la presse, elle entra au Figaro et créa sa propre rubrique. Il y avait trente ans, elle avait lancé La Fronde, journal qu'elle voulait entièrement féministe. Ici, les paragraphes parlaient des femmes, bien sûr, mais aussi de la société, de tous les sujets d'actualité : la politique, la littérature, le sport. Elle fit un aparté sur les Jeux olympiques qui venaient de se terminer fin août à Amsterdam. Elle poursuivit :

— Savez-vous ce qu'a commenté monsieur de Coubertin, voyant de nombreuses équipes féminines grossir les rangs des sportifs ?

— Non, répondit Émilie, mais je peux imaginer !

— Il a dit ceci : « *Ces présences féminines constituent un affront majeur à la grandeur et à la pureté originelle de cette compétition !* » Un journal, un torchon, qui se nomme l'Écho de Paris a écrit, elle s'empara d'une revue qu'elle sortit d'un tiroir de son bureau :

— Je cite : « *Au stade, cet après-midi, la grande nouveauté, bien sûr, ça a été, l'intrusion des femmes. Des femmes à Olympie ! La tradition hellénique se hérisse à la seule mention d'une si monstrueuse hérésie. Les femmes, à qui la loi de Solon interdisait, sous peine de mort, l'accès des lieux où les mâles nus se livraient à leurs fiers ébats. Le baron Pierre vient de protester contre l'introduction de la femme, la vivante tentation, l'ennemie ! Sur la cendrée, réservée jusqu'ici aux plus purs des hommes... Respectons sa protestation.* »

— Et le comble, poursuivit Marguerite, c'est l'ironie de la fin de l'article, du style, « *Laissons-les s'amuser nos petites sœurs, elles forment un intermède plaisant, reposant, entre les grandes scènes qui nous tiennent haletants !* »

— Le combat est loin d'être terminé, ajouta Émilie. Je suis ravie d'être ici, j'espère pouvoir, à mon niveau, contribuer à l'essor de votre journal, et surtout, à faire avancer la condition féminine.

— Le magazine ne se porte pas très bien depuis 1919, les épouses ont retrouvé leur place au foyer, et les autres, si elles ne sont pas veuves, se sont mariées afin de donner une belle progéniture à la patrie ! Nous allons tout faire pour maintenir la barre, votre jeunesse et vos idées nous seront très utiles. Venez, nous allons visiter les locaux.

Émilie et Marie-Louise suivirent Marguerite dans un atelier gigantesque où s'affairait une dizaine de filles de tous âges. Devant une grosse machine noire d'impression typographique s'activait une femme minuscule.

— Nous avons Thérèse, Bernardine et Éléonore à la typo, elles sont très douées. Nous avons choisi des vêtements verts pour toutes.

Elles portaient une combinaison, comme celles enfilées par les mécaniciens. Elles saluèrent les visiteuses avec un grand sourire. Elles continuèrent la tournée en passant par un hangar rempli de rouleaux de papier et de tas de journaux que d'autres personnes triaient, toujours habillées de vert.

— Voici nos bureaux, ajouta Marguerite en ouvrant une porte vitrée derrière laquelle s'alignait une dizaine de tables sur lesquelles étaient posées des machines à écrire.

— Secrétaires, rédactrices, enquêtrices, vous serez à ce poste, Marie-Louise, commenta-t-elle en montrant un emplacement vers la fenêtre. Vous seconderez Gisèle, qui travaille en lien avec Madeleine Pelletier, la psychiatre. La connaissez-vous ?

— Oh oui, s'exclama Émilie, mon père m'en a parlé. Je suis fière de côtoyer ces femmes incroyables ! Tu seras bien ici, ma cousine !

— Maintenant, voici la rédaction, continua Marguerite en poussant un battant, votre rôle sera de composer des articles qui vous seront communiqués par les reporters et nos compagnes prestigieuses comme vous dites. Alexandra David Néel, mon amie, nous envoie régulièrement des contenus à réécrire. Ce seront vos nouvelles responsabilités.

Vous commencez lundi à huit heures. Suivez-moi, je vais vous montrer les pièces communes.

Elles traversèrent encore un bureau, des téléphones sonnaient, puis elles débouchèrent dans une salle ressemblant à une cuisine, une grande table s'étalait en son centre, deux ou trois canapés étaient répartis contre les murs créant une atmosphère de détente.

— C'est joli, lança Marie-Louise.

— Il y a des toilettes juste à côté, reprit Marguerite, et l'on y va quand c'est nécessaire. Thérèse, à ses débuts à la typo, n'osait pas interrompre son travail pour se soulager... Un jour, je l'ai trouvée en larme vers sa machine. J'ai mal au ventre, m'a-t-elle dit, je dois me rendre aux sanitaires. Eh bien, cours-y, lui dis-je. Elle me répondit : je ne veux pas arrêter ma tâche ! J'ai été obligée de réunir toutes les filles et leur signifier l'importance de leur bien-être.

Elle appela :

— Nann, tu es là ?

Une femme ronde, en blouse et tablier vert surgit d'un réduit.

— Je vous présente Anne-Marie, dite Nann. Elle cuisine ici pour que tout le monde puisse manger à midi. Vous pouvez venir avec votre gamelle, il y a de quoi réchauffer, mais si vous n'avez rien, un plat vous sera toujours proposé. Grâce à Nann, nous nous régalons chaque jour. En fait, jamais personne n'apporte son repas, ajouta Marguerite en riant.

Elles quittèrent la rue Saint-Georges et se rendirent à pied jusqu'à la place Blanche, puis le boulevard de Clichy. Marie-Louise voulait absolument découvrir le Moulin Rouge. De loin, les grandes ailes du moulin semblaient toucher les nuages. Elles s'exclamèrent toutes deux :

— C'est magnifique ! Tu n'aimerais pas voir une des revues, admirer les danseuses ? Il paraît qu'il y a une incroyable danseuse et chanteuse, ma tante Suzanne m'en avait parlé, elle s'appelle Mistinguett.

— Ça me plairait, mais rôder le soir dans ce quartier est peut-être dangereux, non ?

— Nous pourrions demander aux garçons de la pension de nous accompagner.

— Euh, nous allons attendre un peu, cette revue va durer encore. Regarde l'affiche, c'est annoncé jusqu'en avril de l'an prochain ! Bon, j'ai faim. Elles s'arrêtèrent au bar du Chat Noir. Il était bondé de monde, des artistes sans doute. Elles commandèrent une assiette garnie de saucisse et frites. Un garçon se mit debout sur une table non loin d'elles, il jeta sa casquette au sol. En les regardant, il s'égosilla sur « Le tango de Lola », un air qu'elles ne connaissaient ni l'une ni l'autre. Le chanteur en rajoutait en gestes et en mimiques, tout le monde riait. À la fin de la ritournelle, il attrapa deux fleurs du bouquet du bar et se pencha pour leur offrir, après avoir posé un baiser sur chacune d'elle. Il sauta prestement de la table et sortit après avoir récupéré sa casquette. Après le repas, elles montèrent les escaliers de la butte et arrivèrent place du Tertre. Elles ne savaient plus où donner de la tête tant il y avait du monde et des peintres partout.

— Comment trouver Nestor dans ce capharnaüm ? geignit Marie-Louise.

Elles avancèrent bousculant les touristes encore nombreux à cette époque. Soudain, Malou fonça en zigzaguant à travers des chevalets, elle se pencha au-dessus d'un homme en chemise bleue à manches bouffantes.

— Nestor ! Je vous ai retrouvé !

— Marie-Louise, vous voilà ! Je suis heureux de vous voir ici ! Votre cousine n'est pas avec vous ?

— Si, elle me suivait, elle ne va pas tarder. Tiens, j'ai découvert Nestor avant toi !

— Tu es folle, tu es partie à toute vitesse, je ne savais plus où aller. Rebonjour Nestor !

— Regarde ses peintures et ses dessins, n'est-ce pas magnifique ?

— Si, c'est très beau, vraiment !

— C'est dommage, vous avez raté Maurice, enfin, Maurice Utrillo. Il rentrait chez lui, dans l'Ain. Figurez-vous qu'il habite un château ! Mais tout à l'heure, j'ai croisé Henri Matisse. C'est un peu mon maître, il me donne des conseils. Je vous le présenterai Marie-Louise, euh et à vous aussi Émilie !

Émilie sourit, puis elles quittèrent Nestor pour se rendre au Sacré-Cœur. Le ciel s'était dégagé, de petits nuages tournaient au-dessus de la grande coupole. Elles entrèrent dans l'édifice, Émilie fut subjuguée par l'immense fresque de la voute. Elle resta le nez en l'air, happée par les couleurs et les détails.

— C'est incroyable, murmura-t-elle, incroyable.

Elles flânèrent encore une heure, puis descendirent, quittant ce lieu magique.

— Nestor m'a demandé s'il pouvait faire mon portrait, dit Marie-Louise en marchant.

— J'ai vu que tu l'intéressais. Tu lui plais.

— Crois-tu ? Bon, je le trouve agréable aussi ! Quel âge peut-il avoir ? Dans les vingt-six ? Moins de trente, je pense.

— C'est sans doute le plus jeune des trois pensionnaires. Je dirais vingt-quatre ou vingt-cinq. Pouvons-nous prendre le tramway ? J'ai mal aux pieds ! Demain dimanche, je ne ferai rien, si tu veux poursuivre les visites, ce sera sans moi. J'en profiterai pour donner des nouvelles à ma tante Suzanne et à Pablo.

— Je verrai. Je dois aussi écrire. On fera un courrier à grand-maman !

Émilie se réveilla tôt ce dimanche. Elle s'empara d'un livre qu'elle avait glissé dans ses bagages. Elle s'assit sur son lit avec « Thérèse Desqueyroux » de François Mauriac. Elle avait déjà lu « Le baiser aux lépreux » que lui avait offert son père. Elle bouquina une heure, puis, une fois habillée, descendit prendre son petit déjeuner. Marthe lui demanda comment s'étaient passées la journée précédente et les visites. Elles parlèrent des bureaux de La Fronde et de Marguerite Durand.
La jeune fille s'empara du Paris-Soir posé sur le guéridon. Il s'agissait du numéro de la veille. Elle jeta un coup d'œil sur les grands titres. Tornade aux Antilles, Porto Rico dévasté. Elle se souvint que son père y avait séjourné l'an passé. Elle repéra un article en bas de page signé Jean Kolb. L'intitulé en était « Les prolétaires du septième art. » Il parlait des jeunes femmes sentimentales. « *La midinette est une alouette et l'écran, le miroir qui la fascine. Cousette, petite main, trottin, apprêteuse, vendeuse, elle rêvait autrefois d'être une reine de sa corporation. Aujourd'hui, les actrices France Dhélia, Dolly Davis, sont des exemples qu'elles veulent suivre. La midinette lit : Mon Ciné, Ciné Miroir, elle sait qu'une star est admirée, désirée, et que chaque jour, un prince charmant met des dollars à ses pieds... La midinette qui figure est la meilleure fille de la terre. Pour arriver, elle se soumet à toutes les besognes et ne s'effarouche pas des galanteries déplacées. Si elle a des économies, elle les sacrifiera pour prendre des leçons de cinéma. Des leçons d'un art qui ne s'enseigne pas. Elle est alors la proie facile de ces profiteurs de naïves ambitieuses que le feu sacré aveugle.* »
Émilie leva la tête et demanda à Marthe si elle pouvait conserver la revue, ou découper cet article. La propriétaire lui dit de la garder, le gamin devait livrer le quotidien du dimanche dans une heure.

Nestor fit irruption, il s'étonna de ne pas voir Marie-Louise et s'inquiéta de sa santé.
— Rassurez-vous, Nestor, elle dort. Elle descendra plus tard.
— Je m'interrogeais, si elle veut, je peux lui faire visiter les bords de Seine, le Jardin des Plantes. Avec vous, bien sûr !
— C'est gentil, Nestor. Aujourd'hui, je fais ma paresseuse. Repos, lecture, correspondance. Mais si Marie-Louise a envie de se balader, je n'y vois aucun inconvénient. Savez-vous que je ne suis pas sa tutrice ? Elle fait ce qu'elle souhaite ! Marthe, je prendrai mon repas ici, ce midi ! Tiens, justement, voici ma cousine ! Tu as l'air encore endormie, te sens-tu bien ?
— Oui, tout va bien, j'ai vraiment passé une bonne nuit ! Bonjour, Marthe, bonjour Nestor ! Ah, bonjour, Jean, dit-elle à celui qui s'installait en bout de table.
— Je crois qu'il va y avoir de l'orage, grommela Jean. S'il pleut, il n'y aura personne sur les quais, encore une journée de fichu !
Nestor lui donna une légère bourrade :
— Ne t'inquiète pas l'ami, je sens que les précipitations vont éviter Paris, ça va être un superbe dimanche.
Et il s'adressa à Marie-Louise avec laquelle il discuta pendant toute la durée du petit déjeuner.
Jeanne, la fille de Marthe s'installa avec son bol à côté d'Émilie. Elles se mirent à parler de l'école et de ses rêves. Madeleine, telle une souris, se posa sur l'autre chaise. Elle but son café silencieusement. Peu à peu, la salle à manger se vida. Les garçons sortirent ensemble, sauf Marcel qui descendait seulement. Marie-Louise et Émilie regagnèrent leur chambre. Arrivée devant sa porte, Marie-Louise se retourna et livra à sa cousine.
— Nestor viendra me chercher vers onze heures trente. Nous irons nous balader dans Paris. Cela ne te contrarie pas ?

— Pas du tout ma chérie, fais attention à toi. Mais j'ai plutôt confiance en ce jeune homme, Marthe ne tarit pas d'éloges. Elle connaissait sa mère, alors… Amuse-toi bien !
Elles se séparèrent après s'être embrassées.

La journée fut calme, la maison silencieuse. Dans l'après-midi, Émilie descendit rejoindre Marthe qui reprisait des bas au salon. Elles burent un thé et parlèrent de Jeanne. La jeune fille n'osait pas lui demander si la petite avait un papa. Tout en cousant, Marthe commença à raconter son histoire.
— Mes parents possédaient cette pension depuis 1909. Ma mère cuisinait, s'occupait des locataires. J'avais alors treize ans. Vous savez que l'on a logé durant une quinzaine de jours Guillaume Apollinaire, il venait de quitter son amie Marie Laurencin, l'artiste peintre. C'était juste avant qu'il ait ses déboires avec la police.
— Quel genre ?
— Vous êtes trop jeune pour en avoir entendu parler, il avait été accusé d'avoir volé la Joconde, mais bon, c'était une erreur. Il fréquentait les mauvaises personnes. Oh, je fais des digressions. Revenons à nos moutons. En 1914, j'avais dix-huit ans, j'ai voulu aller dans les hôpitaux militaires pour soigner nos blessés. L'hôpital américain de Paris devait d'urgence s'agrandir, imaginez, en une année, ils ont dû passer de vingt-quatre à six cents lits. Ma mère râlait, car je l'aidais beaucoup, la pension ne désemplissait pas. Mais j'ai tenu tête et je suis allée me présenter. Je suis devenue infirmière en juillet 1915. J'étais très fière de contribuer aux soins de nos jeunes soldats.
— Et votre maman, elle a réussi à tenir sa maison seule ?
— Une femme célibataire est venue s'installer chez elle avec son enfant. Travailleuse et très sérieuse.
Marthe regarda Émilie en souriant avant de poursuivre :
— C'était la mère de Georgette, Gervaise. Vous voyez, elle n'a plus jamais quitté cette demeure. Gervaise est morte il

y a huit ans. Elle fait partie de la famille notre Georgette !
En 1918, en février, deux hommes ont été hospitalisés, ils
étaient blessés. Il y avait votre papa, Honoré, et un de ses
amis, Henri, moins gravement touché. Nous sommes vite
tombés amoureux. Après leur convalescence, votre père est
rentré chez vous à Besançon. Henri, parisien, venait me voir
tous les jours. En juillet, il a été rappelé au front. J'attendais
son retour avec impatience, il m'écrivait. Je m'aperçus que
j'étais enceinte, je lui ai envoyé un courrier qu'il n'a jamais
reçu, il a été abattu le 30 juillet 1918. Je suis rentrée rue
Taitbout pour mettre au monde ma Jeannette et je n'en suis
jamais repartie. Ma mère a été victime de la grippe
espagnole au printemps 1919, elle a juste eu le temps de
connaître sa petite-fille.
— Et votre père, vous n'en dites rien ?
— Le pauvre avait été tué en ville par une bande de
gangsters. Comme Baudelaire, il fréquentait de mauvaises
personnes. Il trafiquait je ne sais quoi, maman n'a jamais
voulu m'en parler.
— Vous ne regrettez pas votre métier d'infirmière ?
— Oh si, beaucoup ! J'ai trente-deux ans, j'espère que peut-
être plus tard, lorsque Jeannette sera plus grande… Allez
savoir !
— Les portraits de féministes dans les chambres, c'est votre
choix, j'imagine ?
— Oui, évidemment. J'admire énormément Marie Curie.
J'avais toujours rêvé de la rencontrer, et voilà qu'en 1917,
elle est passée à l'hôpital avec sa fille Irène, elles venaient
réaliser des radiographies des blessés. J'étais terriblement
intimidée et fascinée par son accent polonais. Mais quelle
personnalité, quel courage ! Je sais qu'elle a reçu de
nombreuses critiques. Elle fut la première femme à
enseigner la physique générale et la radioactivité. Un
journaliste avait écrit à son sujet, tenez-vous bien, il y a du

premier et du second degré dans ce texte. Attendez que je le retrouve, j'avais copié sur mon calepin.
Marthe sortit de son panier de couture un carnet noir en moleskine, elle tournait les pages, puis :
— Voilà, je lis : *« C'est une grande victoire féministe célébrée aujourd'hui. Car, si la femme est admise à donner l'enseignement supérieur aux étudiants des deux sexes, où sera désormais la prétendue supériorité de l'homme mâle ? En vérité, je vous le dis, le temps est proche où les femmes deviendront des êtres humains ! »*
— Oh, je ne sais pas quoi dire ni comment prendre ce texte, dérision ou amertume ? Oh, il est déjà dix-huit heures ! Je vois Georgette éplucher des légumes. Marie-Louise ne va pas tarder à rentrer.
— Je ne veux pas me mêler de ce qui ne me regarde pas, mais il semblerait que Nestor ait un penchant pour votre cousine !
Émilie s'éloigna en riant, elle répéta :
— Il semblerait, oui, et que ce soit réciproque !
Elle remonta dans sa chambre. Toute cette conversation avait été riche, elle avait envie de prendre quelques notes. Marthe n'était pas n'importe qui, elle était féministe assurément.
Quelques minutes plus tard, Marie-Louise toqua à sa porte, elle paraissait excitée et avait grand besoin de raconter son après-midi.
— C'était fantastique, nous sommes allés au Jardin des Plantes et nous y avons visité la ménagerie. La rotonde des singes est phénoménale, quel étrange animal ! J'ai découvert aussi un éléphant, je te jure, c'est énorme et tu verrais les zèbres, on croirait des chevaux à rayures et les autruches, ça ressemble à des poules géantes, et les crocodiles…
Émilie remplit un verre d'eau qu'elle présenta à sa cousine en prononçant :

— Reprends ton souffle Malou, tu vas t'asphyxier !
Marie-Louise but une longue gorgée, respira profondément et dit :
— Tu as raison, mais j'aimerais tant t'y amener, tu es d'accord ?
— Oui, nous irons, promis. Tu sais, nous sommes à Paris pour quelque temps !
Après un silence, elle ajouta :
— Et Nestor ?
Marie-Louise rougit légèrement, sourit à sa cousine et sortit de la chambre.

Dès sept heures, le lundi, elles se retrouvèrent au petit déjeuner. Comme chaque matin, Jean buvait son café debout devant la fenêtre, Jeannette trempait une tartine dans son chocolat, une grande serviette nouée autour du cou. Des taches auréolaient déjà le tissu à carreaux. Émilie était affamée, elle dévora deux tranches de pain beurré et une pomme rouge. Elles avaient le trac toutes les deux, ce premier jour de travail les inquiétait beaucoup. Le vent s'était levé et s'engouffrait violemment dans la rue. Les filles durent retenir les chapeaux qui manquèrent de s'envoler. Elles pénétrèrent dans le hall de La Fronde. Marie-Louise chuchota un « Je vais me perdre dans ces locaux ». Marguerite Durand fit irruption pour les saluer, elles et d'autres employées qui prenaient leur poste.
Émilie traversa les différents bureaux pour rejoindre le sien. Elle dit bonjour à ses nouvelles collègues, à sa droite Betty, une grande rousse, les dents légèrement avancées se leva et l'embrassa en déclarant :
— On va bosser ensemble, alors autant bien s'entendre !
À gauche, une femme plus âgée, maigre et triste, tout habillée de gris. Elle annonça, Yolande, et se remit aussitôt devant sa machine à écrire. Betty fit les présentations :

— Yolande rédige nos reportages et nos enquêtes, elle tape vraiment vite, tu verras. Je crois qu'aujourd'hui nous allons pondre quelque chose sur les Jeux olympiques de cet été. Nous allons essayer de rencontrer une des sportives. J'ai contacté Sébastienne Guyot. Je dois la rappeler.
— D'accord. Je ne connais pas grand-chose au sport.
— Tu sais, ici, nous devons faire avancer les choses, et dans tous les domaines. La course, le relais, le saut en hauteur, on ne néglige rien. Les hommes ne nous laissent pas de place. Je t'explique comment cela se passe. L'une de nous prend contact avec la personne souhaitée, nous lui téléphonons, nous nous donnons rendez-vous dans Paris, dans un café ou un salon de thé et cet entretien nous permet d'élaborer un article. Nous le soumettons à Madame Durand ou une des collaboratrices et hop, c'est parti. Les filles de la typo impriment et tu as ton nom en bas d'un encart de la revue ! Au fait, je fume, j'espère que cela ne t'incommode pas ? Nous sommes plusieurs dans ce cas ici. Là-bas, Simone, Hélène et Marie-Gabrielle, on lui dit Marie-Gab, toutes fumeuses.
— Non, cela ne me dérange pas. Mon père est amateur de cigare !
Après plusieurs essais téléphoniques, une rencontre fut fixée à quatorze heures dans un salon de thé rue de la Victoire. À midi, elles rejoignirent les autres employées à la salle à manger, Nann avait cuisiné un gratin de pommes de terre et une omelette. Émilie retrouva Marie-Louise rayonnante, elle lui présenta des femmes et des jeunes filles dont elle ne se souvint pas des prénoms. Elle était ravie que sa cousine s'intègre aussi rapidement.

## Chapitre 4

Ce lundi, Émilie et Marie-Louise rentrèrent ensemble à la pension. Elles avaient toutes deux terminé leur travail après dix-huit heures. En ouvrant la porte, elles se heurtèrent à la nouvelle arrivante, Céleste. La nurse était en pleine discussion avec Marthe. C'était une jeune femme de l'âge d'Émilie, cheveux acajou foncé, des yeux noisette, un visage criblé de taches de rousseur et de charmantes fossettes au creux des joues. Souriante, elle communiquait ses horaires de présence dans l'hôtel particulier, boulevard Haussmann. Elle allait s'occuper de trois bambins, les deux aînés avaient sept et cinq ans, elle devrait les amener à l'école chaque matin, puis rentrer rapidement pour donner le bain au bébé de huit mois, une petite fille. La mère était fatiguée et peinait à prendre en charge ses trois enfants. Son retour à la pension ne se ferait qu'après vingt heures, car elle souperait avec les gamins avant de les coucher. Marthe était effarée :
— Mais c'est une grande journée ! Aurez-vous seulement des congés hebdomadaires ?
— Oui, tous mes dimanches. Normalement.
La logeuse regarda les deux cousines et soupira. Nestor fit son apparition, s'approcha de Marie-Louise et lui baisa la main cérémonieusement. Émilie éclata de rire, le jeune homme répliqua :

— Tu te gausses parce que j'ai une bonne éducation ?
— Non, c'est très bien, Marie-Louise apprécie !
Avant le souper, elle monta dans sa chambre, elle avait besoin de s'isoler et de réfléchir à son premier rendez-vous de journaliste.

Émilie et sa collègue Betty avaient rencontré Sébastienne Guyot dans un salon de thé du bout de la rue. L'entrevue avait été un moment incroyable. Émilie pensait voir une athlète, grande, musclée, elles s'étaient retrouvées en face d'une brunette fine, mince, noueuse et tonique. Les cheveux mi-longs, de beaux yeux noirs, elle leur avait signalé aimablement qu'elle ne disposait que d'une heure. Devant une tasse de thé, elle avait raconté qu'après avoir enseigné comme institutrice pendant deux ans à Vannes, elle avait décidé d'entrer à l'École Centrale de Paris qui venait d'ouvrir ses portes aux femmes. Elle avait réussi le concours et avait rejoint, avec six autres filles, la première promotion de l'ECP. Elle y avait étudié la mécanique et l'électricité, était sortie quarantième sur deux cent quarante-trois élèves, ce dont elle était plutôt fière. Elle avait précisé qu'elle avait changé d'entreprise récemment, elle travaillait à présent sur les hydravions dans une compagnie d'Argenteuil. Ensuite, les deux reporters l'avaient priée de commenter sa participation aux Jeux olympiques.
— Je n'ai pas été très brillante cet été, j'ai été éliminée après la première série aux huit cents mètres. Heureusement que j'avais gagné les championnats de France de cross-country.
— Que pensez-vous des critiques de Pierre de Coubertin au sujet des femmes aux jeux ? demanda Émilie.
— Certains hommes machistes ne supportent pas que l'on empiète dans ces domaines qu'ils veulent réservés pour eux seuls. J'ai subi les mêmes remarques en entrant à l'École Centrale de Paris. Certains professeurs ne s'adressaient jamais à mes camarades filles ou à moi. Ni un regard ni un

mot. En revanche, les garçons étudiants étaient très sympathiques avec nous. Monsieur de Coubertin fait partie d'une France révolue et démodée. Cela doit changer. J'apprécie votre travail et celui de madame Durand.
— Avez-vous l'intention de poursuivre vos entraînements sportifs ? interrogea Betty.
— Oui, j'aime bouger, j'adore courir, j'ai envie de remettre mon titre de championne en jeu !
Avant de se séparer, elle leur avait confié son projet d'apprendre à piloter les avions.
Allongée sur le lit, Émilie songeait à cette conversation avec Sébastienne. Quelle femme incroyable !

Après le copieux souper, Jeanne réclama un croquis à Nestor :
— Tu es un artiste, dessine-moi quelque chose de très joli pour le mur de ma chambre. S'il te plaît, ajouta-t-elle après un coup d'œil sévère de Marthe.
Il alla au premier récupérer ses pastels ainsi qu'une grande feuille de papier et sous le regard ébahi des pensionnaires, Jeanne installée à sa droite et Marie-Louise à gauche, il esquissa le portrait de la petite. Marthe, les larmes aux yeux, observait l'artiste qui dessinait la chevelure blonde, le ruban bleu perdu dans les boucles, les yeux gris, le nez un peu fort et le sourire timide de l'enfant. Il n'y avait plus un bruit, Jean était resté debout, une tasse de café à la main, Madeleine et Céleste, assises au bout de la table, n'osaient bouger ni parler. Marcel était remonté dans sa chambre, il s'isolait chaque jour un peu plus. Nestor se redressa, leva la feuille et modestement, se tournant vers Jeanne, dit :
— Alors, ça te convient ? Qui est cette loupiote ?
— C'est moi ! s'écria-t-elle. Bravo Nestor ! Tu as vu, maman, c'est vraiment moi !
— Tu peux lui dire merci, ma chérie, il est très doué.
— Merci, merci.

Elle passa ses bras autour du cou du jeune homme, il rit et répondit « de rien » en embrassant la joue rose de la petite. Marie-Louise s'approcha de Nestor et lui passa affectueusement la main dans les cheveux. Jeanne alla se coucher et tous se séparèrent.

À La Fronde, les journées étaient toujours bien remplies, les enquêtes se succédaient et parfois Émilie devait rencontrer les interviewés au cœur de Paris. Elle était souvent accompagnée de Betty avec laquelle elle s'entendait parfaitement bien. Elle sentait par ailleurs que sa cousine s'éloignait un peu d'elle. Cela ne l'ennuyait pas, son avenir n'était pas d'être son chaperon. On approchait de la fin d'octobre, elles rentreraient un ou deux jours ensemble revoir leur famille à Besançon.
Lors d'un dernier entretien avec Marguerite Durand, celle-ci lui proposa de l'aider dans son projet d'élaboration de l'histoire des femmes. Elle rêvait de créer un office de documentation féministe français. Elle lui confia également qu'elle avait adhéré depuis quelques années au parti républicain socialiste, que cela lui offrait la possibilité d'avoir accès à des lieux exclusivement masculins et de découvrir des ouvrages d'archives sur des femmes exemplaires.
Elle raconta qu'elle s'était présentée aux élections municipales de 1927 avec ce parti, mais sa candidature fut rejetée par le préfet, comme lors des législatives de 1921. Les femmes n'ayant pas le droit de vote n'avaient donc pas de légitimité à être sur une liste. Elle ajouta qu'elle était une grande camarade de Maurice Viollette, mais cela, tout le monde à La Fronde le savait. Il venait régulièrement rue Saint-Georges et avait même, au grand dam de certaines employées, permis l'embauche d'un homme à la rédaction, et un autre à l'atelier. Les filles avaient contesté en arguant que ce n'était pas correct pour une revue cent pour cent

féministe. Mais Marguerite avait tenu bon et trouvé les mots pour faire céder ses consœurs.

Émilie avait accepté cette rapide promotion, elle changea de bureau, mais sous la condition que sa nouvelle amie l'accompagne. Betty et elle étaient désormais dans la pièce contigüe à celle de Marguerite.

Ce lundi 29 octobre, en arrivant à son travail, Émilie croisa une femme assez âgée et très digne. Elle marchait en s'aidant d'une canne, elle pénétra d'autorité dans le cabinet de Marguerite. Émilie interrogea du regard Betty qui la rassura.

— C'est madame Séverine ! C'est vrai, tu ne l'avais pas encore rencontrée. C'est une grande amie de Marguerite, une sœur de combat. Féministe et anarchiste de la première heure. Séverine, c'est un pseudonyme, en réalité, elle s'appelle Caroline Rémy. J'ai œuvré avec elle, elle a quitté, enfin pas tout à fait, la Fronde, mais elle écrivait dans d'autres journaux, dans « Le cri du peuple », puis « La libre parole », « Nos loisirs ». Tu te souviens, je t'avais fait consulter les « Notes d'une frondeuse » quand tu es arrivée, eh bien, c'était elle qui les rédigeait.

Betty fouilla dans un tiroir de son bureau et en sortit une feuille manuscrite.

— Tiens, j'ai gardé ce texte, car il reflète vraiment le style et le sens critique de Séverine. Bon, elle a écrit cela il y a longtemps, en 1910, je vois que c'est précisé ici, mais il n'a pas pris une ride, crois-moi !

Émilie s'empara du papier et commença à lire à voix haute :
« *Cet ignorant qui ne sait ni lire ni écrire, si incapable de distinguer sa droite de sa gauche, qu'au régiment ses chefs feront garnir différemment ses deux sabots, et que les mouvements s'exécuteront au commandement : Paille ! foin !... Paille ! foin ! Cet ignorant est électeur. Ce butor qui assomme ses chevaux à coup de fouet, sans discernement, sans pitié, sans même le souci de son intérêt ; qui distribue*

à tort et à travers l'injustice et la souffrance, ce butor est électeur. Ce pochard qui ne désemplit pas, de l'aube au crépuscule et du soir au matin, ce semblant d'homme, aviné, hoqueteux, baveux, ayant laissé sa raison au fond du premier verre, tellement il est intoxiqué, tantôt ricochant d'un mur à l'autre et tantôt vautré dans ses déjections, ce pochard est électeur... Électeur encore ce fainéant qui se fait nourrir par sa femme, et celui qui vit des filles ; électeur... Électeur enfin l'imbécile, maître du monde ! Mais la femme, réputée inférieure à tous ceux-là, n'a d'emploi que comme contribuable, qu'un devoir : celui de payer, qu'un droit : celui de se taire. »
Émilie terminait sa lecture au moment où Marguerite et Séverine pénétraient dans leur pièce.
La directrice fit les présentations puis elles parlèrent de la lutte féministe, la conversation dévia sur l'inauguration du pont en béton de la rue Lafayette et de la sortie du film « La passion de Jeanne d'Arc » de Carl Dreyer. Ensuite, Séverine s'insurgea contre le concours de beauté des Babies en Angleterre :
— Les Anglais sont devenus fous, ils ont voté pour la plus jolie fillette. Nous nous battons pour une égalité des privilèges, et nos contemporains élisent un bébé, juste parce qu'il est mignon ! Ça me met en colère ! Comme ces scrutins de la plus magnifique femme de France. Miss France, cette pauvre gamine qu'on trimballe à travers l'Europe et l'Amérique. Pendant que nous manifestons pour le droit de vote, elles se trémoussent devant les hommes pour qu'ils désignent la plus ravissante et la mieux faite. Défiler en maillot, se pavaner face à un public mâle... bah, je me fais vieille ! Mais mes petites, nous avons encore du pain sur la planche !

Ce soir-là, Émilie eut une discussion avec sa cousine, car Marguerite lui ayant confié beaucoup de travail, elle avait dû annuler son voyage à Besançon. Marie-Louise lui dit alors que puisqu'elle demeurait à Paris, elle ne prendrait pas le train seule. Émilie se fâcha :

— Mais enfin, tu as trois jours de congé, profites-en pour rendre visite à ta mère ! Elle doit être en souci !

— Non, je reste ici ! Je vais lui envoyer une grande lettre, et puis nous irons en Franche-Comté à Noël ! Nestor veut m'emmener au Louvre, je suis si heureuse d'aller voir ce musée !

— Surtout avec Nestor ! Tu ne crois pas que tu t'emballes un peu rapidement ? Tu le connais seulement depuis deux mois. Certes, il est charmant, mais ça ne suffit pas ! Que va penser Caroline ?

— S'il te plaît ne lui dis rien, ni à tes parents. On va attendre la fin de l'année, d'accord ?

— Entendu, mais sois prudente. Je vais dormir, je dois travailler tôt demain, je vais aider Marguerite à rédiger un nouveau manifeste pour le droit de vote des femmes.

— Tu sais, je…

— Oui, je t'écoute !

— Non, rien, plus tard. Bonne nuit, Mimi !

Séverine leur fit une visite courant novembre, elle désirait revoir ses notes à propos d'une frondeuse pour en faire un recueil. Elle sollicita Émilie afin qu'elle réécrive et reprenne certaines phrases. Le soir du mardi treize, elles restèrent seules dans le bureau. À dix-neuf heures, Séverine suggéra à la jeune femme d'arrêter jusqu'au lendemain. La journaliste sortit et laissa Émilie fermer les locaux. Il faisait froid, la rue était déserte. Des flocons de neige voltigeaient, elle trouvait ça magnifique. Depuis toujours, elle adorait la neige, et les hivers bisontins étaient souvent très blancs. Elle enroula son étole sur ses épaules, une légère odeur de tabac monta du tissu qui était imprégné d'effluves du dernier cigare d'Honoré. Cela la fit sourire. Elle marcha le long de la rue Saint-Georges, vit une automobile qui circulait au loin. Elle allait s'engager dans le passage vouté lorsqu'elle fut poussée avec violence contre le mur. Sa tête heurta la pierre glacée. Un type la maintenait, et soufflait une haleine fétide sur son visage. Il posa ses mains sur elle, cherchant à soulever la veste et le sweater. Elle cria, mais il la bâillonna brutalement, sa sale patte bloquant sa bouche et l'autre farfouillant sous ses vêtements. Elle se protégeait, ruait, frappait comme elle pouvait. Lui, le regard brillant bavait en susurrant des mots orduriers. Soudain, elle cessa de se défendre, fouilla dans son sac discrètement, leva brusquement le bras en orientant le couteau qu'elle avait saisi en direction de la gorge de l'agresseur. Elle commença de l'enfoncer en sanglotant, il stoppa net, recula, les yeux hagards :

— Mais elle est folle, elle m'a planté ! Je saigne, putain, je saigne ! Salope !

Et il partit en courant. Un homme qui passait en automobile, s'arrêta, se précipita vers Émilie qui tremblait comme une feuille, recroquevillée au bord du mur.

— Qu'y a-t-il, Mademoiselle ? Vous allez bien ?

— Ça va, merci. Je me suis fait agresser. J'ai sorti mon couteau et j'ai piqué son cou… Oh mon Dieu !

— Rassurez-vous, il a fui en courant, vous n'avez pas dû lui trancher la gorge, ajouta-t-il en riant. Je vais vous ramener, n'ayez crainte, j'habite rue Taitbout, au dix-sept.

— Je suis à la pension Caspari.

— Mais oui, je vous remets à présent, vous logez chez Marthe. Allez, appuyez-vous sur moi, vous ne tenez pas sur vos jambes !

Une fois Émilie installée dans la voiture, l'homme la regarda, il avait l'âge d'Honoré, était vêtu élégamment et portait une énorme moustache grise.

— Mais, dites-moi, comment se fait-il qu'une jolie femme comme vous sorte un couteau de sa poche pour se défendre ? Ce n'est pas banal !

— C'est un ami de Besançon qui me l'a offert quand je suis partie. Elle renifla. Je ne pensais pas m'en servir un jour. Elle pleura.

Ils arrivèrent devant l'immeuble. Encore vif, l'inconnu grimpa le palier et sonna. Marthe apparut, reconnut le voisin. Il lui expliqua brièvement la mésaventure, celle-ci se précipita vers la voiture et reçut Émilie dans ses bras. Après moult remerciements à l'homme, il s'appelait monsieur Bertin, elle ferma la porte et escorta la jeune fille jusqu'au fauteuil. Tous les pensionnaires parlaient en même temps, désirant savoir ce qui s'était passé. Même Marcel paraissait inquiet. Elle dut montrer le couteau, il circula de main en main, puis la logeuse servit du Porto à tout le monde.

La soirée s'éternisa un peu, chacun y allant de son commentaire sur l'évènement. Marie-Louise pleura, elle ne voulait plus que sa cousine sorte seule après son travail.

— Elle a raison, répliqua Jean. Si vous finissez tard, prévenez-nous, l'un de nous ira vous chercher.

— Je ne peux pas vous déranger !

— Pardi, je ferme toujours ma boîte avant vingt heures, pas de problème pour moi.

Puis Marcel renchérit en souriant :

— Je suis souvent à la pension, sortir à votre rencontre le soir ne peut qu'être bénéfique à ma santé !

Après le réconfortant souper, Émilie monta dans sa chambre. Elle fit un courrier à Pablo, lui racontant tout, sans rien omettre et le remercia pour le couteau. Elle ajouta que dorénavant, il ne quitterait jamais son sac à main. Elle se coucha épuisée et s'endormit rapidement.

La nouvelle fit vite le tour de la rédaction. Marguerite s'inquiéta du moral de sa jeune employée.

— Les rues ne sont pas sûres, voilà le spécimen de mâle que l'on peut haïr. Comme vous avez dû avoir peur, mais quel sang-froid, sortir ce couteau en douce. Je ne suis pas convaincue que j'y serais arrivée. Bravo ! Bon, aujourd'hui, nous devons commenter l'actualité sur notre Une de demain. Monsieur Poincaré forme un cinquième gouvernement, et toujours pas l'ombre d'une femme ni dans la liste des ministres, ne rêvons pas, ni dans celle des sous-secrétaires d'État ! Nous allons rédiger une lettre à monsieur Loucheur, le ministre du Travail, à monsieur Barthou, à la justice et à monsieur Tardieu, de l'intérieur. Cela ne servira à rien, mais je pense que la pression des femmes pour le droit de vote ne doit jamais faiblir, n'est-ce pas ? Mon amie, Hubertine Auclert, au fait, ce nom vous dit-il quelque chose ?

— Heu, non, désolée.

— Elle était journaliste aussi, elle avait créé une revue : « La Citoyenne ». Elle était activiste et c'était une belle personne. Elle avait fondé en 1900, le Conseil national des femmes françaises, une organisation pour soutenir notre droit de vote… Savez-vous qu'elle avait brisé une urne à Paris lors du scrutin des municipales de 1908 ? Elle rit. Et en 1910, elle s'était présentée, avec deux autres filles et moi-même. C'était pour les législatives. Nos candidatures ne furent pas retenues, et pour cause : « Vous devez être inscrite sur les listes électorales… » Grotesque tout cela ! Elle est morte en 1914 avant la guerre… Elle serait allée combattre, j'en suis sûre ! Sa mère était déjà une femme incroyable, elle s'occupait d'épauler les filles-mères qui étaient rejetées par leurs familles. Elle les aidait à trouver du travail. Les chiens ne font pas des chats !

La fin de l'année approchait à grands pas avec son cortège de préparatifs. Les rues se paraient de sapins colorés. Après l'armistice, les Parisiens avaient besoin de fêtes et de décoration. Dès le début de décembre, on voyait abonder des lumières et des guirlandes dans les boutiques. Quelques pères Noël erraient sur les boulevards, principalement au niveau des grands magasins. Émilie et Marie-Louise traînèrent en compagnie de Nestor et de Jean. Ils admiraient les automates dans les vitrines, les jeunes femmes étaient fascinées devant la précision de ces jouets. Elles avaient prévu de prendre le train pour rentrer passer les fêtes dans leur famille. Nestor les accompagna à la gare de l'Est, l'étreinte amoureuse qu'ils se firent, Marie-Louise et lui, était sans équivoque. Émilie s'inquiétait beaucoup pour sa cousine. Pour elle, cette relation ne menait à rien. Nestor était un gars formidable, certes, mais il ne gagnait pas sa vie en peignant et n'avait pas de projet d'exposition. Elle s'en voulait de ces pensées. « Bourgeoise, se disait-elle, tu as des idées bourgeoises. Après tout, ils sont amoureux. Mais on ne peut exister de rien… » Elle avait tenté d'en discuter avec Malou, aussitôt, celle-ci s'était fâchée.

— Je suis libre et majeure et j'entends mener ma vie à ma guise, sans que ma cousine rabat-joie me condamne d'avance !

— Ce n'est pas cela, Nestor est un type bien, mais on ne vit pas d'amour et d'eau fraîche !

— Je travaille, je gagne de l'argent.

— Tu m'as confié que tu ne resterais pas à la Fronde…

— Non, effectivement, je n'ai pas l'âme d'une activiste ou féministe comme toi. Mais je ne me projette pas encore. On s'amuse avec Nestor, il est drôle et charmant. Arrête de me faire la morale, s'il te plaît ! Et n'en parle pas à tes parents ni à ma mère… Et pas non plus à Pablo !

L'arrivée à Besançon se fit sous la neige. La ville était recouverte d'un épais manteau blanc, la citadelle ressemblait à un château de contes de fées. Honoré avait pris sa dernière automobile, un modèle Citroën C4 flambant neuf. Sa couleur bleue ravit Émilie, Marie-Louise s'extasia :
— Mon oncle ! Quelle merveille ! Et l'intérieur crème, elle est vraiment jolie cette voiture.
— Je circule beaucoup, il me fallait quelque chose de solide.

Adélaïde attendait les filles au Manoir, elle les serra dans ses bras les yeux légèrement humides. Joséphine était émue et heureuse de revoir Émilie. Caroline fit son apparition, elle les embrassa en riant. Tout le monde parlait en même temps, ils souhaitaient tous savoir comment ça se passait à Paris, et le journal, et la pension, et madame Caspari, et les autres locataires, etc.
Au milieu de ces joyeuses retrouvailles débarqua Suzanne. Elle voulait tout entendre et particulièrement tout savoir de Marguerite Durand.
Caroline et Marie-Louise rentrèrent chez elles, elles reviendraient bientôt fêter Noël au Manoir. Honoré raccompagna sa mère Grand-rue. Jeanine prépara du thé et des biscuits, Émilie s'installa au salon avec Joséphine et sa tante. Elle raconta son travail, son enthousiasme dans cette lutte des femmes, elle parla de Séverine, cette personne qu'elle admirait. Joséphine souriait, elle observait sa fille et la trouvait changée, plus mûre, transformée et libre.
Au retour d'Honoré, Suzanne partit rejoindre son fiancé. Elle venait d'annoncer à sa famille qu'elle allait se marier au mois de mai 1929 avec un instituteur prénommé Louis.
— Je compte sur toi, ma chère nièce, pour être mon témoin, tu rentreras de Paris pour les noces de ta tante !

— Oh oui, avec joie Suzanne, merci ! Elle lui sauta au cou et elles s'embrassèrent avant de se séparer.

Après souper, Honoré se retira dans son bureau, Émilie chaussa des bottes de caoutchouc, enfila son manteau prune et s'enroula dans l'étole de cachemire. Elle sortit dans le parc, il y avait au moins quinze centimètres de neige et ses pas s'enfonçaient dedans en faisant un bruit sec. Les buis étaient méconnaissables, blancs et lourds. Elle se dirigea vers le bassin, la nuit masquait les ombres, mais elle devina une présence non loin d'elle.
— Pablo ? C'est toi ?
— Oui, bonsoir, Émilie, comment vas-tu ? Tu m'as manqué…
— J'ai pensé à toi aussi, Pablo. Comment se portent tes parents ?
— Mon père n'est pas très en forme. Émilie, je voulais te dire, j'ai eu très peur lorsque j'ai reçu la lettre au sujet de ton agression. Très peur.
— Tu n'en as pas parlé chez moi, j'espère ?
— Comme je te l'avais promis. Mais sois très prudente, Paris n'est pas Besançon !
— J'ai très froid, je vais rentrer au chaud. Pablo, je passerai chez vous avant Noël !
— Combien de temps resteras-tu ici ?
— Nous repartons le 29 décembre, nous avons une semaine bisontine. Bonne soirée, embrasse Alvaro et Carmen.
Elle tapa ses pieds sur le perron, se déchaussa et arriva au salon au moment où Honoré allumait son cigare. Elle s'empara de la boîte afin d'en lire la provenance. Il s'agissait d'un Cubain de la marque Rafael Marquez, le coffret était joli, en bois marqueté sur le couvercle, il fermait avec une minuscule clé de couleur or. Émilie avait conservé son étole sur les épaules, elle espérait que l'odeur de la fumée continuerait d'en imprégner l'étoffe.

Pendant les fêtes, elle revit sa famille autour d'un repas majestueux, ils étaient quatorze convives. Émilie était assise entre sa cousine et son père. Il y avait Caroline, Joséphine, Adélaïde, Suzanne et Louis, son fiancé. C'était un garçon grand et mince, brun avec un visage doux, puis Romuald, le frère aîné d'Honoré, son épouse Thérèse. Raymond d'Albigny, le parrain d'Émilie, était, comme toujours, accompagné de sa femme Yvonne et de ses deux filles, les jumelles à présent adolescentes. Ce fut une journée agréable et chaleureuse. La veille, au réveillon, Émilie était restée seule avec ses parents, elle avait joué aux échecs avec son père tandis que Joséphine brodait. Jeanine avait servi un repas froid à la demande de la maitresse de maison, pour qu'elle puisse aller rejoindre ses frères et sœurs habitant le quartier. À vingt-trois heures, ils montèrent en voiture pour se rendre à la cathédrale suivre la messe de minuit. Ils y retrouvèrent Adélaïde. Pour l'occasion, elle portait un épais manteau de fourrure gris chiné, un chapeau cloche foncé et des chaussures à lacet marron.

— C'est du lapin, chuchota Joséphine à sa fille.

Émilie détaillait les vitraux, les parties romanes, gothiques et baroques. Elle admirait les dorures, les peintures de l'époque de Louis XV, elle observait la Piéta, son père lui avait dit qu'elle datait de 1532. Elle n'avait pas été très attentive à l'office, pensant à sa cousine qui était tombée amoureuse trop vite à son goût. Les chants de Noël résonnaient sous la voute, elle s'était levée la première et avait aperçu à quelques rangs derrière eux, Pablo et Carmen qui étaient sortis par l'allée latérale.

Le lendemain de Noël, Émilie alla frapper chez Alvaro et Carmen. Pablo ouvrit la porte, ils s'embrassèrent et la jeune fille pénétra dans le salon. Alvaro était assis sur un grand

fauteuil, il lisait le journal, une paire de lunettes coincée au bout de son nez. Elle leur offrit une énorme boîte de chocolats ainsi que l'enveloppe des étrennes que lui avait confiée Honoré. Carmen prépara du thé et posa sur la table des mantécados et des polvorones, délicieux biscuits de Noël espagnols.
Émilie ne le montra pas, mais l'état d'Alvaro l'alarma, il avait le teint gris, toussait beaucoup et surtout avait terriblement maigri. En l'escortant jusqu'au bassin, Pablo murmura :
— Tu as remarqué comme mon père dépérit.
— J'ai vu, en effet, il a l'air d'aller très mal. Que dit le médecin ?
— Il ne nous a pas donné d'espoir. Nous allons vivre de mauvais moments. Crois-tu que nous pourrons rester dans la maison, si Alvaro… meurt ?
— Oui, évidemment, tu fais son travail depuis plusieurs années, et Carmen ne rechigne pas à la tâche. Ne crains rien, ta place est ici, enfin, votre place, à ta mère et à toi. Courage Pablo.
— Et déjà, tu repars…
— Je reviendrai bientôt !
Ils s'embrassèrent. Émilie frissonna et rentra en serrant l'étole autour de ses épaules.

## Chapitre 5

Bercée par le rythme du train, Émilie rêvassait. Elle songeait à Alvaro, il allait vraiment mal selon elle, et n'allait pas vivre encore longtemps. Cela l'attristait, il faisait partie de son enfance et Pablo était très attaché à son père. Elle entr'ouvrit les yeux, sa cousine observait le paysage qui défilait derrière les fenêtres du compartiment. Émilie s'inquiétait, la relation avec Nestor lui semblait prématurée, elle s'emballait, évidemment. Marie-Louise tourna son regard vers elle et parla lentement :
— Tu sais, je ne vais pas rester à La Fronde, je te l'ai déjà annoncé. Je ne suis pas convaincue que notre travail fasse avancer les choses. Et à vrai dire, ne pas voter ne me pose pas de problème.
— Mais Malou, il y a tant de différence dans les salaires, dans les emplois…
— Je trouverai bien une activité et je prendrai la rétribution que l'on me donnera. Nestor va chercher un boulot aussi. Il y a de grandes chances que l'on s'installe rapidement ensemble.
— Mais que va penser ta mère ?
— Dans un premier temps, on ne lui dira rien !
— Tu veux que je mente à ma tante Caroline et à grand-maman ? Es-tu folle ?
— Tu le feras, tu te tairas pour protéger ta cousine chérie !

— Oui, tu es complètement folle ! Imagine que mon père ou Caroline viennent nous rendre visite à Paris…
— On avisera à ce moment-là. On cherche un petit appartement dans un quartier moins onéreux que le 9e.
— En fait, vous avez déjà tout prévu, Nestor et toi.
Marie-Louise esquissa un sourire discret, mais ne répondit pas. Elle baissa ses paupières et fit mine de dormir. Émilie fulminait intérieurement.
À la pension, elles furent accueillies à grands cris de joie, Nestor se précipita vers Marie-Louise et Jeanne sauta dans les bras d'Émilie. Elles racontèrent leur Noël, le voyage, puis montèrent se coucher. Pour la première fois, Émilie ne souhaita pas une bonne nuit à Malou.

Le lundi, elle reprit le chemin du journal seule, Marie-Louise ne travaillait qu'à partir du mardi. Marguerite la reçut chaleureusement. Installées dans le bureau, elles parlèrent des fêtes puis la directrice rentra dans le vif du sujet. Tout d'abord, les finances se portaient mal, malgré une remontée des ventes avec le numéro spécial sur Sébastienne Guyot, les distributions étaient en chute libre.
— Je suis vraiment très inquiète et j'ai eu une mauvaise nouvelle qui me met en rage aussi. Tu vois qui est Éléonore de l'atelier typo ?
— Oui, la jolie blonde qui vient toujours avec un béret assorti à ses chaussures !
— Elle est morte, Émilie… Morte dans d'affreuses souffrances. Elle était enceinte de deux mois et est allée trouver une faiseuse d'anges. Je ne sais pas qui elle a consulté, mais elle s'est fait charcuter. Elle renifla, des larmes coulaient le long de ses joues. Elle poursuivit, mon amie Madeleine Pelletier se bat depuis des années afin de légaliser l'avortement, ou du moins pour que les médecins acceptent de pratiquer cet acte.

— C'est épouvantable ce qui est arrivé à Éléonore. Voulez-vous que j'enquête avec Betty ? Nous pourrions faire un numéro sur ces avortements clandestins, sur les victimes…
— Attention, Émilie, ce sujet c'est de la dynamite. Vous risquez d'avoir de gros ennuis, mais je pense que ça vaut la peine de tenter. Je vais téléphoner à Madeleine, elle pourrait nous aider, même si, en ce moment, elle est plutôt branchée politique. Depuis 1927, elle collabore au journal « Plus loin », une revue très à gauche.
— Betty va arriver, je vais voir avec elle. Comment vont les autres filles de l'atelier ? Ce doit être difficile pour elles.
— Thérèse était la grande amie d'Éléonore, elle est anéantie. J'ai demandé à Lucien de les seconder pour le prochain tirage. Tiens, dit-elle en fouillant dans le tiroir du bureau, je te prête ce livre que Madeleine a écrit en 1913 : « Le droit à l'avortement ».
Émilie s'installa et commença la lecture de l'article.
*« … L'avortement est aujourd'hui d'un usage général dans les grandes villes. Les médecins le pratiquent peu, ils consentent parfois à délivrer une femme, mais ils ne tirent pas de l'avortement un gros revenu. Les sages-femmes le font davantage, leurs diplômes inférieurs mettent le public à l'aise. À Paris, des agences se sont installées, faisant une publicité à peine déguisée dans les journaux. On peut lire ce genre d'annonces : "Retard, moyen infaillible"…*
*Les prix demandés sont très variables, ils descendent de deux cents francs à même dix francs.*
*Malheureusement, l'avortement est dangereux. L'opération qu'il nécessite est bénigne, si l'article 317 était aboli et que l'on permet aux médecins de délivrer les femmes qui le demandent, on n'aurait jamais d'accidents. Le danger vient de l'ignorance des opérateurs. Canules à lavements, aiguilles à tricoter, tringles à rideaux, épingles à chapeau, tisonnier… En utilisant ce genre d'instruments, sans*

*antisepsie, on va au-devant de salpingites, métrites, péritonites et septicémies... »*

Elle posa la feuille et resta songeuse quelques instants. Elle programmerait un article avec Betty sur ce sujet en début d'année prochaine.

Elle sortit, sur le trottoir sa cousine la rattrapa. Marie-Louise l'apostropha :

— Tu boudes Mimi, je le vois !

— Je ne boude pas, j'ai de la peine, et surtout, je me fais du souci pour toi.

— Mais il ne faut pas, regarde, je suis en pleine forme, je suis heureuse !

Elle resta silencieuse quelques instants, puis changeant de ton :

— Oh, tu as appris pour la petite Éléonore ? C'est horrible ce qui s'est passé. Je sais que tu penses aussi à ça pour moi. Je n'ai pas encore dépassé certains stades avec Nestor, il accepte les limites.

La pension était décorée. De bonnes odeurs se répandaient jusque dans l'entrée. Elles furent accueillies par Jeanne qui portait un diadème en plastique et une robe fleurie.

— C'est le réveillon, le dernier jour de 1928 et dans quatre heures, on sera en 1929 ! On va bien manger, maman et Georgette ont préparé de délicieuses choses, mais je ne dois rien dire, c'est une surprise. On soupera à vingt et une heures et en jolie tenue, a dit maman !

Les filles éclatèrent de rire et regagnèrent leurs chambres respectives. Émilie avait prévu de porter sa robe étrennée à Noël. En satin de soie marine, elle était légèrement décolletée et surtout très élégante. Elle l'adorait et la trouvait chic. Les chaussures babies beiges complétaient la tenue. Elle admira son reflet deux minutes, prononça « parfait » et s'installa à son bureau pour écrire à Pablo. Une heure plus tard, Marie-Louise gratta à sa porte.

Elle était sublime, sa robe en voile et crêpe rose lui allait à ravir. Elle avait posé un bandeau de dentelle et de perles sur son front.
— Tu es magnifique ! Cette robe est incroyable et faite pour toi !
— Je te retourne le compliment, chère cousine !
La table était mise, Marthe avait disposé sa plus jolie vaisselle, blanche avec un liseré doré. Georgette portait un fourreau noir simple, elle avait ajouté une chaîne en or et un médaillon. La logeuse avait opté pour un ensemble tunique et jupe en soie chocolat. Nestor attendait Marie-Louise, Jean buvait déjà un whisky, Marcel était assis dans le fauteuil, un verre à la main. Céleste travaillait, ses patrons réveillonnaient sur les grands boulevards, les enfants restaient avec leur nurse. Madeleine n'arrivait pas, Émilie proposa de monter vérifier que tout allait bien. Elle frappa à la porte, une petite voix fit « Oui, entrez ! » Émilie pénétra dans la chambre sombre, la jeune fille, en larmes, était installée sur son lit. Elle se précipita vers elle :
— Que se passe-t-il Madeleine ? Es-tu malade ?
En sanglotant, elle tendit une lettre à Émilie. Elle lut rapidement que sa mère avait été hospitalisée à Lyon. Elle avait fait une attaque, ses jours n'étaient plus en danger, mais elle avait perdu l'usage d'un bras et d'une jambe. Le mot était terrible et souligné : Hémiplégie. Le courrier était signé : papa.
— Tu pourras peut-être prendre du temps pour visiter ta famille… en attendant, viens manger et te changer les idées. Je vois que tu as passé une jolie robe que tu as cousue toi-même, j'imagine !
Madeleine répondit un oui timide puis elle sécha ses larmes et elles descendirent rejoindre les autres. La soirée fut joyeuse, ils se régalèrent de mets délicieux, d'une terrine de saumon à l'aneth, d'une pintade aux morilles et du fameux gâteau Paris-Brest dont Marthe avait pleuré la recette au

pâtissier voisin. Ils burent allègrement et à minuit, s'embrassèrent sous la boule de gui. Il était deux heures lorsqu'Émilie monta dans sa chambre. Avant de se coucher, elle eut le courage d'écrire à Pablo. Elle avait passé un excellent réveillon, mais subitement, elle se sentit plombée. Elle ressentait un trop-plein de peines et d'angoisses. Sa cousine Malou lui causait du souci, le journal allait peut-être mettre la clé sous la porte, le décès d'Éléonore, dans des circonstances épouvantables, Alvaro mourant, le chagrin de Pablo, qui serait le sien aussi… Et les nouvelles du monde ! Elle avait jeté un rapide coup d'œil sur la une. L'instabilité yougoslave, la crise au gouvernement français, le fascisme en Italie. Comment cette nouvelle année 1929 allait-elle se passer pour elle et pour tous ceux qu'elle aimait ? Elle se coucha, des larmes jaillirent et imbibèrent l'oreiller.

Comme elles ne reprenaient le travail que le trois janvier, Émilie, Marie-Louise, accompagnées de Nestor, de Jean et de Marthe, avaient décidé d'aller applaudir cette vedette incroyable dont on parlait dans tous les journaux. Avant qu'elle ne parte en tournée mondiale, Joséphine Baker rencontrait un succès sans pareil aux Folies Bergères. La salle était déjà comble. Chanceux, ils étaient placés à l'orchestre. Joséphine, belle, un sourire craquant, dansa, tantôt couverte de plumes d'autruche, tantôt nue, elle était splendide. Marthe fut séduite par son accent et sa manière de prononcer « Paris ». Lors de la seconde apparition, elle portait un tutu de bananes en peluche, elle fit un charleston endiablé, chanta, se contorsionna. Ce fut pour tous une soirée éblouissante.
Le lendemain, un journal annonça : « *Une femme africaine, sauvage, qui se trémousse comme un singe, voilà que les indigènes africains envahissent nos scènes prestigieuses. Et que dire de la danse des bananes, bestialité fantasmée des*

nègres ? Pour l'honneur français, honnêtes gens, n'allez pas voir la vicieuse Joséphine Baker (actrice non française) la plus immorale, aux tenues indécentes, aux chansons obscènes, aux danses macabres. »
Cet article mit Émilie en colère, puis, avec l'aide de Marguerite, elles rédigèrent un paragraphe sur le numéro de La Fronde : *« Des tableaux favorisant sa frénésie d'enfant noire, grimacière, font valoir ses dons de comédienne instinctive, son inclinaison à très bien interpréter le drame. Sa voix aigüe, juste, émue, nous l'aimons, volant de vocalise en tireli. Nous adorons sa gentillesse, son désir affectueux de plaire, qui, chez Joséphine, nous touchent bien mieux que ne ferait la coquetterie... Une revue de grand music-hall ! »*

Le matin du trois janvier, Émilie se cogna à Marcel dans l'entrée de la pension. Des valises et des sacs l'entouraient.
— Oh, Marcel, vous nous quittez ou peut-être partez-vous en vacances ?
— Non, j'abandonne Paris, je vais m'installer en Bretagne, l'air me conviendra davantage et j'aurai aussi plus d'inspiration pour mon roman. Au revoir, Émilie, ce fut un plaisir de vous rencontrer.
— Bonne chance à vous, je vous souhaite beaucoup de succès.
Marie-Louise la rattrapa dans la rue, elles discutèrent de Marcel qui partait à l'autre bout de la France. Madeleine avait pris le train la veille pour visiter sa mère à l'hôpital. Elle ne reviendrait que dans quelques jours.
— La pension va être bien vide pour ce début d'année. J'espère que Marthe va rapidement retrouver un locataire, remarqua Marie-Louise. Oh, ce soir, je sors avec Nestor, je vais découvrir un de ses vieux amis peintres. Émile Bernard, vois-tu qui il est ?

— Pas du tout, ce nom ne me dit rien. Que peint-il ? Quel est son style ?
— Je ne sais pas. Il a longtemps vécu en Bretagne, c'est un homme déjà âgé, Nestor le considère comme un maitre. Je te raconterai. La dernière fois que je suis allée place du Tertre, j'ai fait connaissance avec Suzanne Valadon, tu te souviens, la mère de Maurice Utrillo. Elle est très douée, j'aime beaucoup ce qu'elle fait.

Émilie était heureuse de retrouver Betty, elles s'embrassèrent avec chaleur. Marguerite les pressa de terminer l'écriture de l'article sur l'avortement. Elle leur conseilla de trouver celle avait massacré Éléonore, et pourquoi pas, de la rencontrer. Elles hésitaient, craignaient la réaction de cette personne. Émilie de son côté se dirigea vers l'atelier des typographes. Elle avait décidé d'approcher Thérèse et de dénicher le plus de renseignements possible. La jeune femme avait du mal à parler, mais la journaliste l'attira à la salle des repas et demanda à Nann un grand bol de chocolat chaud. La typographe pleura, renifla et avoua qu'elle avait eu connaissance de la grossesse d'Éléonore. Son ami était un homme marié, il travaillait comme chef de rayon au Bon Marché. Ayant déjà deux enfants, il ne souhaitait ni divorcer pour l'épouser ni assumer le bâtard… Il s'était démené pour trouver une faiseuse d'ange. Elle buvait lentement le breuvage odorant que Nann avait posé devant elle. Elle savait par ouï-dire que c'était une lavandière, une de celles qui se rendait souvent au bateau-lavoir près du pont des Arts. Elle lança un prénom, mais pleura de plus belle, elle ne voulait pas accuser une innocente.
De retour à son bureau, Émilie réussit à convaincre Betty d'aller errer du côté du pont des Arts dès le lendemain. Il faisait très froid, les températures étaient négatives, mais elle pensait que beaucoup de femmes fréquentaient les

lavoirs, quitte à casser la glace. Elle se rappelait la machine à laver en bois que son père avait achetée pour le Manoir. Lorsqu'elle était arrivée à la buanderie, Jeanine avait éclaté de rire en disant que ce n'était pas ce tonneau monstrueux qui allait remplacer son battoir ! Et finalement, elle trouva cet engin assez amusant. Malgré cela, elle descendait toujours au bord de la rivière avec le petit linge de corps, de peur qu'il ne soit abimé par l'étrange appareil.

Le jour suivant, elles se vêtirent chaudement et décidèrent de se rendre à pied jusqu'au fameux pont. Vingt minutes plus tard, elles longèrent la rue de Rivoli, passant près du Louvre et du Palais Royal, puis elles bifurquèrent au jardin de l'Oratoire. Au niveau du pont, elles aperçurent le bateau-lavoir. Il ne paraissait pas y avoir beaucoup de monde. Elles se regardèrent, déçues, mais elles descendirent l'escalier et interrogèrent deux femmes qui en sortaient. Leur visage était pourpre, de la poche de la plus âgée, dépassait une bouteille de vin. C'est la jeune fille qui prit la parole, elle répondit qu'il y avait deux Yvette qui fréquentaient cet endroit. Une qui avait environ quinze ans, elle travaillait pour des bourgeois du XVIe arrondissement. L'autre, c'était la femme du boulanger de la rue Saint-Jacques.
— Ça va vous faire une trotte pour y aller ! Je vous conseille le tram, ajouta-t-elle ironique.
Elles cherchèrent la boutique, c'était une échoppe simple, mais le pain et la viennoiserie étaient appétissants. La fameuse Yvette se tenait derrière la caisse. Émilie expliqua brièvement pourquoi elles étaient là. La femme pâlit, puis cria qu'elle n'avait rien à leur dire, que ça n'était pas de sa faute si la môme était de faible constitution. Betty lui enjoignit de se calmer et ajouta qu'elles apprécieraient de discuter dans un autre endroit. Yvette grommela, puis leur fit signe de la suivre à la cuisine. « Mon mari dort jusqu'à

dix-huit heures. » Elle commença à raconter qu'elle faisait ça régulièrement, ça mettait du beurre dans les épinards.
— Quand le monsieur en costume est venu me demander de faire passer le gosse de sa copine, j'ai bien compris que c'était sa maitresse et qu'il était en mauvaise posture. Il m'a montré les billets qu'il tenait alors j'ai dit oui. La petiote est arrivée le lendemain. J'avais nettoyé mes... outils, j'avais depuis longtemps acheté une sonde intra-utérine dans le rayon herboristerie du bazar de la rue. Ça marche bien, je n'ai jamais eu de pépins. La gamine, elle était terrorisée, ça se devinait. Le gars n'est même pas resté l'attendre, il lui a lâché : « c'est là », il lui a fourré encore de l'argent dans la main et il s'est barré. J'en vois souvent des types comme ça, va, de ces messieurs qui ne veulent que le plaisir et pas les emmerdements. Où j'en étais, moi ? Oui, j'ai installé la fille, elle tremblait, pis j'ai sorti mon matériel.
— Vous la stérilisez, votre sonde ? demanda Betty.
— Heu, non, je ne peux pas, c'est du caoutchouc et de l'os, je crois. Ben, si je la balance dans l'eau bouillante, elle sera fichue. C'est que je ne peux pas en acheter toutes les cinq minutes ! Vous voulez voir ?
Avant qu'elles ne répondent, elle avait sorti d'un placard une boîte dans laquelle trônait la fameuse sonde. Émilie frissonna. La boulangère rangea le tout et reprit :
— J'ai senti que ça ne se passait pas bien. Elle m'avait dit qu'elle avait un mois en retard, mais c'était deux et même plus ! J'ai gratté, tourné au hasard. Elle criait. Puis elle a énormément saigné, mais j'ai bien vu arriver la boule, enfin le fœtus. Mais Dieu, qu'elle saignait ! Une pure boucherie ! Je lui ai donné un verre de vin, un morceau de brioche. Mon Gaston en fait de très bonnes. Puis je l'ai aidée à se mettre debout. Elle est partie prendre son tram. Je lui avais laissé un gros paquet de linge, parce que vraiment, elle saignait beaucoup, ça dégoulinait, j'avais du sang partout, sur la table et au sol. Et vous dites qu'elle est morte ?

Émilie était au bord de la nausée, blanche, elle ne réagissait pas. C'est Betty qui confirma la disparition.
— Trois jours plus tard, elle a rendu son dernier soupir, abandonnée et seule. Elle a souffert, madame, beaucoup. C'était une enfant !
— Hé, j'y suis pour rien ! J'ai fait ce qu'on m'a demandé. N'en parlez pas, s'il vous plait. J'aurais des ennuis, vous savez.
Émilie se leva la première et sortit sans un mot. Betty l'empoigna par les épaules et la serra un instant contre elle.
— Rentrons vite, il y a un tram non loin d'ici, dit-elle.

## Chapitre 6

« Alvaro est mort, Alvaro est mort. » Émilie s'était enfermée dans sa chambre après l'appel téléphonique de son père. Comme tous les dimanches, elle rentrait d'une promenade parisienne. Ce trois février, le ciel était azuréen et dégagé, la température douce pour la saison invitait à la balade. À son retour, Marthe ouvrit la porte, elle avait le visage grave, elle se douta que quelque chose était arrivé. Honoré rappela la pension et parla pendant dix minutes avec sa fille. « Alvaro est mort ». Elle pensait attraper rapidement un train pour rejoindre Besançon, mais le message précisait : « Pablo ne veut pas que tu assistes aux obsèques, il sait que tu as autant de chagrin que lui et il ne supporterait pas de te voir pleurer. Tu viendras plus tard, Mimi. Et ne t'inquiète pas pour Pablo et Carmen, je m'occupe des funérailles », avait-il ajouté, de sa voix chaude et rassurante. Elle sanglotait, allongée sur son lit. Elle se remémorait le parc du Manoir à l'arrivée du jardinier et de sa famille. Les parties de cache-cache avec Pablo, la patience d'Alvaro lorsqu'il leur expliquait comment cultiver les radis, son rire quand elle s'y prenait mal. Et ses pauses cigarette, rêveur appuyé sur le râteau, ou assis sur le banc à observer les grenouilles de la mare. Elle se souvint du jour où il avait attrapé une salamandre, à la vue de l'étrange animal, elle était rentrée en courant vers sa mère. Comme ils s'étaient moqués d'elle ! Et les pique-niques sous les arbres. Certains dimanches, ils se retrouvaient avec Honoré, Joséphine, Carmen, Alvaro et Pablo près du bassin. Chacun apportait sa spécialité, c'était un festin sur l'herbe. Sa cousine entra doucement et s'installa à ses côtés. En silence, elle passa son bras autour de ses épaules et lui embrassa le cou. Elles se remirent toutes deux assises, discutèrent d'Alvaro et de sa famille. Avant de dormir, elle écrivit une très longue lettre à Pablo, lui confiant son chagrin et assurant sa venue dans quelques semaines.

Le mercredi suivant, Betty et elle travaillaient sur leur article concernant l'avortement. Une silhouette massive se profila dans le hall. Surprise, Émilie dit à Betty :
— Je crois qu'il y a un homme dans l'entrée. Marguerite n'est pas encore arrivée, que faisons-nous ?
— Attends, il nous a vues, il se dirige vers notre bureau... Bonjour, mon... madame !
La personne se présenta, elle s'appelait Madeleine Pelletier. Elle rit devant leur stupéfaction. Elle avait effectivement un air masculin. Grande, forte, vêtue d'un costume noir, les cheveux courts coiffés d'un chapeau melon, elle avait une allure indéniablement hommasse. En l'observant, Émilie avait songé à ce comédien comique Oliver Hardy. Mais à présent que Madeleine s'était approchée, on ne pouvait se tromper, c'était une femme avec un visage doux et des yeux bruns pétillants. Elle commenta sa tenue en précisant qu'elle n'avait pas réclamé d'autorisation.
— En effet, ajouta-t-elle, j'aurais dû demander la permission de travestissement à la préfecture de police, loi qui court depuis le 7 novembre 1800 ! Elle éclata de rire et poursuivit : « *La virilisation en passant par le costume et le chapeau masculin est le gage de l'émancipation de la femme* », elle continua de parler sur le féminisme, rapportant une critique sur les « *féministes en dentelle, ces*

*femmes qui osent le décolleté comme une forme de libération ».* Elle leur annonça qu'elle montrerait ses seins dès que les hommes s'habilleraient de pantalons qui exhiberaient leurs… outils. Elle s'esclaffa devant l'air stupéfait et rougissant de Betty. Ensuite, elle déposa sur le bureau un feuillet intitulé « Internement », Betty la regarda avec étonnement. La militante, journaliste et docteur en médecine lui expliqua qu'il s'agissait d'un article sur les internements abusifs. Elle dit que de nombreuses filles terminaient leur vie à l'asile sous prétexte qu'elles étaient folles.

— En réalité, ce sont des victimes d'hommes peu scrupuleux qui les font enfermer au prétexte de refus d'un mariage de convenance, d'une grossesse, ou même, d'un héritage convoité par un frère ou un oncle. C'est ainsi une formidable manière de se débarrasser d'une gamine, sœur ou épouse ! Il y a aussi tant de médecins sans scrupules qui préfèrent l'argent facile aux difficultés.

— C'est horrible, répondit Émilie, puis elle poursuivit : Madame, nous avons rédigé plusieurs pages pour un numéro de la Fronde spécial sur l'avortement. Voulez-vous le consulter ?

Madeleine s'installa sur une chaise et lut tout ce que les filles avaient écrit.

— Je vous félicite, il ne manque rien. C'est un excellent article, bravo. En ce qui concerne l'interruption de grossesse médicale, je reste assidue dans mes demandes de légalisation. Les députés voient plutôt cela d'un bon œil, mais systématiquement les sénateurs refusent… Depuis 1920, la loi punit sévèrement les avortements, la contraception et toute propagande anticonceptionnelle, c'est à cause de la guerre qui a décimé tous ces hommes. Mon cheval de bataille, ce sont cette loi et le droit de vote. Ah, voilà Marguerite !

Les deux amies s'embrassèrent puis disparurent dans le bureau directorial. Les jeunes filles se consultèrent du regard et prononcèrent en même temps : « Quel ouragan ! » Émilie travaillait dur, elle n'en revenait pas du nombre de situations dans lesquelles les femmes étaient en souffrance ou dédaignées. Ce qui la chagrinait particulièrement, c'était que ces combats étaient des luttes d'intellectuelles. Les Marguerite Durand, Séverine, Louise Michel et même Olympe de Gouges bien avant, n'appartenaient pas au peuple. À part Madeleine Pelletier qui était née pauvre, les autres, journalistes, écrivaines, médecins, psychiatres, éditrices, enseignantes pédagogues, dramaturges, politiciennes, brillaient par leur érudition, leur éducation bourgeoise nourrie d'études et de culture… Qu'en était-il de la bonne, de l'épouse de l'aubergiste du coin de la rue ou de celle de la brute qui flanque des coups, de la boulangère qui pratique des avortements, de la petite main de chez Paquin ou Régny… ? Elle confia ses réflexions à Betty, qui, après un temps de silence, répondit :

— Mais tu as raison, je n'avais pas songé à ces femmes. Nous restons bloquées dans notre monde de l'édition… La plupart ne savent pas lire… Un magnifique sujet d'enquête et d'articles. Un numéro spécial, voilà ce qu'il nous faut.

— Oui, d'accord, c'est louable de parler d'elles dans la revue, quelles solutions allons-nous leur apporter ? Vas-tu sortir du logis le mari alcoolisé qui frappe la mère de ses enfants ? Vas-tu enlever les adolescentes de la maison close dans laquelle une maquerelle les tient prisonnières, ou celles que les proxénètes jettent sur les trottoirs de Pigalle ? Des mineures, pour la majorité. Le féminisme, pour moi, ce n'est pas que la quête du droit de vote, c'est la reconnaissance de la femme comme une personne digne et qui ne doit plus être l'objet des hommes…

La porte du bureau s'ouvrit brusquement, Madeleine et Marguerite firent irruption et la seconde commenta :

— Nous t'avons écoutée, Émilie, ma chère petite militante ! dit en souriant Marguerite. Tu as raison, si nous nous sommes concentrées sur la légalisation du droit de vote, si Madeleine, Séverine et moi nous présentons à chaque élection, c'est dans le but de libérer nos sœurs, toutes nos sœurs, de ces emprises. Le Royaume-Uni vient d'accorder ce droit aux femmes de plus de vingt et un ans ! L'Espagne, le Liban, la Roumanie et même la Mongolie, en 1923. Nous sommes des attardés en France. Avez-vous entendu parler de Louise Weiss ? Elle est journaliste, agrégée de lettres et diplômée de l'université d'Oxford. Oui, Émilie, encore une intellectuelle, issue de la grande bourgeoisie alsacienne. Je lui ai écrit et nous avons, avec cette femme, une alliée intelligente. Elle a travaillé pour « l'Europe nouvelle ». Actuellement, elle collabore au « Petit Parisien ». C'est une battante, nous entendrons parler d'elle. Émilie, Betty, concoctez-nous un numéro spécial de La Fronde, rencontrez ces employées de maison, ces serveuses, ces prostituées, ces épouses avec six ou sept enfants, interrogez-les, sondez-les, leur avis est important.

Ce soir-là, Émilie quitta le journal tardivement. Elle avait discuté avec Betty de la meilleure manière de procéder. Elles avaient décidé de commencer les enquêtes dès la semaine suivante. La jeune fille était néanmoins assez inquiète. Certains quartiers visés n'avaient pas très bonne réputation, elles devraient redoubler de vigilance, et peut-être, comme le suggérait Madeleine, prévenir la rédaction à chaque sortie, afin d'être vite retrouvées au cas où ! À quelques encablures de la porte du hall, elle aperçut une silhouette. Craintive, elle ralentit le pas et machinalement mit sa main dans la poche de sa veste, là où dormait dorénavant le canif. Même si l'ombre n'avait rien de menaçant, elle préférait être prête à toute éventualité. Une voix connue l'interpella :

— Bonsoir Émilie, ta cousine est rentrée tôt à la pension et comme j'ai fermé ma boîte avant la nuit, je me suis dit que je viendrais t'attendre. Tu travailles tard. Hé, sors ta main de ta poche, je suis certain que tu la gardes sur le couteau, pas vrai ?
Il rit.
— Merci Jean ! confirma-t-elle, oui, je l'avais déjà empoigné, je suis rapide !

Ils cheminèrent en parlant chacun de leur emploi. Jean était un grand gaillard de vingt-huit ans. Originaire de l'Indre, il venait d'un milieu modeste, avait perdu son père dans un accident de bûcheronnage. Sa sœur jumelle était restée au village avec sa mère, elles vivotaient de leur jardin, du poulailler et de l'argent qu'expédiait Jean chaque mois.
— Tu sais, lui confia-t-il, Lucienne possède une voix extraordinaire. Elle chante avec une tessiture aigüe aussi belle que celle de Joséphine Baker. Je lui ai proposé de venir avec moi à Paris, prendre des cours d'art vocal, mais elle n'a pas souhaité abandonner notre mère. Voilà comment on passe à côté de sa vie.
— Elle ne veut pas se marier, elle n'a pas d'amoureux ?
— Non, elle avait été attirée par un de mes amis, mais il a épousé une fille du village voisin. Grosse déception… Je change de sujet, nous avons un nouveau pensionnaire, il a intégré la chambre de Marcel. Il se prénomme Victor, il est clerc de notaire dans notre rue, tu sais, l'Étude au carrefour.
Elle fit connaissance avec le fameux Victor, il présentait bien malgré son embonpoint et fut suffisamment disert et drôle pour animer le souper. Il arrivait d'Auvergne, d'une petite ville à côté de Saint-Étienne.
— Personne n'ignore Saint-Étienne et les célèbres manufactures Michelin, vous voyez, le gros bonhomme blanc en pneus, le Bibendum. Tous les hommes de la région travaillent dans ces usines. Savez-vous qu'en plus des

pneumatiques, entre 1915 et 1918, Michelin a fabriqué des avions, près de deux mille Breguet ? Pour la guerre et tous ces jeunes aviateurs !

Toute la tablée l'écoutait avec attention, Jeanne bâilla bruyamment une ou deux fois. Marthe se leva et sortit pour mettre la petite au lit. Ce fut le signal du départ, chacun débarrassa assiettes et couverts, plia sa serviette et regagna son domaine. Marthe rappela Émilie alors qu'elle gravissait la première marche, elle lui tendit une lettre en s'excusant, elle avait oublié de la lui donner auparavant, perturbée par l'arrivée de Victor. Marie-Louise monta, resta quelques minutes en compagnie de sa cousine, puis elle rejoignit Nestor au salon. Ils consultèrent le journal du matin, épaule contre épaule. Émilie lut le courrier de Pablo. Il expliquait pourquoi il avait préféré qu'elle n'assistât pas aux obsèques. Le chagrin de son amie aurait été insupportable pour lui. Il allait bien, consolait Carmen et travaillait dans le parc. Après la dernière tempête, il fallait ramasser les branches tombées. Il répétait qu'elle lui manquait. Elle passa une nuit mouvementée, rêva de femmes en loques, d'enfants sales tendant la main vers elle, d'hommes la menaçant... Elle se réveilla en sueur par deux fois. À six heures, elle se leva, s'habilla et descendit à la salle à manger. À la cuisine, Georgette était affairée devant le fourneau. Le feu ronronnait et une subtile odeur de café flottait dans toute la pièce. La jeune fille accepta avec gratitude le breuvage offert, Georgette vint s'asseoir à ses côtés.

— Vous dormez mal, Émilie ?
— Généralement, non, mais cette nuit fut détestable. J'ai été perturbée par d'épouvantables cauchemars en rapport avec mon travail, mais rien de grave... Georgette, je voulais vous demander, que pensez-vous du féminisme ?
— Je l'ignore, je n'y ai pas beaucoup réfléchi. Vous savez, je viens d'un milieu où les filles sont élevées pour devenir

des épouses soumises, pour mettre au monde et s'occuper d'une ribambelle d'enfants. Grâce à Marthe, qui m'a beaucoup parlé de Marie Curie, de Louise Michel, j'ai acquis beaucoup de notions libertaires, mais je ne pourrais dire si je suis féministe. J'adorerais voter et décider de qui je veux au gouvernement ou à la mairie, ça oui, j'aimerais ça ! Ma mère disait : « La politique, ma fille, c'est une affaire d'homme, comme la comptabilité, l'alcool et les cartes ! »

— Les cartes ? Quelles cartes ?

— Les cartes à jouer. Elle estimait que seuls les messieurs pouvaient toucher des cartes, ou peut-être des femmes de mauvaise vie ! Oh, ce n'est pas tout, je dois préparer les légumes. Bonne journée, Émilie !

Après le départ de Georgette pour la cuisine, Émilie attrapa la gazette de la veille. Elle parcourut un article dans lequel le journaliste commentait l'arrivée de Heinrich Himmler à la tête de la Schutzstaffel du gouvernement national-socialiste allemand. Cette section avait été fondée en 1925 afin de protéger Adolf Hitler et avait à présent pour diminutif les lettres SS. En bas de cet article, elle lut un extrait d'une première bande dessinée illustrée par Hergé, dont le vrai nom était Georges Rémi. Elle trouva les dessins tout à fait réussis, le titre était : *« Tintin au pays des Soviets »*. Elle sourit, ce nom de Tintin ne lui paraissait pas très crédible. Ils changeront, songea-t-elle, cela ne marchera pas. Elle posa le quotidien, découragée. Les dictatures fleurissaient partout en Europe, rien de réjouissant, selon elle. Elle sortit de sa poche la lettre de Pablo reçue la veille. Elle relut les « Tu me manques », elle ne savait quoi penser. Son esprit était si occupé avec ses recherches journalistiques, ses projets d'enquête, qu'elle n'imaginait plus qu'il puisse y avoir une place pour un homme dans sa vie. Mais si un jour elle devait vivre une histoire d'amour, ce serait incontestablement avec lui. Pablo. Les locataires descendirent pour le petit déjeuner. D'abord Céleste, toujours réservée, elle s'empara d'un bol de café qu'elle avala rapidement et partit après avoir timidement salué les autres pensionnaires, puis débarqua Jean, éternellement souriant. Il fit un clin d'œil à Émilie, se servit généreusement de lait, de chocolat et mordit avec appétit dans une énorme tartine beurrée. Marthe et Jeanne entrèrent en chahutant. La fillette avait les joues rouges, brillantes, les cheveux humides tirés en queue de cheval. Elle noua autour de son cou une grande serviette écossaise afin de protéger des taches le sarrau bleu à col blanc impeccablement repassé par Georgette. Il y eut un brouhaha dans l'escalier, Nestor descendait en compagnie de Marie-Louise, ils riaient à une blague du garçon. Émilie observa sa cousine, elle paraissait si épanouie et si heureuse. Elle n'avait plus parlé de ses projets de quitter le journal. Sans doute avait-elle réalisé que la précipitation nuirait plus qu'une bonne réflexion.

Betty et Émilie s'entendaient bien, pour le plus grand bonheur de Marguerite. Elle avait confié à Madeleine Pelletier que ces deux jeunes femmes formaient un duo de choc ! Betty avait un an de plus que son amie, elle était native de la région parisienne, d'un village nommé Dugny Le Bourget. Elle avait raconté à Émilie que durant la guerre, elle observait les avions qui décollaient non loin de sa maison, là où se situait l'Escadrille 104. Adolescente, elle allait avec ses camarades sur la place du bourg guetter les beaux aviateurs. Ses parents étaient agriculteurs, issus de la terre depuis plusieurs générations, ils possédaient un grand domaine paysan, elle avait trois frères et une sœur. L'aîné avait été tué dans la Somme en 1918, il avait à peine dix-huit ans et les deux autres œuvraient à la ferme. Comme

Betty, Julie, la benjamine, avait été encouragée à poursuivre des études. Elle était maîtresse d'école à Dugny.
Betty avait un tempérament joyeux et travaillait en chantonnant la plupart du temps. Émilie et elle organisèrent leur programme des visites de la semaine. Elles avaient décidé de se rendre dans le quartier pauvre du faubourg Saint-Marcel, que les Parisiens surnommaient le « faubourg souffrant ». Elles appréhendaient d'y aller ayant entendu des commentaires épouvantables sur les miséreux de ces rues. Marguerite délégua Jacob, un ouvrier imprimeur pour qu'il accompagne les filles dans leur périple. Jacob était une masse de muscles, grand et puissant, ses mains seules impressionnaient quiconque s'adressait à lui. La directrice trouva un remplaçant à l'atelier et après maintes recommandations, l'envoya retrouver les enquêtrices à leur bureau. Elles furent intimidées par la stature de l'homme, mais rassurées d'être en sa compagnie. Émilie lisait un paragraphe d'un livre prêté par Marthe à la pension. Il s'agissait d'un article sur la pauvreté : « *La pauvreté peut dégénérer en déchéance, voire en honte. Certes, la pauvreté est liée à la charité, mais elle fait toujours scandale et trouble les consciences. Il y a nécessité d'un combat contre la misère...* »

Ils prirent le métro, puis un autobus et se retrouvèrent au cœur d'un ensemble de bâtiments gris et délabrés. Des enfants sales jouaient sur le trottoir, des femmes les apostrophaient, les tançant parce qu'ils criaient ou se déportaient sur la route. Un camion bringuebalant les dépassa, il se gara tout près d'eux. Un homme en vêtement couvert de taches sombres leur intima de se décaler, il descendit deux tonneaux qu'il fit rouler jusqu'à une échoppe dont la devanture vitrée était noire de crasse. Il observa le trio, fit une grimace et cracha sur le sol. Émilie frissonna, elle entraîna ses compagnons à la taverne, poussa

la porte et entra. Une puanteur les submergea, relents de bière, des fumées des cigarettes et du fourneau à charbon mélangés à une odeur de choux. Ils eurent envie de rebrousser chemin, mais Betty, d'un pas assuré, avança jusqu'au bar et s'enquit de l'épouse du tenancier, était-elle disponible ? Le gars les toisa et demanda :
— Vous lui voulez quoi, à la bonne femme ?
— Juste lui parler, prendre de ses nouvelles, répondit Émilie.
Il pénétra dans une pièce à l'arrière et revint en compagnie d'une femme menue. Elle avait le teint pâle et les yeux cernés, elle portait une fillette dans ses bras et manifestement était enceinte. Betty la pria de s'asseoir et tous prirent place avec elle autour d'une table couverte de miettes et d'auréoles de vin. Jacob était resté debout, mais Émilie lui fit signe de les rejoindre. La jeune maman était impressionnée, elle ne comprenait pas pourquoi on lui demandait si elle savait lire. Non, elle n'était pas instruite, son père l'avait échangée à ses dix-sept ans contre une grosse ardoise de consommations qu'il devait au tenancier. Et à présent, elle n'avait plus le temps d'apprendre parce qu'elle avait déjà deux mômes et que le troisième naitrait d'ici deux mois. Non, elle n'avait pas de vie à elle, pas le loisir de se promener, ses journées se limitaient au ménage, à la cuisine, elle confectionnait même des plats pour l'auberge le midi, potée ou pot-au-feu. Elle s'occupait des enfants, fabriquait des vêtements avec des chiffons que la voisine lui cédait en échange d'une bouteille. Elle ne savait pas à quoi elle ressemblait, car son homme avait brisé le dernier miroir il y avait un mois. Oui, il la frappait, souvent.
— Pas tous les jours tout de même ? demanda Betty.
— Si, tous les jours, il trouve toujours une bonne raison. Il tape aussi mon grand, qui a douze ans. Il l'a envoyé travailler chez le charbonnier, il livre des sacs trop lourds pour lui et en rentrant le soir, il prend des coups. Si j'avais

une solution pour que tout cela change, croyez-moi, j'en serais heureuse. Vous avez vu, il est parti, je pense qu'il a craint le monsieur là. Elle montra Jacob du menton. Mais quand il va réapparaitre, il va me tabasser parce que je vous ai parlé ! Le droit de vote pour les femmes ? Oh oui alors, plutôt deux fois qu'une.

Elle regarda les trois personnages en face d'elle et ajouta qu'après ce bébé qui allait arriver, si elle devenait grosse, elle le ferait passer. Elle trouverait bien quelqu'un pour avorter. Il n'était pas question pour elle d'en avoir un de plus. Elle se mit à pleurer et parla au milieu des sanglots :

— Je suis si fatiguée, je viens d'avoir trente ans et j'en fais sans doute quinze de plus. Je ne souhaite pas que mes enfants aient cette vie-là. Cette petiote, elle mérite mieux. Vous ne voulez pas l'emporter, lui offrir une belle existence, de jolis habits comme ceux que vous portez ? Prenez-là ! Vous êtes propres. Enfant, j'avais de quoi me laver, ici, j'ai à peine l'évier peu ragoûtant… Voilà le mari, partez, vous ne pouvez rien pour moi. Merci de m'avoir écoutée.

Émilie glissa un billet dans la poche de la jeune maman qui se prénommait Paulette et elle lui fit signe de ne rien dire. Le patron de l'auberge les foudroya du regard et leur fit comprendre qu'ils devaient foutre le camp.

Sur le trottoir, ils respirèrent bruyamment tous les trois. Les filles avaient les larmes aux yeux, Jacob, les poings serrés, murmura :

— J'irais bien lui parler en tête à tête à cette brute qui frappe les femmes et les gosses.

Émilie l'empoigna par le bras et ils s'éloignèrent rapidement. Ils quittèrent le quartier et entrèrent dans un restaurant rue Monge. Betty connaissait l'endroit et elle sourit devant l'étonnement d'Émilie et Jacob.

— Mais c'est une auberge tenue par des femmes ? questionna Jacob.

— Absolument, une lointaine cousine à moi avait hérité de cet établissement. Elle le fit fonctionner plusieurs années avec son mari, puis à la mort de celui-ci décida de n'embaucher que des femmes. Elle s'attacha particulièrement à ne prendre que des filles-mères, ou des jeunes filles un peu perdues. Elle fait du social, ce qui n'est pas très bien vu dans le quartier.

Une demoiselle, en robe noire et tablier blanc s'approcha de la table et présenta le plat du jour.

— Tripes, pommes de terre, tarte à la crème, cela vous convient-il ?

— Parfait, répondit Émilie.

Puis avec tact, elle sonda la serveuse, était-elle mariée, savait-elle lire et compter, avait-elle suivi des études ? Maria se prêta à l'interrogatoire, trop heureuse de converser avec de véritables journalistes. Elle avait été une fille perdue. Arrivée en 1925 de sa campagne, elle avait quitté ses parents sur un coup de tête pour devenir actrice. Mais, elle n'avait jamais joué la comédie ni même la tragédie. Un maquereau l'avait trouvée à son goût et comme elle avait besoin d'argent, il l'avait balancée sur le trottoir où elle avait « fait le tapin ». Puis un jour, l'année dernière, elle entendit parler de Mauricette Blanchet, cette femme qui aidait ses congénères à se réinsérer. Elle avait fui sa chambre et avec le soutien de la patronne, avait modifié sa coupe de cheveux et son allure, puis avait appris le métier de serveuse, qu'elle adorait à présent. Elle avait tremblé au début, chaque client brun, moustachu et coiffé d'un chapeau noir lui rappelait ce sale type. Souvent, elle se réfugiait en cuisine et attendait que la gérante la rassure.

— Je ne suis pas la seule à travailler sous un autre nom, Micheline, la blonde au bar, Ginette, à la plonge… Elles ont changé d'identité, de physique et de vie… Tenez, voici Mauricette, elle pourra vous en dire plus.

Madame Blanchet s'installa à leur table, elle salua Betty avec chaleur, lui reprochant ses rares visites. Après les présentations, elle annonça qu'elle connaissait bien Marguerite Durand, que celle-ci venait d'ailleurs manger régulièrement ici. Évidemment, elle aimerait avoir le droit de vote pour être élue et aider les femmes, faire passer des lois contre la prostitution, pour que les filles-mères ne soient plus traitées comme des parias, pour la médicalisation de l'interruption de grossesse. Elle raconta que la gamine de son amie était morte à la suite d'un avortement boucherie. Encore une pauvre victime, pensa Émilie qui n'oubliait pas Éléonore. Mauricette enchaîna sur la violence des hommes, ceux qui ne pouvaient s'empêcher d'asséner des coups à leur conjointe. Elle avait caché trois mères de famille couvertes de bleus. Les appartements jouxtant le restaurant étaient pleins en permanence. Elle se leva pour laisser les reporters déguster leur repas. Émilie avait noté tout ce qui avait été dit depuis le matin. Elle écoutait maintenant Jacob qui donnait son avis. Il était marié et avait un petit garçon de deux ans. Son épouse avait fait une formation de comptable et elle attendait les trois ans du bébé pour retrouver un emploi. Il ne comprenait pas comment des hommes jugeaient les femmes inférieures à eux, alors qu'elles étaient plus sensibles, plus cultivées aussi. Ses amis se moquaient de lui, il y en a même un qui le traitait de femmelette quand il prenait le parti des féministes.

Marie-Louise patientait devant le portail de « la Fronde », Émilie apparut bientôt. Elles longèrent le boulevard en se racontant leur journée. Elles frissonnaient en serrant leur manteau contre leur corps. La bise de ce dix-sept février s'engouffrait dans l'avenue et leur piquait les yeux.
— Où en es-tu, Malou, avec Nestor ?

— Nous ne nous précipitons pas, tu avais raison. Nestor a une piste, un enlumineur, Martin Dzoreff, installé rue Lafitte qui est à la recherche d'un aide. S'il convient, il aura un emploi sérieux. À Montmartre, il a rencontré un drôle de bonhomme, un architecte avec un nom à rallonge, heu… Charles-Édouard Jeanneret-Gris. Je l'ai vu, moi aussi. Pas très grand à côté de Nestor, il est toujours en costume foncé, chemise blanche, nœud papillon et surtout, il est affublé de lunettes rondes épaisses. Il a une allure un peu vieillotte. Le gars est installé avec son cousin rue de Sèvre, il a dit à Nestor qu'il pourrait utiliser ses services pour colorer certains plans… Bref, ce Charles-Édouard, se fait appeler Le Corbusier. Parait-il qu'il est déjà connu, tu as lu des articles sur ce Le Corbusier ?
— Oui, il se définit lui-même comme avant-gardiste d'une architecture moderne. Tu ne t'en souviens pas ? Mon père en avait parlé, parce qu'après la guerre, Le Corbusier avait travaillé sur le concept de logement collectif. Tu sais, un même bâtiment dans lequel on trouverait tous les équipements dernier cri, laverie, piscine, garderie, école, commerces, bibliothèque et lieux de rencontre.
— Totalement utopique, quoi ! Bon, tout cela pour te dire que nous prenons notre temps, Nestor et moi. Oui, je me suis précipitée, excuse-moi si je t'ai causé du tracas.
Au souper, Victor comme à l'accoutumée parla beaucoup et surtout de lui. Malou chuchotait à l'oreille de Nestor et ils riaient comme deux enfants, Émilie trouvait cela un peu gênant. Victor était certes très pédant et trop bavard, mais il venait d'arriver à la pension, sans doute allait-il bientôt se calmer ! Jeanne avait la solution, elle baillait en faisant beaucoup de bruit, puis elle se leva et quitta la table en disant : « Je vais terminer mon devoir de géographie, bonsoir ! » C'était le signal, chacun rangeait couverts et serviettes et retournait soit au salon, soit dans sa chambre. Émilie aimait se retrouver dans son domaine. Elle

s'installait à son bureau et écrivait à ses parents, à Suzanne sa jeune tante ou à Pablo. Depuis quelques semaines, elle notait sur un cahier ce qu'elle faisait, les enquêtes et surtout ce qu'elle ressentait. Elle n'omettait rien, ni ses contrariétés ni ses déceptions de la nature humaine. Elle posait les phrases comme elles lui venaient. Dès qu'elle tombait de fatigue, elle se déshabillait et se glissait sous le gros édredon.

## Chapitre 7

Betty, Émilie et Jacob poursuivaient leur enquête, tous les deux jours un nouveau quartier à visiter, d'autres femmes à interroger. Ils retournèrent du côté du faubourg Saint-Marcel. Dans une ruelle glauque dont les abords puaient l'urine et les égouts, ils rencontrèrent deux filles de joie. Elles avaient sans doute plus de trente ans et leur corps était déjà usé. Émilie s'arrêta à leur niveau et tenta d'entamer la conversation. Peine perdue, elles gouaillaient en crachant à côté d'eux trois. Soudain, d'un air narquois, la plus grande des deux remonta son corsage et balança ses seins devant le nez de Jacob. Il resta stoïque, ne broncha pas. Enhardie par le geste de son amie, la seconde, au sourire édenté, souleva sa jupe jusqu'au niveau du pubis, elle ne portait pas de sous-vêtements et montrait impudiquement sa toison foncée. Elles ricanaient en riant et avec un langage argotique et criard. S'adressant à Jacob, la brune chantonna :
— Aboule avec ta balle d'amour, viens t'faire balocher mon chéri, on zyeute que t'es pas un couillé, ça, c'est du daim huppé ma chère ! Non ? Alors décarrez ! Barrez-vous d'not' taule !
Les trois amis firent demi-tour et quittèrent la venelle. Ils rencontrèrent encore une douzaine de prostituées, dont certaines à peine couvertes de pauvres hardes. Betty désirait leur parler, mais Jacob et Émilie lui firent signe de ne pas

insister, car deux types louches à la mine patibulaire, sans doute leurs souteneurs, sortirent d'une masure en les toisant d'un œil dur. Avant de reprendre l'autobus et le métro, Émilie voulut repasser par l'auberge de la rue Monge. Ils s'y attablèrent, une fille blonde les servit, leur précisant que Maria était en congé. Celle-ci s'appelait Micheline, elle avait une gamine de cinq ans et ses parents l'avaient mise à la porte lors de sa grossesse.

— Il n'y avait pas de père, bien entendu. Ce salaud s'est sauvé dès qu'il a su pour le bébé ! Heureusement que j'avais entendu parler de Mauricette.

Répondant à l'interrogation d'Émilie, elle dit :

— J'ai appris à lire enfant, mes géniteurs étaient, comme on dit, instruits tous les deux. Mon père travaillait dans une grande quincaillerie et ma mère était fille d'un commerçant aussi. Elle avait eu une éducation un peu bourgeoise, enfin, une imitation. Un peu d'étude, un peu de broderie, un peu de piano et de couture, on l'avait préparée à devenir une bonne épouse. Avec moi, ils ont tenté, mais il faut croire que ce n'était pas au point. Micheline avait les larmes aux yeux, elle renifla.

— Vous n'avez pas essayé de les revoir ?

— Quand on vous crie au visage : « Je n'ai plus de fille, tu es morte pour nous ! » Alors non, je n'ai pas eu envie. Un jour, mon frère aîné est venu manger ici. Moi je l'ai bien reconnu, pas lui. C'est Maria qui s'est occupée de lui. Il lui a posé beaucoup de questions, sur le restaurant, sur Mauricette, sur les filles-mères. Je pense qu'il me cherchait... Mais j'ai préféré me cacher. Et j'ai ma petite Marie, elle est si mignonne.

— Qui prend soin d'elle, elle ne va pas encore à l'école ? demanda Betty.

— Mauricette a consacré deux pièces de la maison pour y faire une grande nurserie. Trois femmes gardent des enfants. Il y a le bébé de Ginette, ma Marie, les fils de

Justine et Léontine, la fillette de Constance. Et nous pouvons aussi prendre notre tour, nous échangeons. L'important c'est de se rendre utile. J'aime bien être à la pouponnière, mais Marie est plus capricieuse quand je suis là-bas. Elle accepte difficilement que je donne les biberons aux nourrissons…

Après leur repas, ils rentrèrent en faisant une longue partie du parcours à pied. Il faisait froid, cependant le soleil réchauffait l'atmosphère de ce début de mars. Émilie et Betty appréciaient de prendre l'air, et toutes deux s'entendaient bien avec Jacob. Elles retrouvèrent Marguerite et lui narrèrent les péripéties de la journée. Elle sourit à l'épisode des prostituées, mais renchérit que malheureusement, on ne pouvait faire grand-chose pour ces filles qui demeuraient les esclaves des hommes. Les deux jeunes rédactrices écrivirent quelques lignes de base de leur numéro spécial. *« Après un long combat et après avoir obtenu tant bien que mal, le droit à l'éducation, les femmes décidèrent de s'attaquer aux droits politiques et civiques. Elles désiraient participer aux élections, candidater pour l'une ou l'autre responsabilité municipale ou autre. Après de longues années de lutte, elles réussirent à disposer librement de leur salaire, et même de prétendre à des congés de maternité. En 1920, elles avaient la possibilité d'adhérer à un syndicat sans la permission de leur mari. Mais il fallut attendre 1920 pour que les hommes et les femmes passent un baccalauréat équivalent, puis les formations secondaires furent identiques à partir de 1924 »*

Suzanne avait les yeux pétillants, elle se tenait sur le perron de la pension, trop heureuse de faire une surprise à ses nièces. Émilie cria de joie et sauta dans les bras de sa tante sous le regard amusé de Marthe. Des questions fusaient, que fais-tu à Paris, où vas-tu loger ? etc. Suzanne expliqua qu'elle venait assister à une grande manifestation de féministes qui aurait lieu ce samedi, c'est-à-dire le surlendemain. Elle s'était organisée avec Marthe et prendrait la chambre vacante du rez-de-chaussée pour deux nuits. Elle demanda timidement s'il lui serait possible d'obtenir un entretien avec Marguerite dans la journée du vendredi. Émilie lui suggéra de téléphoner directement à son bureau. Pendant le souper, la logeuse annonça son intention de participer à la marche des suffragettes du week-end. Avec Émilie, Marie-Louise et Nestor, tous trois se joindraient à l'aventure. Suzanne était ravie de la tournure des évènements. Tante et nièces se séparèrent après de longues discussions sur leur famille, sur Adélaïde qui vieillissait et avait eu de sérieux ennuis de santé au cours de l'hiver.

C'est donc sans étonnement qu'Émilie introduisit Suzanne dans le bureau de Marguerite, ce vendredi premier mars. Elles échangèrent durant plus de deux heures, sortirent en riant et se tutoyant, pour le plus grand plaisir de la jeune femme.

— Demain est une date importante, mesdemoiselles. En collaboration avec les syndicats, et même si à ce jour, seules 3,4 % des travailleuses sont syndiquées, nous défilerons pour affirmer notre soutien. Nous réclamerons l'organisation des états généraux du féminisme qui devra être planifié par le Conseil national des Françaises ! Marthe Bray, une disciple de feue Hubertine Auclert, sera à nos côtés, je la connais bien, elle fut des nôtres au journal il y a trois ans. Elle fait partie des suffragettes de la ligue « La voix des femmes ». Comme le huit septembre 1926, nous renouvellerons la croisade de 1926.

Comme s'ils s'étaient donné le mot, un soleil printanier brillait et rendait joyeux le groupe qui accédait en blaguant à l'Arc de Triomphe où les attendaient de nombreuses personnes, hommes et femmes confondus. Des banderoles flottaient le long des façades, des voitures passaient transportant des filles debout criant ou chantant. Le rassemblement dura une heure, puis, lentement comme en procession, il s'ébranla en un long serpent. Marthe Bray, Marguerite Durand, et Madeleine Pelletier étaient en tête du cortège. Aux abords, se faisant discrète, la maréchaussée veillait au bon déroulement de la manifestation. Émilie, Suzanne, Marthe, Marie-Louise et Nestor suivaient en scandant les slogans. Après les Champs-Élysées, ils poursuivirent le circuit jusqu'à la Concorde, puis le Jardin des Tuileries où des tables avaient été disposées afin d'offrir des rafraîchissements à tous les participants. Dans la foule, pêle-mêle, on pouvait reconnaître Marie Curie, amaigrie, malade, soutenue par sa fille Irène, Jeanne Florentine Bourgeois appelée Mistinguett, qui refusa de signer des photos : « Je ne suis pas là pour ça ! Je suis venue épauler mes sœurs ! » Suzanne Valadon salua Nestor et Marie-Louise. Une très jolie femme se fondait dans le monde, Marguerite l'apostropha : « Je vous connais, mademoiselle, vous êtes bien Simone de Beauvoir, une des plus jeunes professeurs de philosophie de l'université ? Merci d'encourager les femmes, toutes les femmes ! »

— J'en fais partie, madame Durand, je suis fière d'être ici. Après avoir bu un jus d'orange, les cinq résidents de la pension partirent en commentant l'évènement. Émilie regrettait de quitter ces femmes formidables, elle aurait volontiers écouté Marthe Bray pendant des heures. Suzanne devait prendre le train dès le dimanche matin, elle était attendue par son fiancé à la gare à quatorze heures. Pour Émilie, il n'était pas question de l'abandonner pour sa dernière soirée parisienne. Ils soupèrent, tous les cinq dans un restaurant proche du palais Garnier. Ils se régalèrent d'un velouté d'asperges, d'une truite aux amandes et d'une crème brûlée. Bras dessus, bras dessous, dans la pénombre de la nuit tombante, ils regagnèrent la pension où Jeanne trépignait d'impatience. Elle sauta sur sa mère, la questionnant sur le déroulement du rassemblement. Jean fumait en lisant son journal, en souriant il déclara qu'il aurait adoré les accompagner, mais le samedi, il y a de nombreux clients pour les bouquinistes. Madeleine était repartie visiter sa famille et Céleste travaillait toutes les fins de semaine.

Au bureau, Émilie demanda à Betty pourquoi elle n'était pas venue place de la Concorde.
— Mais j'y étais, je ne vous ai pas trouvée ! Il y avait tant de monde, quelle réussite. Et tu ne devineras jamais qui j'ai vu !
— Mistinguett ?
— Comment le sais-tu ?
— Parce que nous l'avons rencontrée aux Tuileries !
— Ce fut un succès, non ? J'avoue, je n'étais pas très rassurée au milieu de tous ces gens. Il parait que tu as conversé avec Marthe Bray ? Quelle chance tu as !
— Parler, c'est vite dit, elle était en compagnie de Marguerite et de Madeleine.
— Marthe Bray, elle est inouïe. C'est elle qui fut à l'origine de la « croisade des femmes » de 1926.
— Je ne connais pas cette histoire. Raconte !
— En septembre 1926, Marthe Bray et la ligue décidèrent d'organiser une « croisade féministe ». Elles désiraient faire le tour des grandes villes françaises de Paris jusqu'à Biarritz. Elles souhaitaient sensibiliser les provinciales à l'importance du scrutin. Elles sont parties dans une voiture décorée de banderoles « La femme veut voter ». Elles avaient bien rempli l'automobile, je crois qu'elles étaient au moins dix. Certaines avaient même plaqué des prospectus sur leurs chapeaux, elles ne passaient pas inaperçues ! Elles distribuaient des tracts, des cartes postales, placardaient des affiches. Parfois, elles tenaient des stands au centre des

villes et parlaient au milieu des visiteuses. Certaines municipalités les aidaient pour les collages d'écriteaux. Elles voulaient réveiller les consciences, là où les militantes étaient inexistantes. Il y eut des articles dans la presse, pas toujours élogieux, tu t'en doutes.

— Je suis très heureuse d'avoir pris part à cet évènement. Tu sais que je vais à Besançon pour une semaine, Marguerite m'a autorisée à partir retrouver ma famille…
— Et Pablo ! ajouta Betty en souriant.
— Oui, et Pablo !

Le surlendemain, une voiture la déposait devant la gare de l'Est. Cette fois, c'est en solitaire qu'elle s'installa sur son fauteuil dans le compartiment. Elle voyagea en compagnie d'une vieille dame et d'un homme aux yeux rieurs. Son visage était doté d'une énorme barbe poivre et sel. Il sifflotait en lisant son magazine. Il avait une haute stature et était élégamment vêtu. Émilie l'imaginait en professeur d'université, il paraissait érudit. Il se gratta la gorge et lui demanda :
— Vous rendez-vous à Besançon, chère demoiselle ?
— Oui, je vais y retrouver ma famille pour quelque temps. Je travaille à Paris, je suis rédactrice-enquêtrice.
— Ah ? Vous m'intéressez, figurez-vous que je suis dans l'édition, moi aussi. Mais j'écris beaucoup, des romans, des pièces de théâtre… dans quel journal intervenez-vous ?
La vieille dame, curieuse, ne perdait pas une miette de cette conversation.
— Je suis à la rédaction de La Fronde…
— Magnifique, vous côtoyez Marguerite Durand ! Je la connais bien. Excusez-moi, je me présente, Paul Bernard, mais on m'appelle Tristan Bernard. Je suis bisontin et je me rends chez des cousins pour une sordide histoire de succession. On aura besoin de mes talents d'avocat, parait-il !

Émilie était confuse, elle avait déjà vu des photos du romancier. Il avait aussi une notoriété comme journaliste au Figaro et au Canard enchaîné. Ses jeux de mots et son humour étaient célèbres dans le Tout-Paris. Ils parlèrent de leurs emplois respectifs, puis de la grande manifestation féministe.

— Je ne cautionne pas vraiment le pouvoir des femmes, susurra l'illustre personnage, les yeux pétillants de malice, elles sont beaucoup trop intelligentes et nous y perdrions notre place de mâles !

Ils rirent tous les deux. Puis ils se levèrent, car le train venait de s'immobiliser en gare de Viotte. L'homme lui fit un baise-main très cérémonial et s'en fut avec son bagage. Il disparut rapidement pour être remplacé par un visage familier.

— Pablo, s'écria-t-elle ! Elle ne bougeait plus, paralysée par l'émotion. Elle se reprit et articula :

— Mais que fais-tu ici ?

— Je suis venu te chercher… Avec la voiture de ton père !

— Mais, tu as l'autorisation, enfin, as-tu le permis de conduire ?

— Oui, tu ne crains rien avec moi !

Émilie posa sa valise sur le sol et s'approcha lentement de Pablo. Elle s'aperçut qu'il était plus grand que dans ses souvenirs, elle appuya sa tête sur sa poitrine. Il ferma les bras autour d'elle.

— Je suis ravi que tu sois là, Émilie.

— J'ai tant pensé à toi et à Carmen !

Elle recula et ils se dirigèrent vers l'automobile garée sur le parking de la gare. Elle était en pleine confusion émotionnelle. Heureuse d'être assise si près de Pablo, et en même temps, troublée par la complexité de la situation. Elle aimait son travail parisien et n'avait nullement l'intention de revenir en Franche-Comté. Son ami n'envisageait pas de quitter le Manoir. Leur histoire n'avait aucun avenir. Elle retenait ses larmes, pendant ce temps, Pablo parlait du jardin, de ce printemps qui faisait déjà apparaître les primevères, crocus et narcisses. Arrivée dans le parc, elle sortit précipitamment du véhicule et pénétra comme un bolide à l'intérieur du grand hall. Joséphine la regarda, interloquée :

— Que se passe-t-il, tu as vu le loup-garou de ton enfance ? Bonjour ma chérie !

Elles entrèrent au salon où un plateau garni de thé et de petits gâteaux les attendait. Émilie raconta sa vie parisienne palpitante, sans rien omettre, ni l'avorteuse-bouchère, ni les prostituées de la venelle, ni la belle manifestation du samedi. Honoré arriva dans une voiture Peugeot 201 à la carrosserie rutilante, il la laissa au pied de l'escalier et ouvrit les bras pour accueillir sa fille. Ils passèrent une délicieuse soirée à discuter. Le souper fut servi par Jeanine qui embrassa Émilie avec empressement. La nuit tombait, Honoré commença son cérémonial d'allumage de cigare. Émilie sortit dans le parc après avoir jeté l'étole de cachemire sur ses épaules. Une fraîcheur humide descendait et abaissait la température. Elle marcha jusqu'au bassin, s'assit sur le banc de pierre, leva le nez vers le ciel. C'était comme un rituel qui revenait à chacun de ses séjours au Manoir. Elle ne fut pas surprise d'entendre des pas et de voir la haute silhouette de Pablo à sa droite.

— Viens à côté de moi, Pablo.

— Que s'est-il passé tout à l'heure, ai-je dit ou fait quelque chose de répréhensible ? Tu es partie si brutalement, t'ai-je offusquée ou blessée ?

— Pablo, rien de tout cela. C'est moi. C'est compliqué, confus. Tu n'y es pour rien.

— As-tu rencontré quelqu'un à Paris ?

— Non, enfin, beaucoup de monde en vérité, mais pas dans le sens où tu l'entends.

— On pourrait se donner une chance ?

— Toi à Besançon et moi à Paris ? C'est mal parti, tu ne penses pas ?
Pablo resta silencieux. Elle ne distinguait pas les traits de son visage dans l'obscurité. Elle se tourna vers lui, il lui prit la main.
— Je crois que je ne vais plus travailler ici. Je vais chercher un emploi, à la capitale, me rapprocher de toi !
— Tu ferais ça ? Tu t'es déjà confié à mon père ? Que dit-il ?
— Il m'encourage à partir. Il pense retrouver rapidement un jardinier. Et maman pourra habiter au Manoir, comme Jeanine… j'attendais pour t'en parler, parce que si tu m'annonces que tu ne veux pas de moi, j'abandonne mon projet…
— Tu as déjà tout prévu ! J'aimerais beaucoup que tu montes à Paris, nous ne serons plus si éloignés l'un de l'autre, mais mon travail m'accapare beaucoup.
— Tu me feras une petite place dans ta vie ?
— Oui, sans hésitation.
Pablo se pencha et entoura de ses bras les épaules de son amie. Elle appuya sa tête contre son torse, ils restèrent souffle contre souffle pendant une dizaine de minutes. Elle se dégagea doucement :
— Je vais y aller, mon père a sans doute terminé son cigare, il ne va pas tarder à aller se coucher. À demain, bonne nuit !
Les jours suivants, elle rendit de nombreuses visites, d'abord à Adélaïde, son aïeule. Émilie fut émue en la voyant si amaigrie, son double menton si rond était devenu un sac de peau ballotant au rythme de ses mouvements. Ses gestes n'étaient plus aussi assurés, elles tremblaient en servant le thé. Émilie lui raconta cependant ses aventures parisiennes tout en nuançant certains faits afin de ne pas choquer la vieille dame. Ensuite, elle retrouva sa tante Suzanne et son fiancé dans un restaurant de la rue Bersot. Après le repas, elles abandonnèrent le garçon pour aller chez la couturière

qui devait prendre les mesures pour la robe de mariée. Le modèle proposé était ravissant et le satin de soie blanc nacré était somptueux, à n'en pas douter le résultat allait être divin. Elle alla à la chaumière voir Carmen. Celle-ci pleura silencieusement en racontant la fin de son Alvaro. Émilie sut être compatissante et contint ses larmes. En sortant de la maison, elle alla retrouver Pablo au potager. Il la prit dans ses bras et elle laissa aller les sanglots qu'elle avait retenus. Ils s'étreignirent un peu plus longuement que la veille, le cœur gros elle regagna le Manoir, elle rentrait à Paris le lendemain.

Dans le compartiment, elle ferma les yeux et s'abandonna au mouvement berçant du train. Elle reçut un accueil chaleureux de Jeanne et de sa mère. Il ne s'était passé aucun évènement notoire durant son absence. À son retour du bureau, Marie-Louise embrassa sa cousine et s'enquit des nouvelles de leur famille. Émilie parla avec émotion du changement d'Adélaïde, puis raconta à demi-mot l'évolution de sa relation avec Pablo. Nestor lui apprit qu'une soirée était organisée le samedi suivant. Il avait réservé des places au Lapin Agile, un cabaret branché en haut de la rue des Saules. Il connaissait le nouvel acquéreur Paulo, celui-ci l'avait racheté à Aristide Bruand en 1923. On pouvait y rencontrer de nombreuses célébrités. En montant à pied les ruelles de Montmartre, Nestor fit un rapide historique du lieu. C'était une drôle de maison dans laquelle chaque soir se retrouvaient des peintres, des poètes, des chansonniers, chanteurs, écrivains dont le dénominateur commun était l'humour et la camaraderie. Nestor expliqua qu'il y avait déjà rencontré Picasso, Roland Dorgelès, Gaston Couté, Tristan Bernard. À l'évocation de ce nom, Émilie sourit. Puis il poursuivit l'énumération, Pierre Mac Orlan, Max Jacob, Guillaume Apollinaire, il précisa en faisant un clin d'œil, certains sont morts, évidemment, ceux-ci, on ne les verra pas ! Ils grimpèrent et arrivèrent en vue de la rue des Saules, là où elle croise la voie Saint-Vincent. Le jeune homme s'arrêta en haletant et raconta une anecdote devenue célèbre dans le quartier. En 1910, Roland Dorgelès voulut faire une blague. En compagnie de Frédéric Gérard, dit « Le père Frédé », de plusieurs compères et en présence d'un huissier, il fit réaliser un tableau par Lolo, l'âne de Frédé. Celui-ci avait un pinceau attaché à l'extrémité de sa queue et chaque fois que Roland lui donnait une carotte, il remuait frénétiquement queue et pinceaux ! La toile fut attribuée à un jeune peintre italien nommé « J*oachim-Raphael Boronali* » Nestor précisa :

— L'œuvre fut baptisée : « E*t le soleil s'endormit sur l'Adriatique ». D*es critiques s'y intéressèrent, ils parlèrent d'un nouveau mouvement pictural. Mais Dorgelès révéla alors la supercherie. En fait, Boronali était l'anagramme d'Aliboron, le nom de l'animal !

Les filles éclatèrent de rire, ravies de cette anecdote originale. Une terrasse verdoyante posée à droite de la façade, la maison ressemblait plus à une chaumière qu'à un caboulot. Nestor poussa une lourde porte en bois, ils furent happés par un épais nuage dû au tabac et par des cris et des chants. Émilie distinguait avec peine les silhouettes des personnes présentes. Suivant Nestor et Marie-Louise, ils se frayèrent un chemin entre les buveurs et les spectateurs, ils parvinrent à gauche de la salle. Ils furent interpellés :

— Par ici Nestor ! Viens avec tes amies !

Ils s'installèrent à une table autour de laquelle étaient assis des hommes fumants, sirotant de la bière et d'autres breuvages inconnus des filles. Nestor fit les présentations : Roland, Pierre, et Blaise qui nous fait une courte visite parisienne. Émilie était enthousiasmée, elle avait déjà entendu parler de l'écrivain Pierre Mac Orlan et du poète Blaise Cendrars. Au moment où elle leva la tête, une voix s'exclama :

— Je vous reconnais, la journaliste du train, la Bisontine !
— Monsieur Bernard, quelle joie de vous revoir !
Ils passèrent tous une délicieuse soirée. Émilie but pour la première fois un verre de bière, après le moment de surprise de la première gorgée, un peu amère à son goût, elle trouva cela plutôt agréable et rafraîchissant. Une jeune chanteuse apparut sur l'estrade, elle était très jolie, Marie-Louise chuchota à l'oreille d'Émilie :
— Elle s'appelle Lucienne Boyer, elle doit avoir notre âge. Elle a un cabaret plus loin, mais elle vient régulièrement interpréter une chanson ici. Il parait qu'elle n'est pas très amie avec Damia…
Ils chahutèrent et burent plus que de raison. Après la bière, Émilie n'osa refuser le verre de vin blanc offert par Tristan Bernard ni celui de Pierre Mac Orlan. Pour rentrer à la pension, elle dut s'appuyer sur sa cousine et Nestor. Elle riait pour un oui et pour un non et trébucha par deux fois dans l'escalier menant aux chambres. Elle s'affala sur son lit et s'endormit aussitôt.

Le dimanche matin, elle fut réveillée par des coups et des appels à sa porte.
— Émilie, si tu peux, descends, je voudrais te parler de quelque chose.
Elle consulta sa montre et vit qu'il était bientôt onze heures. Elle se leva, fit sa toilette, avala une aspirine avec un grand verre d'eau et rejoignit Marthe au salon. Céleste était assise en face de la logeuse, elle avait la mine défaite et avait sans doute beaucoup pleuré. Marthe demanda à Georgette d'apporter un café serré à Émilie qui avait manifestement fait la fête la veille ! Elle résuma ensuite ce qui était arrivé à la jeune nurse.
— Céleste devait s'occuper des enfants hier soir, leurs parents allaient à l'opéra. Elle monta coucher la petite et allait rejoindre les plus grands dans la salle de jeu quand

monsieur Dupont (ce n'est pas son nom, mais appelons-le ainsi) débarqua dans le couloir et la plaqua contre le chambranle. Il commença à poser ses mains partout sur elle... Tu acceptes de continuer Céleste ?
Céleste renifla et poursuivit en sanglotant :
— Il a soulevé mon pull, m'a bâillonné, je voulais crier, mais c'était impossible, je bougeais, lançais mes jambes pour l'atteindre et lui asséner des coups, mais je n'y arrivais pas. Il me disait à l'oreille que je l'avais allumé, qu'il rêvait de me fourrer sa... Il a remonté ma jupe et a tiré sur ma culotte. Je me débattais, d'un coup il a mis son sexe contre mon pubis. Je ne pouvais rien faire, il était grand et fort. Heureusement, Maxime m'a appelée et il m'a lâchée. Il avait les yeux exorbités et m'a menacée si je parlais. J'ai couché les gamins et je suis descendue dire à madame que j'étais fiévreuse et que je rentrais. Elle a téléphoné à sa sœur pour qu'elle me remplace. Ils me doivent le mois, mais je n'y retournerai pas.
— Évidemment, il est hors de question que tu te retrouves face à ce sale type. Ça vaut un article sur les bons bourgeois du XVIe, qu'en penses-tu Marthe ? dit Émilie.
— Je te fais confiance. Maintenant, nous devons récupérer le solde de son salaire, comment allons-nous nous y prendre ?
— Je pourrais y aller avec Betty, nous faire passer pour tes cousines, Céleste, dire que tu es malade et rentrée chez tes parents. Ne t'inquiète pas. Que vas-tu faire à présent ?
— Je devrai trouver un autre emploi ou repartir en Bretagne. Elle pleurait silencieusement.
— Si tu veux, je peux parler de toi à Marguerite Durand. Je crois savoir que la cuisinière cherchait une aide... Je vais me renseigner. En attendant, repose-toi et reste ici, tu ne risques rien.
Marthe servit une tisane à Céleste, puis, secondée par Jeanne, dressa les couverts pour les pensionnaires qui

prenaient le repas de midi. Ils n'étaient pas nombreux, Marie-Louise et Nestor étaient en balade dans Paris, Jean avait ouvert sa boîte sur les quais et Victor retrouvait des amis à Montparnasse. Madeleine, Céleste, Georgette, Jeanne, Marthe et Émilie dégustèrent, entre elles, une délicieuse blanquette et une tarte aux pommes.
Quelques jours plus tard, on pouvait lire sur la une de La Fronde, un titre encadré : « Les bons bourgeois parisiens. Les jeunes filles de province accourent à Paris afin d'y trouver des emplois dans les familles des beaux quartiers. Nurses, domestiques, préceptrices, les provinciales naïves ignorent qu'elles seront la proie de ces Bons Bourgeois qui, de par leur autorité, leur suffisance et leur pouvoir, abuseront sans scrupule de ces pauvres gamines. Si elles ne finissent pas rejetées par leurs parents parce qu'elles ont été violées et, enceintes sont devenues des parias, elles errent à la recherche d'un nouvel eldorado et souvent, terminent entre les griffes de souteneurs ou de mères maquerelles. Les bons bourgeois se lavent alors les mains de ces quelques peccadilles qui ne leur coûtent, dans le pire des cas qu'un avortement vite réglé, vite payé. » Signé Émilie Carpentier.
— Tu ne vas pas te faire que des amis, ma petite Émilie, lui confia Marguerite. Tu aurais pu au moins prendre un pseudonyme, ajouta-t-elle en riant.
Le soir même, accompagnés de sa collègue Betty et de l'inséparable Jacob, ils se rendirent au domicile des anciens employeurs de Céleste. Une servante d'une soixantaine d'années vint ouvrir la porte. Betty se présenta, se faisant passer pour la cousine de Céleste. Jacob patienta dans le hall. Elles pénétrèrent dans un grand couloir dont les murs étaient couverts de tableaux. « Une véritable galerie d'art », pensa Émilie. Elles débouchèrent dans un salon, la bonne annonça :
— Entrez dans le boudoir de madame, elle ne va pas tarder !

En effet, après deux minutes d'attente, une femme pâle, vêtue d'un pantalon très large et vaporeux, arriva et les toisant demanda :

— Venez-vous pour m'expliquer pourquoi Céleste m'a abandonnée aussi brutalement, les petits et moi ? Il s'agit d'une incorrection notoire, je serai obligée de l'écrire sur ses références, cela lui nuira, évidemment !

— Ma cousine est gravement malade, je suis désolée de vous annoncer qu'elle a dû rentrer dans sa famille. Je suis mandatée par sa mère pour ramener son solde de tout compte. J'espère que vous comprenez.

— Je ne sais pas, attendez, je vais appeler mon mari, il est dans son bureau.

Elle s'empara d'une sonnette et la fit tinter, la bonne réapparut. Elle sortit et revint quelques minutes plus tard, accompagnée de Monsieur. Betty répéta son texte, l'homme commença par protester arguant que Céleste avait déserté son poste et que ce n'était pas correct. La journaliste le regarda en face et sans baisser les yeux, lui dit en articulant exagérément :

— Je pense qu'il vaut mieux régler ce que vous devez, ce serait ennuyeux que ma cousine se plaigne aux autorités de votre refus obstiné !

Sur le trottoir, les trois complices riaient et recomptant le contenu de l'enveloppe, Betty ajouta :

— Notre chère Céleste sera en sécurité quelque temps, même si elle n'a pas de travail immédiatement !

## Chapitre 8

Les journées à la rédaction étaient bien remplies, malgré l'inquiétude de Marguerite. Les ventes qui avaient grimpé suite à l'article sur l'avortement esquissaient à présent une baisse importante. La directrice réunit une partie du personnel. Après avoir exposé les faits, il fut décidé de faire paraître la revue d'une manière bimensuelle. La déception se lisait sur chaque journaliste. Émilie craignait même de perdre son emploi. Marguerite la rassura. Il n'y avait pas de danger dans l'immédiat, elle avait la chance de recevoir de l'argent de quelques mécènes, cependant, elle refusa la proposition d'embaucher Céleste en cuisine ou dans les bureaux. C'est le cœur gros qu'Émilie annonça la nouvelle à la jeune fille.
Début avril, accompagnées de Betty, elles retournèrent manger à l'auberge de Mauricette. Celle-ci accepta de prendre l'ex-nurse dans ses locaux, elle irait tantôt à la garderie, tantôt en salle au service. Il y eut de la joie à la pension ce soir-là.

Le printemps était bien implanté, le soleil brillait et chauffait les fleurs qui poussaient çà et là dans les jardinets de la ville colorant les rues les plus maussades. Émilie avait eu le plaisir de recevoir Tristan Bernard à la rédaction, il était venu saluer Marguerite et avait offert le repas de midi aux trois femmes. Ils s'étaient installés en terrasse à la Coupole, un restaurant chic inauguré en 1927. Émilie et Marguerite avaient dégusté un curry d'agneau apporté par un jeune serveur africain en costume d'apparat. Betty et Tristan avaient porté leur choix sur un hareng pommes à l'huile. Ils y croisèrent Marie Vassilieff, l'artiste peintre qui avait décoré deux des piliers de la brasserie, Jean Cocteau et la romancière Colette accompagnée de son mari Maurice Goudeket.

En pénétrant dans le hall du 14 rue Saint-Georges ce mercredi 24 avril, Émilie comprit immédiatement qu'un drame venait d'arriver. Marguerite, les yeux rouges, était au téléphone, un mouchoir roulé dans sa main gauche. Elle interrogea Betty qui lui expliqua que la grande Séverine était morte dans sa maison à Pierrefonds. Les jeunes filles savaient combien les deux femmes étaient liées, par leurs combats, leurs écrits dans « La Fronde ». Séverine avait publié chaque jour une chronique intitulée : « Notes d'une frondeuse ». C'étaient de petits textes incisifs et non dénués d'humour. C'est ensemble qu'elles avaient combattu en faveur du droit de vote des femmes, c'est ensemble encore qu'elles avaient manifesté en suffragettes en compagnie de plus de 6000 femmes en 1905. Marguerite quitta son bureau et se présenta en larmes devant les deux journalistes. Elle leur expliqua qu'elle allait les abandonner quelques jours pour se rendre à Pierrefonds. Son chagrin était incommensurable, car avec la disparition de cette grande dame, mourait aussi une partie de leurs luttes. Elle leur dit que dès son retour, après les obsèques, elle écrirait un article en une de la Fronde. Puis elle sortit. Le reste de la journée se traina un peu, mais Betty était une battante, elle réussit à faire oublier la peine de leur patronne. Après avoir quitté son bureau, Marie-Louise descendit à la rédaction pour discuter avec sa cousine. Elle lui annonça qu'elle se mettait en ménage avec Nestor, ils avaient dégoté un adorable nid dans le quartier de Ménilmontant. Ils aménageraient début mai, avant le mariage de Suzanne, mais elle comptait sur sa discrétion pour ne pas en parler à sa mère Caroline.

— J'ai trouvé un travail à la poste rue Sorbier, dans le vingtième arrondissement. Il s'agit du central téléphonique, les agencements ne sont pas terminés, mais des employées sont déjà recrutées.

— Tu seras téléphoniste ? Avec ton diplôme de secrétaire ?

— Non, je serai dans les bureaux au second étage. Je ne commencerai qu'à partir du 15 juin. En attendant, j'aménagerai notre petit chez nous.

Émilie était hébétée, elle ne comprenait plus rien à cette journée étrange. Marie-Louise ajouta :

— Nestor aussi a trouvé un emploi, tu te souviens de cet enlumineur, eh bien, il l'a embauché. Nous sommes heureux. Mimi, ne fais pas cette tête, s'il te plaît. Je t'ai dit que les luttes des femmes, c'était pas trop mon style. On se verra souvent, nos deux quartiers ne sont pas si éloignés. Je me sauve, Nestor m'attend devant la porte.

Elle envoya un baiser à Émilie qui ne bougeait pas, anéantie. Elle se doutait que ce moment arriverait, mais elle préférait ne pas y penser. Elle resta au journal jusqu'à vingt heures, nullement pressée de retrouver l'ambiance de la pension. Elle lut une lettre destinée à la rédaction, c'était une habitante qui parlait de sa voisine, tuée par son mari. Il lui portait des coups chaque soir en revenant du travail. Cette voisine avait prévenu les gendarmes, mais ils ne s'étaient même pas dérangés. Émilie songea à Paulette, la femme du tavernier du côté du boulevard « souffrant », la pauvre était aussi maltraitée par une brute. Elle se dit qu'elle irait voir ce témoin demain avec Betty. Elle ferma les bureaux, et tourna la clé dans la serrure. Elle rentra d'un bon pas, l'air lui faisait du bien. Arrivée au carrefour, elle hésita entre suivre la grande rue ou couper par la venelle. Elle

pensa que l'affreux type de l'hiver précédent devait forcément rôder ailleurs. Elle pénétra dans le passage sombre vouté sur une vingtaine de mètres. L'odeur était encore plus prégnante avec les températures douces. Soudain, une silhouette fit irruption devant elle, l'homme un rictus malfaisant sur le visage vérolé lui cria :
— Je savais que je te retrouverais petite salope ! J'ai toujours aimé les blondinettes ! Pas la peine de sortir ton coutelas, je vais te planter avant !
Émilie tremblait, elle recula de quelques pas, puis trébucha. Elle se retint au mur rugueux et dégoutant évitant de perdre l'équilibre. En face, l'horrible personnage avançait, crachant et ricanant.
— Tu fais moins la maligne, hein, salope !
Elle gueula de toutes ses forces ce qui eut pour effet d'énerver plus encore le manant. Mais quand elle aperçut une ombre se faufiler silencieusement derrière le bandit, elle eut vraiment peur, son esprit tournait à toute vitesse. S'ils se mettaient les deux contre elle, elle serait fichue, on découvrirait son corps dans un fossé, et dans quel état ? Tout se passa très vite, la silhouette se jeta sur le malfrat, lui enserra le cou, le lâcha, l'écarta pour lui balancer un coup de poing au visage. L'affreux tomba et gémit, le géant le releva et le secouant, cria :
— Tu touches encore une fois à cette femme ou à une autre, je te retrouve, je t'étrangle et on récupèrera ton cadavre dégoutant dans la Seine, tu as compris ? Il le brutalisa encore, on aurait dit une poupée de chiffon, tu as bien pigé ? répéta-t-il. Le gars avait la tête en sang, il opina, fit demi-tour et fila, non pas à toutes jambes, car ça lui aurait été impossible. Il partit en boitant sans demander son reste. Émilie, tremblante avait reconnu son sauveur.
— Jacob, mais que fais-tu par ici ?

— Je rentrais chez moi, j'étais déjà sorti de la ruelle, mais j'ai entendu hurler. J'y passe souvent, je crois que je ne risque pas grand-chose, ajouta-t-il en riant.
Émilie se colla contre lui, puis reculant :
— Ta femme a beaucoup de chance d'avoir un tel mari ! Merci Jacob. Décidément, cette journée est épouvantable.
Ils marchèrent côte à côte, il fit un détour pour raccompagner la jeune fille jusqu'à la pension.

Émilie se coucha très tôt ce soir-là. Elle avait brièvement raconté ses péripéties aux locataires, ne voulant pas qu'on la prenne encore en pitié. Elle avait compris la leçon et n'emprunterait plus jamais ce passage. Marie-Louise frappa à sa porte, mais elle ne répondit pas. Elle n'avait nullement envie d'entendre le même refrain que celui qu'elle lui avait tenu au bureau. Elle se réveilla à cinq heures du matin. La lueur de l'aube perçait timidement à travers les volets. S'enroulant dans son étole, elle se mit à sa table et écrivit à Pablo. Elle ne dit mot de cette seconde agression, mais parla de la mort de Séverine et surtout d'une idée qui mijotait dans sa tête et qu'elle allait sans doute concrétiser. Elle envisageait de créer des cours d'alphabétisation pour les femmes des quartiers défavorisés. À cet instant, ça n'était qu'un vague projet qu'elle n'avait confié à personne. Elle attendait le moment propice. Avec le décès de Séverine, elle devrait patienter avant de s'en entretenir avec Marguerite.
Le 30 avril, Marguerite était de retour à La Fronde. Elle vint saluer Betty et Émilie et leur raconta la dure journée des obsèques de son amie. Elle glissa sur le bureau un papier sur lequel était écrit un hommage à sa « sœur de combat ». Elles lurent :
« *Les enfants des écoles, les délégations ouvrières, les associations d'employés côtoyaient les représentants des ministres, les présidents de la chambre du sénat, les grandes associations politiques, littéraires, journalistiques,*

*plus de trois mille personnes ont défilé dans la petite ville de Pierrefonds dans l'Oise en ce triste jour de l'enterrement de Caroline Rémy, dite Séverine. Les portes de l'église largement ouvertes alors que le cortège passait devant elles pour les obsèques civiles d'une libre penseuse. Tant il est vrai que la valeur morale, la loyauté parfaite, la bonté de cœur, la noblesse d'esprit imposent toujours, imposent à tous, quelques soient les opinions et les croyances, l'admiration et le respect. »*
Marguerite s'assit sur le fauteuil face à elles, elle parla des féministes présentes, Marthe Bray, Madeleine Pelletier et une revenante, Alexandra David Néel qui, rentrée du Tibet en 1925, n'avait fait que peu d'apparitions publiques. Il y avait des femmes par centaines avec une jonquille à la main. C'était terriblement émouvant. À l'évocation d'Alexandra David Néel, les yeux d'Émilie se mirent à briller de curiosité. Elle finit par questionner :
— Madame David Néel va-t-elle demeurer quelque temps en France ?
— Oui, elle va d'ailleurs nous rendre visite dans la semaine. Elle ne repart plus dans l'immédiat et va sans doute rester dans sa maison de Digne-les-Bains. Elle y vit avec son fils adoptif, Aphur Yongden. Il ne l'accompagnait pas à Pierrefonds, il n'aime pas venir dans la région parisienne.
Elles discutèrent ensuite des articles passés, des hommes assassins de leur épouse ou amie, des brutes sans scrupule ni pitié. Émilie confia son idée d'alphabétisation des femmes pauvres de certains quartiers. Tout était à organiser. La jeune fille avait pris librement quelques notes qu'elle soumit à la directrice. Découvrir des lieux adaptés à l'accueil des personnes, demander des bénévoles chargés des cours, se répartir par faubourg pour recenser les illettrées. Elle annonça la possibilité d'une salle à l'auberge de Mauricette. Marguerite était enchantée, elle trouva l'idée passionnante et lui fit part de son soutien. En riant, elle

ajouta qu'elle possédait un placard rempli de cahiers et de crayons. Avec Betty, elles devraient s'occuper de dénicher des recruteuses, des préceptrices et des endroits dotés de tables et de chaises. Betty suggéra de demander en priorité aux femmes propriétaires de restaurants, bistrots, gargotes. Elle en connaissait quelques-unes. Entre-temps, les deux journalistes avaient du pain sur la planche, elles devaient achever quelques rubriques. Marguerite les quitta, elle avait besoin de repos.

Dans le « Matin » de ce jour, Émilie releva quelques articles judiciaires qui allaient nourrir leur une. Elle lut : Aux assises de la Seine, Marcel Foucher tua sa fiancée, ce gosse d'à peine vingt-trois ans avait un rival. Il était jaloux du choix qu'avait fait Germaine, celle qu'il considérait comme sa promise, mais qui avait décidé de se marier à Paul, son voisin. Sur la même page, elle poursuivit : Le procès de Jean Audouin meurtrier de sa femme, la jolie Violette. Le boulanger assassin de son épouse. Lui, rude, fort paysan du Puy-de-Dôme, elle, ravissante Parisienne, rieuse et coquette, ne supportait plus sa vie et le répétait à son mari. Lors d'une balade dans le sous-bois où elle lui suggérait de la laisser partir, il se jeta sur elle avec un couteau à cran d'arrêt. Il frappa par neuf fois dans le dos de la malheureuse !
— Pff, dit Émilie, c'est plutôt glauque cette histoire. Tiens, Betty, lis la suite, il y a encore un crime, là, en bas.
— L'assassinat de madame Biani. Le jeune musicien ébéniste est à nouveau entendu… Qu'a-t-il fait celui-ci ? Ah, c'est une femme retrouvée étranglée dans la rue. Les policiers ne savent pas du tout qui l'a tuée. Elle était veuve, donc ce n'est pas le conjoint. Nous devons aller voir la personne témoin de la brutalité du mari de sa voisine et… faire une visite à Paulette, l'épouse du tenancier.
— Avec Jacob, parce que sans lui, je craindrais les coups !

— Je me disais que nous pourrions y aller aussi avec Mauricette, la patronne de l'auberge des femmes ? Qu'en penses-tu ? Cette Paulette accepterait peut-être de quitter ce sale type !

— C'est délicat, Betty, il me semble qu'il s'agit d'un couple marié.

— Oui donc, la pauvre fille a été échangée contre des mois de soûlerie par son ivrogne de père !

— Tu as raison mon amie, emmenons Mauricette, si elle est d'accord, évidemment ! Nous verrons cela jeudi. Demain, premier mai, journée chômée. Vas-tu aller à la manifestation ?

— Non, j'ai un peu peur, il monte une haine qui paraît discrète, mais si tu lis les journaux, l'ambiance est mauvaise, je le crains. Regarde ce que j'ai trouvé dans l'Humanité : *« Avec l'intention illusoire d'empêcher la poussée prolétarienne de se manifester demain 1er mai, le gouvernement d'union nationale tente d'arrêter préventivement les militants responsables. La CGTU et le parti communiste, ayant prévu ces mesures illégales, la tentative policière échoue presque complètement »* et en dessous, ce dessin, un ouvrier chevauche le un du 1er mai et c'est écrit, à bas la guerre qui vient ! Ça fait froid dans le dos ! Avec les élections municipales proches, l'ambiance, est, comment dire, chaude et lourde.

— Oui, ça m'affole, cette perspective électorale. J'ai confié à Marguerite que je l'accompagnerais au bureau de vote, elle aimerait qu'il y ait de nombreuses femmes perturbatrices dans chaque endroit, proche des isoloirs. Je t'avoue que je suis un peu inquiète des représailles. Betty, je voudrais te dire autre chose, un autre sujet d'anxiété. Tu sais, à la pension, nous avons un nouveau locataire depuis quelques mois. Je l'ai toujours trouvé vaniteux et égocentrique, mais il se livre peu à peu. Je suis convaincue qu'il est antisémite et raciste. Ses propos et ses sous-entendus sont de plus en plus nets et malsains. Je vois bien les réactions des autres. Marthe n'acceptera pas qu'il dépasse les limites...

— Tu ne le sais pas, mais je suis juive de naissance, mon père est né à Haïfa. C'est ma mère qui est née en France. Je m'appelle Betty Adelstein. Mon vrai prénom est Batchéva, mais maman a souhaité que l'on me dise Betty. Alors tous ces antisémites ne me font pas peur ! Que veux-tu qu'ils nous fassent ? Bon premier mai, ma chère amie !

Le lendemain, la température était clémente, Émilie passa la matinée à flâner dans le quartier, elle n'osait aller au-delà, craignant de rencontrer les manifestations. Elle alla s'asseoir sur un banc du square d'Estienne d'Orves. Elle entendait au loin des rumeurs et des explosions de pétards. Elle lut plus d'une heure et décida de rentrer manger à la pension. Il était presque treize heures. Marie-Louise et Nestor étaient allés voir leur futur logement à Ménilmontant. Elle croisa Jean qui quittait la rue Taitbout, il se hâtait d'aller préparer sa boîte pour l'après-midi. Il faisait si beau, les touristes allaient être nombreux lui dit-il. Il expliqua rapidement qu'il y avait un brin de muguet pour elle dans le bouquet sur la table. La maison était calme, Marthe avait ouvert les portes et fenêtres donnant sur la cour intérieure. Victor était absent, seule Madeleine aidait Jeanne à mettre les assiettes. Elles mangèrent en parlant de Céleste, elle était passée la veille pour raconter son arrivée à l'auberge. Elle était ravie, disposait d'une chambre à l'étage et adorait servir en salle. Émilie voulut partager son mal-être vis-à-vis de Victor. Madeleine, habituellement discrète et silencieuse, exposa son ressenti. Comme les autres, elle n'appréciait ni le ton cassant du jeune homme ni ses remarques acerbes sur les couleurs de peau ou les religions. Marthe déclara qu'elle avait écrit un règlement et que celui-ci n'admettait aucun propos de jugement raciste ou antisémite et qu'à la prochaine incartade de Victor, il

prendrait ses clics et ses clacs et se retrouverait dehors. Jeanne regarda sa mère et demanda :
— Ça veut dire quoi, incartade, maman ?
— Une incartade, heu... c'est quelque chose de mal, comme une mauvaise conduite !
— Je l'aime pas Victor, il n'accepte jamais de jouer avec moi comme Jean ou Nestor. Émilie, on va se promener cet après-midi, ça te dit de sortir avec nous ? On va voir Jean à sa boîte sur le quai ! Pourquoi appelle-t-on ça une boîte d'abord, c'est une cabane, non ?
— Je crois que c'est parce que les mesures sont strictes et contrôlées et que le soir, le couvercle est rabattu et on devine la forme d'une caisse, enfin il me semble. Tu demanderas à Jean !
— Jeanne, je serai heureuse de me balader avec toi ! Tu viens, Madeleine ?
La jeune femme acquiesça et de la cuisine une voix jaillit :
— Moi aussi, je vous accompagne !
Marthe rit et répliqua :
— Tu seras la bienvenue Georgette !
Elles quittèrent gaiement la rue Taitbout, Jeanne comme une pipelette n'arrêtait pas de poser des questions. Les adultes tentaient d'y répondre et parfois elles étaient prises d'un fou rire. Elles parvinrent en vue des quais, les boîtes étaient toutes alignées et formaient une jolie guirlande verte. Il ne fut pas aisé de dénicher celle de Jean au milieu des autres, c'est Jeanne qui cria dès qu'elle l'aperçut. Il était en grande conversation avec des touristes, ceux-ci s'éloignèrent et il s'adressa aux cinq femmes :
— Oh, que me vaut l'honneur de votre visite, mes chères amies ?
— Nous avions besoin de prendre le soleil, répondit Georgette et Jeanne a une question très importante à vous poser !

Georgette n'avait jamais réussi à tutoyer les hommes de la pension. Ses consœurs ne l'impressionnaient pas, mais il n'en était pas de même de la gent masculine.

Jean fit une démonstration à la fillette, il tira le pesant couvercle par-dessus les livres, pivota les clés des deux cadenas, ravie, elle s'exclama que la boîte portait bien son nom. Elle voulut ouvrir, mais ne réussit pas à soulever le lourd capot de sapin. Les femmes s'éloignèrent ensuite pour aller déguster un rafraichissement et regarder les pigeons. Jeanne désirait aller au glacier proche de la tour Eiffel, elles montèrent dans l'autobus et descendirent vers le jardin. Émilie offrit un tour de carrousel à Jeanne, mais elle attrapa le bras de Madeleine pour qu'elle l'accompagne sur les chevaux de bois. Le soleil déclinait doucement laissant place au vent et aux nuages gris. Elles décidèrent de prendre un tramway avant de se faire mouiller par l'averse. Elles eurent plusieurs changements et franchirent le seuil de la pension au moment où dégringolèrent de lourdes gouttes de pluie.

Betty attendait Émilie devant la porte du 14 rue Saint-Georges. Elle tenait un quotidien qu'elle venait d'acheter au kiosque. Elles pénétrèrent dans le hall et furent accueillies par Marguerite. Elle avait le teint gris des mauvais jours et les invitant à s'asseoir dans son bureau, commenta les évènements de la veille à Berlin. Elle lut d'une voix tremblante :

— Ce 1$^{er}$ mai à Berlin a été marqué par des violences qui ont conduit à la mort de plus de trente personnes, civils et manifestants communistes allemands (du KDP). Ces manifestations qui étaient censées célébrer la fête du Travail ont dégénéré en affrontements. Cet évènement risque d'être crucial dans le déclin de la république de Weimar et signe la perte de sa stabilité politique… C'est de mauvais augure, les filles, croyez-moi. Je vous laisse travailler. Soyez

prudentes si vous retournez voir l'hôtelier. Jacob est prévenu, il vous attend.
Ils quittèrent le 9e et retrouvèrent Mauricette au coin de la rue de son auberge. Ils poursuivirent à pied. Émilie se sentait oppressée, elle savait qu'elle devait aller jusqu'au bout de ses projets, mais elle était terrifiée à l'idée de se trouver face au tenancier. Des enfants jouaient assis par terre, ils avaient quelques billes qu'ils lançaient entre deux planches. Des femmes en haillons poussaient des remorques sur lesquelles s'entassaient des fagots ou des objets de bric et de broc qu'elles avaient ramassés dans d'autres quartiers. Le bistrot paraissait calme. La porte était close. Jacob frappa une première fois, mais rien ne se passa. Il réitéra et une silhouette se profila derrière les carreaux sales. Paulette entrouvrit, elle dit qu'elle ne devait laisser entrer personne. Mauricette se présenta et insista pour lui parler. Par chance, son mari était parti pour deux jours. Ils pénétrèrent dans la pièce sombre et lugubre. Paulette revint avec la petite qui gémissait dans l'arrière-salle. Betty lui expliqua les projets pour l'instruire, mais la jeune maman en sanglotant leur répondit que c'était impossible, « il » ne voudrait jamais, elle prendrait encore des raclées et son aîné aussi. Elle se mit à pleurer sur sa misère et sa vie déplorable. Soudain Émilie posa la question :
— Paulette, êtes-vous mariée à cet homme ?
— Non, il ne m'a pas épousée, on est juste comme ça. Je suis sa chose. Un sale accord avec mon alcoolique de père. C'est tout.
Betty, Mauricette, Émilie se concertèrent du regard et la patronne de l'auberge expliqua son rôle, elle parla des emplois disponibles, de la sécurité et aussi des cours d'alphabétisation qui commenceraient ensuite. Paulette les observait sans comprendre. Elle balbutia :
— Vous ne pouvez rien pour moi, j'ai trois mômes, enfin, presque, celui-ci va arriver bientôt !

La conversation dura plus d'une heure, puis Paulette réalisa qu'elle pouvait peut-être offrir une autre vie à ses enfants, accepta de quitter ce taudis. Jacob fut chargé d'aller chercher Joseph, le jeune garçon qui portait des sacs de charbon au bout de la ruelle. Les trois femmes remplirent de ballots les affaires nécessaires aux trois réfugiés. Paulette se retourna une dernière fois devant la porte et elles prirent le tramway pour rejoindre l'auberge de Mauricette. Jacob était un peu inquiet, il resta dans le faubourg pour discuter encore avec le bougnat. Il voulait s'assurer de son silence. Après l'installation de Paulette, Mauricette avait insisté pour que la petite famille se restaure. Joseph et Lison s'étaient jetés sur leur assiette de pâtes et de viande en sauce, ce qui avait ravi Émilie et Betty. Elles regagnèrent le journal et rendirent compte de leur aventure à Marguerite. Jacob rentra plus tard, satisfait de la tournure des évènements. Il s'était assuré du silence du charbonnier, qui, après une longue conversation, avoua qu'il n'était pas ami avec le tenancier. Bien au contraire, il avait eu pitié du gamin, et même s'il le faisait travailler sans le brusquer, il ne l'avait jamais frappé.

À peine arrivée à la pension, Émilie reçut un appel téléphonique de sa tante Suzanne. Elle s'enferma dans le bureau de Marthe et écouta avec beaucoup de plaisir l'accent du Doubs et les intonations légèrement traînantes qu'elle-même avait déjà abandonnées. Suzanne parla de son mariage, la date était définitivement fixée au 25 mai. Ce ne serait qu'une cérémonie à la mairie, elle avait besoin qu'Émilie invite Pablo afin qu'il soit son cavalier. Adélaïde serait de la fête, même sans aucun lien de filiation, Joséphine et elle avaient perdu leurs parents très jeunes, l'aïeule d'Émilie comblerait ce vide.

— Ce sera un petit mariage, nous ne serons qu'une trentaine, j'ai convié quelques collègues et deux grandes amies féministes, ajouta Suzanne.
Elles raccrochèrent après avoir parlé du travail de la journaliste parisienne. Avant de se coucher, elle fit une longue lettre à Pablo dans laquelle elle lui recommandait de demander à Honoré pour qu'il l'aide à acheter un costume ou une belle tenue de cérémonie. Elle se réjouissait déjà de ce voyage dans le Doubs, Pablo lui manquait terriblement.

## Chapitre 9

Le dimanche 5 mai, Émilie retrouva Marguerite et Betty devant la mairie du 9ᵉ arrondissement. Tracts à la main, elles pénétrèrent dans la salle des suffrages de l'hôtel d'Augny, se mirent dans la file des hommes allant choisir leurs candidats. Elles perçurent des quolibets, des injures, mais restèrent stoïques. Parvenues face au président du scrutin, elles demandèrent à y participer, ce dernier appela les assesseurs qui les escortèrent jusqu'au palier. Sur le seuil, elles retrouvèrent un groupe de féministes qui, les encadrant, scandèrent : « Le vote pour les femmes, les femmes doivent voter ! » Betty, Madeleine Pelletier et d'autres suffragettes s'étaient déplacées à la mairie du 10ᵉ arrondissement. Marthe Bray et une poignée d'amies fidèles investissaient celle du 16ᵉ. Chaque bureau reçut la visite d'une délégation bruyante et excitée. Elles renouvelèrent toutes leur action le dimanche suivant pour le second tour des élections.
Alexandra David Néel était une petite femme au visage marqué de traits un peu durs. Ses yeux foncés vous sondaient avec insistance, Émilie se sentait minuscule face à cette légende. L'exploratrice posait beaucoup de questions sur ses motivations, elle était très curieuse et s'amusait un peu des bafouillages de la journaliste. Elle se mit à discuter de sa conception du féminisme, des textes qu'elle avait

envoyés à La Fronde depuis ses lieux d'expédition sous le pseudonyme d'Alexandra Myrial. Elle s'adressa aux deux jeunes rédactrices en riant, elle expliqua que parfois ses articles étaient aussi acides que du vitriol, qu'elle s'était amendée en vieillissant, mais que les sujets sur lesquels elle était restée intraitable étaient le droit de vote et l'éducation, les hautes études pour les femmes.

— J'aimais assez, assura-t-elle en tirant une chaise et s'approchant d'Émilie, lorsque je me trouvais en présence d'un de ces adversaires du féminisme rationnel, lui demander, en le regardant bien en face : *Vous interdisez aux femmes le domaine de la science, n'est-ce pas ? L'art également, au-delà de ce qu'on peut apprendre de pianotage et de dessin dans les pensionnats. Des sujets philosophiques et sociaux, il est inutile d'en parler, évidemment ! Tout comme le développement physique, le sport. La danse et les révérences, d'accord !* Je le laissais rougir, de honte, je présume, mais rapidement, il se reprenait et dissertait vaguement sur l'influence du charme et de la ténacité particulière à notre sexe... Bref, j'en arrivais à ressortir ce vieux bouquin de Péladan, vous connaissez, Émilie ?

— J'ai entendu parler de lui, c'était un auteur et critique, mais je n'en sais pas plus. Et toi, Betty ?

— J'ai lu que c'était un étrange personnage qui pratiquait l'occultisme et était très excentrique. Il s'était fâché avec Émile Zola.

— Oh, et avec bien d'autres ! Un drôle de type en vérité, ajouta Alexandra. Misogyne, il avait écrit sur la femme : « *Cet être inférieur, sans cerveau et sans réflexion, incapable de créer en art ou en science, n'est vraiment belle que dans le geste artistique, entourée d'un décor de luxe et de poésie, ou actrice, courtisane et religieuse : le cloître, la scène et le lit !* ». Je vous vois stupéfaites, voilà ce que l'on entend encore de nos adversaires. Les jeunes filles pauvres

comprennent bien qu'elles ne sont pas les Lisettes des Contes bleus, qu'une robe élimée, un chapeau défraîchi, de longues heures de fatigue dans un atelier, n'ont de poésie que par l'imagination des romanciers.
À la fin de cette conversation, Émilie questionna l'exploratrice sur ses projets.
— Allez-vous encore voyager dans le monde ?
— Je suppose que oui, mais pas dans l'immédiat. Je me suis installée à Digne, j'en ai fait un véritable sanctuaire lamaïste, grâce à mon fils adoptif, Aphur Yongden. Dans ma forteresse « Samten-Dzong », j'écris beaucoup, je médite, je parcours un peu l'Europe pour donner des conférences. Ma vie est bien remplie. Je pense retourner en Chine, d'ici cinq ou dix ans.
Elle quitta le journal laissant Betty et Émilie songeuses.
— Incroyable ! s'exclama Betty, quel destin fantastique, féministe et libertaire. Je ne lui arriverai jamais à la cheville, et pourtant, elle n'est pas si grande !
Émilie prit le train pour le mariage de sa tante Suzanne. Elle voyagea seule. Dans le compartiment, elle pensait à sa cousine. Marie-Louise avait démissionné de La Fronde, Marguerite l'avait embrassée et lui avait souhaité réussite et bonheur pour sa nouvelle carrière. Le soir, Nestor et elle avaient bouclé leurs valises pour emménager à Ménilmontant. C'est le cœur lourd qu'elle avait observé le couple grimper dans le taxi qui les amenait à leur nid. Elle songeait à Caroline, elle allait sans doute la voir, même si elle n'était pas des noces, elle passerait au Manoir avant son retour à Paris. Qu'allait-elle raconter à sa tante ?
Comme lors de son précédent séjour, Pablo l'attendait sur le quai. Elle se réfugia dans ses bras, ils s'embrassèrent rapidement puis quittèrent la gare. Dans la voiture, il lui prit la main et posa mille questions sur Paris, sur le journal et sur sa cousine. Il était dans la confidence, ils optèrent pour le silence, après tout, ils n'étaient pour rien dans les

décisions de Marie-Louise et de Nestor. Honoré et Joséphine les attendaient dans le hall du Manoir. Après les effusions, au moment où Pablo allait s'esquiver, Honoré annonça de sa grosse voix :
— Reste avec nous, Pablo, Jeanine a prévu ton couvert ce soir !
Pablo rosit, puis en balbutiant, il le remercia. Soudain, un brouhaha résonna dans l'entrée, on entendait Jeanine répéter : « Je vais prévenir monsieur et madame ! », Caroline fit irruption en hurlant, elle était rouge comme une pivoine. Émilie s'était levée le cœur battant, elle devinait ce qui agitait sa tante, elle attendait la semonce. Elle regarda Pablo qui lui prit la main pour l'encourager.
— Émilie, tu savais ! Non, dis-moi que tu n'y es pour rien !
— Que se passe-t-il Caro ? s'enquit Honoré, pourquoi une telle excitation ? Assieds-toi et calme-toi !
Il usa de son autorité et sa sœur s'apaisa, elle s'installa dans le creux du sofa et s'excusa auprès d'Émilie.
— J'ai appelé la pension tout à l'heure, je voulais bavarder avec ma fille. La cuisinière Georgette m'a annoncé qu'elle avait quitté la rue Taitbout et s'était mise en ménage avec Nestor, le fameux artiste dont elle me parlait sans arrêt. Pourquoi, Émilie ? Mais pourquoi a-t-elle fait ça ?
— Elle est amoureuse, ma tante. Je ne pouvais pas m'en mêler, elle est majeure... je n'ai aucune légitimité à l'empêcher de vivre sa vie. D'ailleurs, elle ne m'écoutait pas lorsque je tentais de l'en dissuader. J'en suis désolée, Caroline. Elle a trouvé un nouveau travail. Lui aussi.
— Elle pourrait au moins se marier, ce serait moins... déshonorant !
— Caroline, je t'en prie, intervint Honoré, nous sommes au XXe siècle.
— Ce n'est pas ta fille, Honoré ! Et regarde ta sœur Joséphine, elle fête ses noces, elle n'a pas fauté, elle ! protesta Caroline.

— Ça, tu n'en sais rien, ajouta Joséphine en riant. Tu dines avec nous, Caro ?
— Volontiers, je veux connaître les détails, insista Caroline sans quitter Émilie des yeux.
La journée du lendemain fut chargée, Émilie et Joséphine coururent chez la couturière récupérer les robes du mariage. Émilie avait sélectionné un modèle au corsage légèrement blousant, l'encolure lâche, la ceinture ajustée, la jupe évasée et ample dans un magnifique satin de soie vert pâle. Sa mère avait adopté un tissu imprimé bleu fleuri, une coupe droite, des manches courtes flottantes, un léger drapé aux hanches. Elles étaient toutes deux ravies du résultat, elles félicitèrent Raymonde, la couturière, puis filèrent chez le cordonnier acheter des chaussures. Émilie choisit des babies à trois brides beiges et Joséphine, plus classique, opta pour des derbys marine, dont le talon bobine l'avait immédiatement séduite.
Adélaïde ronchonnait, elle marchait aux côtés de sa petite-fille et jetait des regards furieux à Pablo qui lui tenait la main. Émilie percevait des mots en vrac : « Un jardinier, un pauvre avec une journaliste de renommée. Et Suzanne, un mariage sans église, ce n'est pas un véritable mariage, misérable monde. Et ce Louis, il n'est pas très beau, j'espère qu'il gagne bien sa vie… » Elle avait envie de rire, mais elle passa tendrement son bras sous celui de sa grand-mère. La cérémonie à la mairie avait été rapide, Suzanne était rayonnante. Émilie, ravie d'être sa témoin, avait rempli son rôle avec application. Ils se rendirent au restaurant, Adélaïde grommela qu'elle avait mal aux pieds. Émilie admirait l'allure de Pablo. Il était très beau dans un costume gris foncé, gilet croisé, chemise blanche et cravate marine. Ils arrivèrent rue des Granges au café du Commerce. La magnifique brasserie de style Art déco avait été exclusivement réservée pour les invités. Une longue table en U, somptueusement décorée trônait au cœur de la salle.

Le superbe plafond mouluré, les lustres en tulipes et fer forgé, les grands miroirs, les vitraux, tout exhortait au faste et à la fête. Émilie fut interloquée à la lecture du menu. Ils allaient devoir ingurgiter tous ces mets ! Ils dégustèrent d'abord des hors-d'œuvre, du jambon et de la galantine de volaille, puis une truite saumonée sauce béarnaise et de délicieux pâtés parisiens. Le plat fut servi vers quinze heures, c'était une noix de veau braisée demi-glacée, entourée de pois nouveaux à la Française, puis beaucoup plus tard, arriva un chariot rempli de desserts, gâteau Pithiviers, petits fours, biscuits fourrés, fraises et cerises. Tous ces plats furent accompagnés de très bons vins, Bourgogne et Saint-Émilion, puis de champagne, café et liqueurs. Vers vingt heures, les premiers invités partirent en félicitant encore Joséphine et Louis. Les anciens voulurent rester et profiter du consommé d'asperges qui serait suivi de jambon à l'os et de salades. Émilie et Pablo s'esquivèrent, Honoré glissa la clé de la maison dans le sac de sa fille. Les deux jeunes gens traversèrent la ville, ils s'attardèrent au bord du Doubs, puis s'embrassèrent assis sur un banc sous un arbre odorant. Ils retrouvèrent l'automobile et rentrèrent au Manoir. Sans se parler, ils se faufilèrent entre les buis dans les profondeurs du parc. Pablo avait récupéré un plaid dans le cabanon de jardin, il l'étala sur l'herbe non loin du bassin. Ils fermèrent les yeux et écoutèrent les bruits de la nuit. Pablo souleva la robe d'Émilie, tout en la dévorant de baisers il la caressait découvrant la douceur de sa peau et son parfum enivrant. Il retira prestement ses vêtements et son corps basané apparut dans les lueurs de la lune. Ils firent l'amour sans un son et, épuisés, s'endormirent sous la voute céleste. La fraîcheur et l'humidité réveillèrent Émilie, elle regarda Pablo, abandonné et sommeillant, elle glissa la veste sur le torse nu de son ami, se leva délicatement et regagna la maison silencieuse.

La semaine bisontine passa très vite, Émilie songeait déjà au retour. Pablo lui ayant chuchoté la veille qu'il avait une piste pour la rejoindre à Paris, elle repartait le cœur léger. Elle venait d'apprendre qu'elle ne serait pas seule pour ce déplacement, Caroline l'accompagnerait, elle avait décidé d'aller rencontrer Nestor et de revoir sa fille. Sans faire d'esclandre, avait-elle promis à son frère. Honoré était tout de même inquiet, il connaissait le caractère explosif de sa sœur, et celui, non moins spontané, de sa nièce. Il comptait sur Émilie pour faire tampon, comme il disait. Le voyage fut toutefois agréable, Caroline s'avéra être une compagne charmante et drôle. La mère de Marie-Louise avait réservé un hôtel rue de Ménilmontant, proche du domicile du jeune couple. Sa fille l'attendait le lendemain matin. La journaliste regagna la pension, elle y arriva à l'heure du diner. Elle fut accueillie par des cris de joie de la part de Jeanne qui lui sauta au cou et la questionna sur le mariage, la mariée, la robe, les fleurs… Elle voulait tout savoir. Émilie raconta, exhiba le carton du menu et détailla chaque instant de cette superbe journée. Enfin, presque chaque moment, elle tut la soirée et la nuit avec Pablo. Au souper, Victor fit d'amers commentaires sur Pablo, interrogeant Émilie sur les origines du garçon, son teint, sans doute très basané, peut-être même avait-il du sang tzigane ou berbère, avec un tel prénom… Ou encore des racines juives, les pires ! Il n'écouta pas la réponse qu'elle se préparait à formuler, il enchaîna sur les affrontements entre les manifestants et forces de l'ordre lors de la montée au mur des Fédérés. Ce cortège, habituellement pacifique, fut mouvementé. Les communistes ayant décidé d'inscrire ce vingt-six mai dans une conquête de la rue. Victor lâcha des : « Débarrassons-nous de ces chiens étrangers ! » Madeleine ouvrit de grands yeux, Jean se leva et sortit de table, suivi par Émilie, Madeleine et Georgette. Marthe somma Victor de l'accompagner dans son bureau. Trente minutes plus

tard, il réapparut, monta directement à son étage. Marthe rejoignit les autres au salon. Elle expliqua que pour diverses raisons, elle avait demandé au clerc de notaire de quitter les lieux dans les deux jours.
— Je lui laisse le temps de dénicher une chambre ! ajouta-t-elle.
— Ce ne sont pas les hôtels qui manquent, vous êtes trop gentille ! grommela Jean en allumant une cigarette.
— Il était particulièrement en forme ce soir, s'amusa Émilie. Quelle verve !
— Ça ne me dit rien qui vaille, commenta Jean. J'entends des choses dans la rue, et ce n'est pas joli-joli ! Vous savez, après l'affaire Dreyfus, l'antisémitisme est réellement passé à droite. Allez voir à la chambre des députés, vous seriez étonnées, ces conservateurs bon teint, depuis Maurice Barrès, avec son « idéal français », lui qui, à vingt-sept ans se définissait comme socialiste national, populiste, xénophobe et antisémite, a fait des émules… S'ils ne sont plus officiellement au parlement, ils se terrent insidieusement et attendent leur heure. Des Victor, il y en a partout, malheureusement !
Jean écrasa son mégot et alluma une autre cigarette. Il regarda Émilie en souriant et lâcha :
— Alors, ce Pablo, aurons-nous le plaisir de le rencontrer ?
— Est-ce ton fiancé ? interrogea Madeleine avec curiosité.
— Oui, il l'est. C'est aussi mon ami d'enfance. En devenant adulte, l'amitié s'est transformée, nous nous sommes rendu compte que nous avions des choses à partager. Il m'a dit qu'il était sur une piste pour venir travailler à Paris. Il a pris son air mystérieux, j'ignore ce dont il s'agit !
— Je t'avoue que tu me plais, Émilie. Mais je m'incline… Ah Pablo ! j'espère que c'est un type bien, sinon gare !! ajouta Jean en riant.
Marguerite attendait Émilie en compagnie de Betty, toutes deux voulurent des détails sur le mariage, les tenues et le

bon repas. Elles burent ensemble un café, puis les deux journalistes firent le point sur ce qu'elles appelaient les cours d'alphabétisation. Chez Mauricette, Céleste qui avait en charge l'enseignement de la lecture se plaignait du manque de sérieux des femmes inscrites. Elles venaient un jour, puis s'absentaient la semaine suivante, elles n'étaient pas assidues, ce qui perturbait le programme.

— C'est sans doute compliqué pour elles, elles doivent concilier leurs occupations, leur famille… N'oubliez pas que la plupart d'entre elles cachent leurs études à leur conjoint. Émilie, tu devrais conseiller à Céleste et aux autres instructrices d'être plus souples, d'accepter ces irrégularités. Ce n'est pas grave, dit Marguerite.

Elle poursuivit :

— Tenez, je vous ai apporté un article sur Zelda et Scott Fitzgerald. Ils vivent en France depuis environ cinq ans.

— Qui sont ces personnes, je suis désolée, leur nom ne me dit rien, répondit Betty.

— Je crois que mon père m'avait parlé d'eux, ils sont romanciers, n'est-ce pas ?

— C'est cela. Mais il s'agit d'un couple, plutôt atypique. Jaloux l'un de l'autre jusqu'à la perversité. Scott est un alcoolique et Zelda, une dépressive profonde, comme le formulerait monsieur Freud, le grand neurologue autrichien. Je vous parle d'eux, car on raconte dans les milieux artistiques que Scott répète à droite et à gauche que sa femme est folle et bonne à enfermer. Il paraîtrait qu'il a déjà des contacts avec la clinique de la Malmaison. Ceci m'a rappelé cette histoire d'une jeune Parisienne, mariée à un médecin. Après deux ans de vie commune, il prit une maitresse, puis une seconde. La pauvre épouse lui faisait des crises, il l'a fait interner à la Malmaison et elle est décédée de chagrin et de mauvais traitement.

— Encore un fait qui démontre l'autorité et les droits d'existence ou de mort de l'homme sur sa femme, renchérit Émilie.
— Je change de sujet les filles. Ma belle-sœur, qui fut journaliste ici, va séjourner quelque temps chez moi. Elle passera à la rédaction demain, j'aimerais que vous puissiez la rencontrer.
— C'est la femme de votre frère, Marguerite ? demanda Betty.
— Non, répondit Marguerite en riant. À une certaine époque, nous avions les deux Laguerre pour mari, moi l'aîné, elle le benjamin ! Odette est veuve depuis 1923. Elle est surtout la créatrice de la société d'éducation et d'action féministe que l'on appelle la EAF. Elle a beaucoup travaillé sur la protection de l'enfance avec une amie commune Ida-Rosette See. Cette dernière a écrit de nombreux articles sur le devoir maternel et la protection de l'enfance était son cheval de bataille. Ce sera intéressant pour vous deux d'échanger avec Odette. Ah, pendant que j'y pense, que vous évoque le nom de Pauline Kergomard ?
Les deux jeunes filles se consultèrent du regard, elles ignoraient qui était cette personne. Marguerite qui était décidément en forme fronça les sourcils en ajoutant :
— C'était une pédagogue. Je l'ai bien connue, elle a travaillé au journal. C'était une femme très vive et très intelligente.
— Elle est décédée ?
— Oui, il y a quatre ans, elle était âgée, elle est morte à quatre-vingt-six ans. J'ai eu beaucoup de peine. Elle a énormément participé à l'élaboration des écoles maternelles. Pour elle, les enfants devaient avant tout jouer. Elle me répétait sans cesse : « Le jeu est une activité essentielle pour le petit ! » Elle fut, et j'en suis heureuse, l'une des premières femmes à être Officier de la Légion

d'honneur. Il est important que mes journalistes connaissent les plus prestigieuses féministes de la Fronde.
En quittant la rue Saint-Georges, Émilie et Betty firent un grand crochet par l'auberge de Mauricette. Elles entrèrent dans l'arrière-salle, Céleste était en plein cours d'écriture, Paulette et Joseph y participaient. La jeune femme paraissait métamorphosée, le bébé arriverait dans les jours à venir. Elle portait une robe fleurie très lâche dont les couleurs gaies rendaient son teint encore plus lumineux. Elle embrassa les deux journalistes et annonça :
— Si j'ai une fille, elle s'appellera Émilie, et si c'est un gars, juré, ce sera Jacob ! Hein, vous lui direz à monsieur Jacob ?
— D'accord Paulette, je n'y manquerai pas. Comment vas-tu ? demanda-t-elle.
— Je suis bien ici, Joseph et Lison aussi, hein mon Joseph ? Le gamin leva la tête et sourit, puis il reprit son crayon et la langue entre les lèvres s'appliqua à écrire « maman et Lison » sur la ligne tracée par Céleste. Celle-ci annonça que le garçon pourrait rapidement rejoindre l'école du quartier dès la prochaine rentrée.
Émilie regagna la pension. Victor était parti, personne ne savait où et nul ne s'en inquiétait. Vers dix-neuf heures, Madeleine arriva avec une femme plus âgée qu'elle. Elle tenait un sac de voyage et avait les yeux rouges. Marthe les fit entrer dans son bureau, elle appela Émilie afin qu'elle assistât à l'entretien. Charlotte, la nouvelle venue, était couseuse chez Jane Régny. Elle vivait précédemment dans une mansarde au-dessus d'une demeure bourgeoise, proche du salon de confection rue de La Boétie. Elle avait rencontré un homme un soir en rentrant après son travail, elle l'avait trouvé charmant, ils s'étaient revus. Puis il avait décidé de s'installer avec elle. Malheureusement, c'était un escroc, il n'avait pas d'activité et avait profité de son absence pour subtiliser toutes ses économies. N'ayant plus rien, elle ne

put payer son loyer et fut jetée à la rue. Madeleine sollicita la logeuse, Charlotte pourrait séjourner avec elle, dans sa chambre, en attendant qu'elle récupère de l'argent. La jeune femme pleurait, se sentait humiliée. Elle avait demandé une avance à madame Régny, mais celle-ci avait refusé, arguant qu'une petite maison de vêtement de sport ne pouvait distribuer la monnaie à ses employées. Marthe accepta, elle fit un clin d'œil à Émilie et, en souriant dit qu'elle préférait deux Charlotte plutôt qu'un Victor. Puis elle ajouta :
— Charlotte, la chambre de Madeleine est minuscule, je te confie la clé du numéro huit. Dès que tu auras réglé tes dettes, tu me paieras la pension. En attendant, je t'invite à vivre ici. Certains hommes sont nos ennemis et non nos amis, j'en suis désolée. Tu es tombée sur un spécimen de la pire espèce, il a immédiatement vu en toi un pigeon, excuse-moi pour le terme, mais c'est la vérité.
Charlotte parla d'elle. Elle était originaire de Nohant-Vic, le pays de George Sand, dans le Berry. Ses parents avaient un peu côtoyé la romancière, son oncle François avait été un des jardiniers du château. La jeune fille avait été fiancée à un voisin de la ferme, éleveur, il était mort deux jours avant le mariage, tué par l'éboulement d'un mur vétuste d'une grange. Elle avait connu un grand moment de dépression, puis avait décidé d'oublier en venant à Paris.
— Je désirais une autre vie et surtout effacer Marcel de ma mémoire. J'ai fait la bonne dans le 14$^e$ arrondissement, puis j'ai dû quitter parce que…
Elle interrompit son monologue, Émilie insista pour qu'elle continue. Charlotte poursuivit :
— C'était le fils aîné, Brice, il avait tous les droits. Quand ils ont fêté ses dix-sept ans, il est monté le soir dans ma chambre sous les toits. Il a… il m'a forcée. Je ne pouvais rien dire, je ne pouvais pas crier, il me bâillonnait. Le lendemain, lorsque j'ai servi le petit déjeuner, il avait un sourire narquois et passa ses mains sur mes fesses dès que

ses parents avaient quitté la pièce. Il est remonté trois soirs de suite, j'ai décidé de partir. Je suis restée dans la rue plusieurs nuits d'affilée, et un jour, j'ai rencontré une femme qui était couturière près du square Montsouris, elle a eu pitié de moi. J'ai appris la confection et je dormais sur un matelas dans le couloir de l'atelier. C'était spartiate, mais j'étais bien. Elle est tombée malade il y a deux ans et elle est morte avant Noël 1926. J'allais me retrouver dehors, mais une des clientes me recommanda à madame Jane Régny. Je m'y plais, on n'est pas si mal, hein, Madeleine ? Jusqu'à ce que l'autre, là, Adrien. Il m'a tout pris.
Elle se remit à pleurer.

— J'avais épargné, si vous saviez, je voulais recommencer dans l'Indre, monter mon propre atelier, mais tout est parti... Trois années d'économies.
Elle renifla, se moucha. Regardant Marthe, elle murmura, « merci, vraiment merci. » Jean écrasant sa cigarette renchérit :

— J'ai souvent honte d'être un homme, quelle histoire horrible. Charlotte, j'espère que tout va mieux aller pour toi. Ici on se dit tu, cela ne te contrarie pas ?
Ce dimanche après-midi, Émilie se rendit rue Saint-Georges, elle monta dans l'autobus, changea à Opéra, puis à Lafayette, elle arriva à Ménilmontant à quatorze heures trente. Elle trouva l'immeuble dans lequel vivaient Marie-Louise et Nestor. Ils habitaient au 144, il fallait prendre le portail à gauche de la pharmacie et grimper jusqu'au deuxième étage. L'escalier de bois grinçait à chaque marche et une forte odeur de moisi flottait. La porte de l'appartement était recouverte d'une peinture rouge écaillée. Marie-Louise ouvrit, elle était rayonnante, Nestor apparut derrière elle, ils lui firent les honneurs de leur petit nid, comme ils disaient. Malou allait bientôt commencer son emploi à la poste, quant à son compagnon, il adorait son

travail chez Gaston, l'enlumineur. Il peignait encore et des tableaux étaient entassés le long de la grande pièce.
— C'est un vrai logement d'artistes ! s'écria Émilie.
Puis elle s'enquit de la visite de sa tante Caroline, la semaine précédente.
— Au moment où j'ai ouvert la porte, j'ai craint le pire, maman avait sa tête des mauvais jours, tu imagines ! Nous avons toutefois bavardé calmement, puis Nestor est arrivé et il l'a séduite ! Je te jure, Émilie, il a mis ma mère dans sa poche ! Elle l'adore, donc tout va bien.
— Elle ne t'a pas parlé de mariage ? questionna la journaliste.
— Oh, si, bien sûr ! On y viendra, mais pas tout de suite. Veux-tu un thé ? J'ai cuisiné des petits gâteaux, certes, je ne suis pas aussi douée que Georgette, mais il faut bien débuter !
Émilie croqua dans un biscuit, se retint de rire. Ils étaient secs, durs, sans parfum et manquaient de sucre, elle avait l'impression de mordre dans de la craie. Mais elle s'extasia :
— Dis donc, c'est un bon départ !
Nestor s'esclaffait, il suggéra de tremper les sablés dans le thé, ramollis, ils étaient presque délicieux. Ils attrapèrent un fou rire tous les trois.
— Ça doit ressembler aux rations des soldats, plaisanta Malou qui ajouta, je ne peux que m'améliorer !
Émilie voulait rentrer assez tôt, ils s'étreignirent et ils la raccompagnèrent jusqu'à l'arrêt de bus. Elle arriva à la pension et trouva celle-ci complètement vide. Les journées de ce début du mois de juin étaient ensoleillées, le mercure dépassait les vingt-trois degrés. Elle appela Marthe, puis Georgette en se dirigeant vers l'office, mais personne ne répondit. Soudain, elle entendit des conversations, des éclats de voix joyeux qui provenaient de l'arrière-cour. En effet, elle retrouva la logeuse, sa fille, la cuisinière et les

deux couturières autour de la grande table de jardin. Elles jouaient aux cartes et avaient l'air de beaucoup s'amuser. Émilie tira une chaise et s'installa. Jean rentra des quais et ils soupèrent dehors. Vers vingt heures, chacun regagna sa chambre, seules Émilie et Marthe restèrent sous les étoiles, elles burent une tisane en bavardant de l'actualité, de Charlotte et de la Fronde.
Lorsqu'elle arriva au journal le lendemain, Émilie trouva Betty en grande conversation avec une étrangère. Elles discutaient autour de revues et de livres posés sur la table. Betty présenta Odette Laguerre, ancienne chroniqueuse à La Fronde. C'était une femme passionnante et passionnée, elle leur parla de ses études sur la protection de l'enfance, précurseuse dans ce domaine. Elle leur fit un rapide résumé de l'historique jusqu'à ce jour.
— Sous l'empire, le décret du 19 janvier 1811 établit le premier statut complet des services d'enfants abandonnés. Ils sont confiés à la charité publique. Ce décret officialise l'utilisation du « tour » dans les hospices destinés à recevoir des gamins trouvés, garantissant l'anonymat lors de l'abandon. Ensuite, un peu plus tard, on organise le secours financier des familles nécessiteuses dans le but de limiter les abandons genre le petit Poucet… Le concept de protection de l'enfance s'étend avec la loi de juillet 1889, sur la Protection judiciaire de l'enfance maltraitée. Un grand pas est franchi, le législateur peut dorénavant protéger l'enfant contre ses parents…
Les deux journalistes se regardent, songeant en même temps à Joseph qui recevait journellement des coups de son père.
Odette poursuivit son récit :
— Mais cette loi fait apparaître de nouveaux problèmes, l'assistance publique accueille des enfants très jeunes et possède un dispositif de prise en charge matérielle et alimentaire, bien entendu. Les gamins plus âgés, qu'on

appelle adolescents, mettent donc en difficulté ce fonctionnement. On créa alors des écoles professionnelles, malheureusement, je dois le reconnaître, ce sont plutôt des bagnes. Et je fus une des premières à en parler. Il faut aider ces petits, une charte fut promulguée en avril 1898 relative à la répression des violences, voies de fait et attentats contre les gosses.
— Comment se passe le jugement des enfants dits délinquants ?
— En 1912, une loi prévoit la création d'une juridiction spécifique pour juger ces gamins dits délinquants, comme vous le précisiez. Ils sont censés apporter des mesures d'éducation et de redressement. Mais cela ne nous satisfait pas et le dossier est encore grand ouvert. Vous le voyez, même si nous ne sommes plus directement dans une démarche féministe, notre tâche est aussi de protéger les innocents ! Ah, voici Marguerite ! Je vous abandonne, mesdemoiselles, je dois aller manger avec mon ancienne belle-sœur.
Émilie et Betty se dirigèrent vers la salle à manger du journal. Nann était en grande conversation avec Jacob et un autre typographe. Ils faisaient grise mine et à l'arrivée des filles leur confièrent leur inquiétude quant à l'avenir de la revue. Elles tentèrent de les rassurer, rapportant les derniers mots de Marguerite. Ils déjeunèrent à la même table, d'une blanquette de veau et d'une crème à la vanille. Ils commentèrent ensuite la réussite aéronautique de Jean Assolant qui venait de traverser l'Atlantique à bord de son avion baptisé « l'Oiseau canari », il n'était pas seul à bord, il voyageait avec René Lefèvre et Armand Lotti.
— Et pas que, ajouta le typographe, ils avaient un passager clandestin, un Américain, je crois. Comme ils sont partis de l'état du Maine, il paraît qu'ils ont senti que l'aéroplane ne réagissait pas normalement, et pour cause, il y avait une surcharge. Armand Lotti, d'après le journal, voulait le

balancer dans l'océan ! Puis au fur et à mesure du voyage, ils ont tous sympathisé. Finalement, tout s'est bien passé ! Après-demain, il y aura les vingt-quatre heures du Mans, tu vas écouter les commentaires à la TSF, Jacob ?
— Je ne possède pas de TSF, mais j'achèterai la revue « l'Auto », ce sera détaillé. C'est la Bentley Speed la favorite.
Les filles se levèrent après avoir bu un café, elles riaient, car elles n'y connaissaient rien en automobile. Elles se préparèrent à partir, elles devaient visiter un bistrot vers Pigalle. Il était tenu par une matrone, madame Bertiaud, une ancienne prostituée qui s'en était sortie grâce à Nelly Roussel. Elle avait été néomalthusienne, pour le droit des femmes à disposer de leur corps, et à prôner une politique de contrôle des naissances. Comme Madeleine Pelletier, elle avait milité pour le droit à la contraception et à l'avortement. Son mot d'ordre était : « Dissocier la maternité de la sexualité. » Nelly Roussel avait aidé madame Bertiaud à se débarrasser de son maquereau et à s'installer dans le café de ses rêves. À la mémoire de son amie, morte trop tôt selon elle, elle avait appelé son estaminet « chez Nelly ». Par Madeleine Pelletier qui était repassée par la rédaction du journal, elles avaient eu connaissance de la bonne volonté de Henriette Bertiaud à laisser un espace pour l'alphabétisation des femmes du quartier. Betty et Émilie décidèrent de s'y rendre à pied. Quinze minutes plus tard, elles pénétraient dans le bistrot. Madame Bertiaud servait des cafés au bar, elle sut immédiatement qui se trouvait devant elle. Avec son accent et sa gouaille, elle leur réserva un accueil chaleureux.
— Madame Pelletier avait annoncé votre visite, suivez-moi, je vous montre l'espace, vous me direz si cela vous convient.

Elles contournèrent un groupe d'hommes qui jouaient aux cartes, ils dévisagèrent les femmes. Henriette Bertiaud les apostropha :

— Vous gênez pas, levez-vous et venez les reluquer sous le nez, espèces de caliborgnons ! Faites pas attention, y sont des vrais triquebalarideaux !

Les deux jeunes filles se regardèrent en souriant. La salle dédiée à l'apprentissage de la lecture était petite, mais elle pourrait contenir aisément cinq personnes. Elles déposèrent des crayons et du papier, ainsi que le guide pédagogique conçu par Marguerite et Émilie. Une femme d'une quarantaine d'années fit irruption dans le local, elle se présenta :

— Bonjour, je suis Germaine Lacroix, je suis maîtresse d'école et je veux bien participer à votre projet. Combien vais-je avoir d'élèves ?

Henriette Bertiaud réfléchit et répondit que seules trois filles s'étaient inscrites. Deux étaient des prostituées et la troisième une bonne à tout faire du quartier. Elles se mirent d'accord pour que les premières leçons commencent la semaine du 20 juin. Un des gars cria derrière la porte :

— Ho, la tavernière, on a soif, mes compagnons et moi !

Elle se retourna et hurla :

— Bandes de culs d'chignoles, z'avez qu'à prendre de l'eau pour vos gosiers d'soulards ! Puis s'adressant aux trois femmes :

— C'est vrai, quoi, c'est qui la matrone ici ?

Émilie et Betty rentrèrent en riant et en imitant Henriette et son langage argotique. Elles se séparèrent devant les locaux de La Fronde. Émilie s'arrêta à la pâtisserie au bout de la rue et acheta des meringues pour le dessert de la pension. Jeanne l'attendait derrière la porte, elle ne parvenait pas à faire ses opérations et quémanda son aide. Elle s'écria de joie voyant l'opulent sac de sucreries. Marthe distribua le courrier, Émilie monta lire la lettre de Pablo. Il expliquait qu'il devait venir se présenter au Jardin des Plantes pour un poste à la serre de l'histoire de la botanique, le responsable désirait le rencontrer. « Tu comprends, disait-il, ils ne veulent pas employer quelqu'un qui n'aurait pas les compétences. Ton père m'a prêté des livres sur tous les végétaux du monde. J'ai pris de nombreuses notes afin d'être susceptible de répondre à toutes les questions les concernant. Milieu aride, milieu tropical, humide, depuis des semaines, je travaille et serai bientôt imbattable. Sais-tu, ma douce Émilie, qu'une cactée, ronde comme un ballon et hérissée de poils piquants, est capable d'économiser l'eau pendant des mois, et en plus, de résister au feu ? J'ai mémorisé les serres des différents pays, le plan aussi, pour ne pas me perdre. Ce serait dommage que je ne rentre pas le premier jour d'embauche parce que je tourne toute la nuit à travers l'Océanie ou la Nouvelle-Calédonie ! Je prévois de venir à Paris le dimanche 30 juillet, car le rendez-vous aura lieu le premier ou le deux, pourrais-je loger à la pension ? Sinon, je prendrai un hôtel, mais j'aurais aimé passer une ou deux soirées auprès de toi et de tes amis. Honoré pense que c'est possible. Ma mère a quelques difficultés à l'idée de mon futur départ, mais elle s'y fera, et Jeanine, votre cuisinière est si gentille avec elle. Ta maman, Joséphine est très attentionnée, je partirai l'esprit libre et léger. Et surtout, il y a toi. Je trouve trop longues ces journées sans toi ! »

Une chambre restait disponible et Marthe accepta de la laisser à Pablo avec grand plaisir. Ce serait aussi l'occasion de faire sa connaissance, il n'y a que Jean qui fit mine de bouder. Mais chaque locataire avait remarqué son attirance pour la jolie Charlotte, la dernière arrivée.

— C'est ainsi la vie, commenta Marthe en confidence à Émilie. Les gens s'installent dans ma maison, on s'attache, on crée un lien solide et puis hop, les amis s'en vont ailleurs. Toi aussi, tu vas t'éloigner, sans doute avec Pablo, d'ailleurs. Tu es là depuis presque une année et j'ai l'impression que tu as toujours vécu ici.

Elles échangèrent des nouvelles de Marie-Louise et Nestor, qui avaient prévenu qu'il passerait dimanche, Georgette prévoyait de rajouter deux parts de gratin !

Émilie était heureuse d'avoir bientôt la visite de Pablo, mais restait préoccupée par son travail. « Tu es trop consciencieuse », lui répétait Marguerite. Elle avait entamé de nombreux articles et avait besoin de les voir tous aboutir. Malou et Nestor étaient resplendissants, ils arrivèrent pour le porto et partagèrent le repas dominical. Accompagnés d'Émilie, de Madeleine et de Charlotte, ils montèrent à Montmartre. Le temps était radieux, et les touristes commençaient à abonder dans ce quartier artistique. Ils déambulèrent sur la place du Tertre, Nestor saluait ses amis. À la terrasse d'un café, un groupe d'hommes et de femmes chahutaient bruyamment. Nestor expliqua à ses compagnes qu'il s'agissait de l'artiste peintre Foujita, de Soutine et de Man Ray. La fille qui riait fort s'appelait Alice Prin, ici on la connaissait sous le surnom de Kiki, un modèle réputé.

— Qu'est-ce qu'elle est jolie ! dit Marie-Louise.

Ils s'éloignèrent et admirèrent les peintures d'un ami de Nestor, celui-ci présenta Marie-Louise et sa cousine Émilie. Charlotte et Madeleine s'étaient isolées en direction du Sacré-Cœur. Émilie contemplait les œuvres d'Eugène Paul. Elle resta un long moment en arrêt devant une toile qui mettait en scène des musiciens. Un tableau sombre, mais animé, vivant, l'interprète de gauche tenait une mandoline, celui de droite un accordéon. On devinait les instruments et la concentration des artistes. Elle déclara son admiration à Eugène Paul. Il fut flatté et lui fit un baise-main très appuyé. Après s'être désaltérés dans un bistrot bruyant, ils retrouvèrent Charlotte et Madeleine et rentrèrent à la pension.

## Chapitre 10

Le taxi s'arrêta devant la pension. Il déplia son grand corps, attrapa un sac de voyage et tourna la tête vers elle. Émilie descendit l'escalier de pierre et se jeta dans les bras de Pablo. Ils s'embrassèrent et entendirent un : « Hou les amoureux ! » Jeanne se tenait près de la porte, les bras croisés, elle ne quittait pas le jeune homme des yeux. En riant, ils remontèrent et allèrent retrouver les locataires dans la courette. Marthe se leva et salua le nouveau venu. Il fit le tour de la table, Émilie les présenta tour à tour. Jean était rentré vers dix-huit heures, il avait fermé sa boîte de bonne heure, ne voulant pas rater l'arrivée du nouvel occupant de la pension. Ils dînèrent dehors, mais de gros nuages firent leur apparition au moment du dessert. Émilie fila dans sa chambre et descendit avec son étole qu'elle jeta sur ses épaules. La conversation allait bon train, mais soudain Pablo se leva, s'excusa de les abandonner, il avait un rendez-vous à neuf heures au Jardin des Plantes et devait partir assez tôt le lendemain. Elle monta avec son ami, ils s'étreignirent devant la porte et chacun rentra se coucher. Elle ne le vit pas au petit-déjeuner, il avait déjà attrapé son bus à l'arrêt du coin de la rue.

Alexandra David Néel pénétra dans le bureau en fin de matinée. Betty et Émilie s'étonnèrent de cette visite impromptue. Elle expliqua qu'elle voulait accompagner Marguerite à la présentation de Madeleine Pelletier sur le féminisme au XXe siècle.
— C'est une conférence qu'elle expose depuis 1906, elle l'a transformée au cours des années. Imaginez, cette année-là, en 1924, notre Madeleine, vêtue de son costume masculin, les cheveux très courts, entamant son discours en prononçant d'une voix puissante : « La femme doit devenir un individu avant d'être un sexe ! » Vous auriez vu la tête des hommes dans la salle. Hurlements, sifflements et tutti quanti. Le lendemain, les journalistes la traînaient dans la boue, ils critiquaient sa tenue, ses cheveux. Toujours, elle répondait : « Mon costume dit à l'homme, je suis ton égale ! » Elle a poursuivi son combat sans jamais dévier.
— Pensez-vous que nous puissions assister à cette conférence ce soir ? Betty, serais-tu partante ? demanda Émilie.
— Plutôt deux fois qu'une !
Marguerite fit son apparition, elle embrassa Alexandra et elles disparurent dans le bureau de la direction. Betty chercha l'annonce de la manifestation dans un journal, elle trouva un minuscule article précisant le thème et le lieu. Émilie téléphona à Marthe Caspari qui accepta de se joindre à elles. À dix-neuf heures, elle rentra rapidement à la pension, Pablo l'y attendait, un grand sourire illuminait son beau visage.
— Je l'ai, Émilie, j'ai la place de jardinier ! Je commencerai début août, je suis si heureux !
— Moi aussi, Pablo.
Ils s'embrassèrent et Jeanne cria encore « Hou, hou, les amoureux ! »
Ils s'entretinrent avec Marthe. Leur situation était particulière, jamais elle n'avait hébergé de couple. D'un

commun accord, ils décidèrent de conserver leur chambre respective, la logeuse tolérant de petits écarts discrets.
— Nous nous comporterons convenablement, n'aie crainte, la rassura Émilie. Et puis, ajouta-t-elle en souriant, sans doute mon Pablo me passera-t-il la bague au doigt ?
Sans lui répondre, Pablo se pencha sur elle et lui caressa les cheveux. Il allait reprendre le train le lendemain après-midi.

Au Manoir, Honoré l'avait sollicité pour recruter un successeur au jardin. Il décida d'accompagner les trois femmes au Louxor pour écouter Madeleine. Ils retrouvèrent Betty à la station de métro. Il y avait peu d'hommes dans la salle du cinéma, Émilie embrassa Mauricette qui était venue avec Céleste, Marthe Bray était présente avec des adhérentes de la ligue d'action féministe pour le suffrage. Madeleine se présenta sur l'estrade et salua ses compagnes. Elle attaqua sa conférence par son refrain préféré : « *La femme doit voter, elle subit les lois et paie des impôts !* » Il y eut un bruit au cœur de la foule, deux femmes tentaient de s'installer discrètement, mais elles provoquèrent un brouhaha qui amusa Madeleine :
— Asseyez-vous chères collègues, votre entrée n'est pas passée inaperçue ! Merci d'être présentes !
Louise Weiss et la jeune Simone de Beauvoir firent un signe amical à la salle. Madeleine poursuivit alors son discours souvent virulent. La propagandiste zélée critiqua la terreur, la bureaucratie, la misère de la population et en particulier celle des femmes. Elle dénonça leur cantonnement hors de la politique, dans les problèmes liés à la maternité, aux enfants, aux soins, aux tâches ménagères. Elle rappela qu'elle avait toujours été féministe. « *Toute enfant, les dictons sur la moindre valeur des femmes qui revenaient chaque jour dans les conversations me choquaient profondément. Lorsque dans mon ambition puérile, la tête farcie de récits d'Histoire de France, je disais que je voulais*

*être un grand général, ma mère me rabrouait d'un ton sec : Les femmes ne sont pas militaires, elles ne sont rien du tout, elles se marient, font la cuisine et élèvent leurs enfants. Moi, j'étais une enfant précoce, j'avais une grande indépendance de caractère : tout ordre dont on refusait de me donner les raisons me révoltait. La femme est formée dès l'enfance à être une esclave, une servante à tout faire. »*
Il y eut des échanges divers et variés entre les spectateurs et l'intervenante. Il était plus de vingt-deux heures trente quand Marthe, Émilie et Pablo rentrèrent à la pension. Le lendemain, Pablo se leva et suivit Émilie jusqu'à l'entrée de la Fronde. Ils s'enlacèrent, puis le garçon s'éloigna en envoyant des baisers.
Betty se précipita à la rencontre de son amie, elle était dans tous ses états :
— Vite, Émilie, nous devons filer à l'auberge de Mauricette, il y a un problème. Le mari de Paulette l'a retrouvée et il fait un scandale. Mauricette a téléphoné à Marguerite. Jacob nous y rejoint.
En courant, elles attrapèrent un bus qui les déposa rue Monge. Elles foncèrent jusqu'au restaurant. Jacob était devant la porte, ils entrèrent pour trouver Paulette en larmes. Deux gendarmes agrippaient le tenancier qui trépignait et se débattait. Il était très aviné et rouge de colère. Le gardien de la paix lui répéta que cette femme n'étant pas son épouse légitime, elle pouvait aller vivre où bon lui semblait. Ils décidèrent d'embarquer l'homme au poste et de le maintenir quelques jours « au frais ! ». Le plus âgé des deux confia à Paulette qu'elle ne devait pas hésiter à porter plainte. Le calme revenu, Mauricette offrit le café à tout le monde. Soudain Paulette poussa un cri, se plia en deux en gémissant « Mon bébé, il arrive ! » Ce fut un véritable branle-bas de combat. Jacob courut chercher la sage-femme qui habitait deux rues plus loin. La future maman fut étendue dans la pièce du fond, Mauricette mit de

l'eau à chauffer. Chacune s'activait et se déplaçait comme dans un ballet longuement répété. Émilie était restée auprès de Paulette, elle lui tenait la main en la réconfortant. Lison était au jardin d'enfants et Joseph avait été accepté dans l'école du quartier et il s'y plaisait beaucoup. Paulette gémissait. La sage-femme débarqua, c'était une forte personne échevelée qui rouspétait :

— Qu'est-ce qu'elles ont toutes depuis hier, j'arrête pas ! Bon, on en est où ma Cocotte ?

Elle procéda à un examen et s'exclama :

— Ah ben, il était temps que je m'amène, c'est que ça va aller vite ! C'est pas votre premier ma petite dame ? Le troisième ! Bah, je comprends alors. Hop, hop on pousse, plus fort... Ben voilà !

Le bébé fit son apparition. Il hurlait et gesticulait. Mauricette avait les yeux rouges, elle s'empara d'une serviette qu'elle enroula autour du bambin.

— C'est un beau garçon, Paulette ! Ton deuxième petit bonhomme !

Paulette prit le nouveau-né et murmura « Mon Jacob, mon fils ! »

Émilie et Betty retrouvèrent Jacob qui était resté dans la salle de l'auberge, il sourit à la révélation joyeuse des filles. Ils partirent bras dessus, bras dessous et s'empressèrent d'annoncer la nouvelle à Marguerite. Celle-ci était inquiète, elle les attendait impatiemment. Elles racontèrent la présence des gendarmes et leur conseil. La directrice suggéra d'aller au commissariat et de déposer une plainte au nom de Paulette :

— On ne sait pas de quoi serait capable ce type. N'oubliez pas qu'il boit beaucoup et perd ses moyens sous l'emprise de l'alcool.

Jacob et les deux femmes décidèrent de s'y rendre dès le lendemain afin de bien expliquer la situation aux gardiens de la paix.

Alexandra David Néel était redescendue à Digne. Émilie était déçue, elle l'appréciait énormément et aurait aimé en apprendre plus encore sur ses périples. Elle n'en revenait pas que cette petite bonne femme, une occidentale, ait pu rentrer incognito dans Lhassa. Quelle audace, c'était une voyageuse intrépide et qui avait toujours soigné la façade de sa vie. Ce besoin d'attirer l'attention fascinait la jeune rédactrice. Faire la une des journaux, être à ce point une extraordinaire célébrité était quelque chose d'étonnant. Peut-être était-ce dû en partie à son passé d'artiste ? Elle dénicha une biographie d'Alexandra et le feuilleta. Dès son enfance, ce fut un personnage singulier. Elle rêvait de voyage en lisant Jules Verne, son ouvrage de chevet était un atlas offert par son père. Elle pratiqua le jeûne, fut déclarée anémiée, peut-être même anorexique. Un peu plus tard, elle ne consulta que des revues et livres féministes et anarchistes. Elle devint journaliste à la Fronde en 1897, elle avait moins de trente ans. S'étant convertie au bouddhisme à vingt et un ans, elle s'initia aussi au sanscrit et au tibétain. Elle suivit des cours d'art lyrique, de piano, elle se mit alors à chanter à l'opéra d'Hanoï, puis à Athènes, à Tunis, tout en poursuivant des travaux intellectuels sur le pouvoir religieux au Tibet. Elle quitta momentanément son mari Philippe Néel et partit en Inde une nouvelle fois. Pendant la Première Guerre mondiale, elle voyagea au Japon, en Corée, puis à Pékin. Émilie dit à Betty que cette Alexandra était une surdouée, mais vraiment trop remuante. Elle ne cessait jamais.

— Tu vois, je sais pourquoi je suis passionnée par cette femme, elle est tout bonnement prodigieuse, s'exclama-t-elle. Je suis certaine qu'elle ne va pas s'arrêter là. Elle va repartir, c'est évident.

— Enfin, Émilie, elle a bientôt soixante ans, elle va se calmer, tu ne crois pas ? Et puis, elle écrit beaucoup, elle donne encore quelques conférences…

— Elle a rencontré le Dalaï-lama ! Audacieuse et intelligente. Et en même temps, elle lutte avec ses consœurs féministes. Respect, tout de même !

L'été s'annonçait très chaud. Émilie s'était rendue à Besançon pour fêter le 14 juillet. La santé d'Adélaïde déclinait, elle ne sortait plus de son appartement. Marie-Louise séjournait aussi en ville, les deux cousines se retrouvèrent auprès de leur aïeule. Elles parlèrent du journal, la grand-mère ignorant les changements de vie de Malou, questionnait l'une ou l'autre sur la Fronde. Les volets étaient tirés, la pénombre rafraichissait la pièce. La vieille dame ne quittait plus son fauteuil et une infirmière restait en permanence à ses côtés. Sur le trottoir de la Grand-Rue, Malou s'écroula en larmes. Émilie l'étreignit. Elle la consola, mais sa cousine sanglotait et culpabilisait de cacher son véritable emploi.
Elles rentrèrent au Manoir où les attendaient Nestor et Pablo. Caroline débarqua dans sa nouvelle voiture, un coupé 201 marine dont elle était très fière. Joséphine fit dresser la table à l'ombre sur la terrasse. Elle avait convié Carmen et Jeanine, mais cette dernière refusa au prétexte qu'il n'y aurait personne pour le service. Les huit convives discutaient par deux ou par trois, soudain Nestor se leva et demanda le silence. Sans quitter Marie-Louise des yeux, il annonça qu'ils avaient décidé de régulariser leur situation et qu'ils allaient se marier le 27 juillet à Paris. Ils avaient envie d'avoir les huit personnes présentes à la cérémonie. Il y eut des applaudissements et Honoré assura qu'il trouverait un hôtel pour loger tout le monde, enfin les non-Parisiens ! Émilie fut sollicitée pour être le témoin de sa cousine.
Émilie et Pablo montèrent ensemble dans le train, ils se pelotonnèrent sur la banquette. Elle communiqua à Pablo sa peur de ne plus revoir sa grand-mère. Cela lui faisait de la peine. Adélaïde n'était pas une personne facile, mais elles

avaient toujours eu beaucoup d'affection l'une pour l'autre. Ils parlèrent longuement de l'aïeule, Émilie raconta ses souvenirs d'enfance avec elle, les anecdotes et les sorties amusantes de la vieille dame.

— Elle est vieux jeu, mais c'est tellement difficile pour elle ce modernisme. Elle est née en 1836, sous la monarchie de juillet. Charles X était le chef des Français. Ensuite, elle a connu Louis Philippe, Napoléon III. Monarchie constitutionnelle, puis régime présidentiel, puis re-monarchie impériale, etc. Et tu imagines l'évolution du monde, les automobiles, les aéroplanes, les changements de la mode, surtout chez les femmes. Te rends-tu compte ? Nous, nous avons eu uniquement le régime parlementaire. Elle a vécu les plus grands mouvements politiques ! Elle a perdu son mari en 1870, mon grand-père que je n'ai jamais connu. Elle est restée seule avec trois enfants et ne s'est jamais remariée. Je l'ai trouvée amaigrie et surtout affaiblie.

Ils arrivèrent ensemble à la pension. Tout le monde était dans l'arrière-cour. Jeanne raconta sa soirée du 14 juillet à Émilie, elle était allée voir le feu d'artifice avec tous les locataires.

— C'était magnifique ! Quel dommage que tu aies manqué ça ! Et nous sommes allés aux fêtes de l'eau au bord de la Seine, hein que c'était beau, maman ? Il y avait des courses d'aviron, des goutes, tu sais, sur le bateau, il y a un gars avec un grand bâton, il essaie de faire chuter celui de la barque qu'il croise, c'est très drôle quand il tombe à l'eau !

— Ne s'agit-il pas plutôt de joute, Jeanne ? interrogea Pablo.

— Oui !! Des joutes. Et le soir, les gens ont dansé vers le square. Mais je ne suis pas restée, maman n'a pas voulu. Tu vas habiter ici, Pablo ?

— J'aimerais bien, si tu es d'accord.

Marthe et Georgette rirent aux éclats. Des gouttes de pluie firent leur apparition, Georgette se précipita au fond de l'impasse et commença à dépendre les draps qui séchaient sur les grands fils. Madeleine et Charlotte coururent lui prêter main-forte.

Au journal, Émilie et Betty passèrent du temps à écrire un article sur La Goulue, la célèbre danseuse décédée au mois de janvier. Elles firent des recherches, puis décidèrent de se rendre au moulin de la Galette où elle avait fait ses débuts en 1882. Le vieux bâtiment servait de guinguette le samedi soir et le dimanche. Elles rencontrèrent un membre de l'association « Les amis du vieux Montmartre », un type désabusé qui parlait avec un mégot puant au coin des lèvres. Il n'avait pas connu La Goulue, mais son père lui disait que c'était une grosse femme vulgaire qui, étant enfant, avait été poussée à danser sur les tables par ses parents. Il leur conseilla d'aller plutôt au Moulin Rouge. Là, un vieux serveur leur raconta qu'après avoir été blanchisseuse, elle dansa le french-cancan au bal Bullier, à la Closerie des Lilas et à l'Alcazar. En 1889, au moment où le Moulin Rouge ouvrit ses portes, elle se fit remarquer par un danseur étonnant, Julien Étienne Renaudin, qu'on appelait Valentin le désossé, tant il était souple. Ils devinrent un couple de vedettes célèbre. Comme Toulouse-Lautrec passait beaucoup de temps au music-hall, il se mit à la peindre sous toutes les coutures.
— Vous savez, ajouta leur interlocuteur, c'était une belle plante, épaisse, colorée, elle plaisait aux hommes et avait une gouaille incroyable. Assez vulgaire, elle se lassa assez vite du Moulin et s'installa comme danseuse dans un cirque puis dompteuse à son compte. Il paraît qu'elle vivait dans une roulotte, elle se produisait à la fête à Neu-Neu et à la foire du Trône. Ces dernières années, elle venait traîner par ici, âgée et si grosse, la malheureuse, qu'elle avait du mal à se déplacer. Je l'ai tout de même vue vendre des cacahuètes et des cigarettes devant la porte, par là. Pauvre vieille. Elle

est morte un peu seule. Mais va, c'est la vie. Vous pouvez zieuter sa tombe au cimetière de Pantin. Son fils lui met des fleurs de temps en temps.
Elles quittèrent le cabaret et l'intarissable serveur, Betty fit de l'humour :
— Nous avons du grain à moudre en sortant du Moulin-Rouge !
Les deux reporters écrivirent un article élogieux sur cette femme atypique. Ce numéro de la Fronde encouragea Marguerite, car il explosa les ventes et fut produit à plus de trente mille exemplaires.

Comme ils l'avaient promis, Pablo et Émilie se comportaient de façon vertueuse à la pension. Ils demeuraient pudiques devant leurs camarades, et dès le soir après le souper, remontaient chacun dans leur chambre sans démonstration d'effusion, même si ce n'était pas l'envie qui manquait. Pablo débuta son emploi au Jardin des Plantes, il rentra ravi de cette première journée. Le rythme de la vie s'installa au cœur du couple. Ils savaient qu'ils ne resteraient pas rue Taitbout indéfiniment. Ils attendaient autre chose, mais en aucun cas, ils ne désiraient précipiter les évènements.

Émilie et Betty poursuivaient leurs différentes enquêtes qui leur permettaient de nourrir de riches articles. Elles sillonnaient la ville à la rencontre des femmes au sujet du droit de vote, de l'équilibre des salaires, de la violence conjugale. Elles passaient régulièrement dans les arrière-salles des auberges à la rencontre des enseignantes. Elles faisaient le point sur les avancées et les effectifs. Un jour, lors d'une visite « chez Nelly » à Pigalle, quelle ne fut pas leur surprise en voyant une des prostituées qui les avaient injuriées au printemps ! Elle était assise à la table et s'employait à aligner des lettres sur sa feuille. Elle ne leva pas la tête. Émilie l'observa un moment, l'institutrice leur confia que Violette était très assidue et très appliquée. Cela mit du baume au cœur des deux journalistes. Henriette Bertiaud jubilait et était ravie de ce succès.

Le 27 juillet, Émilie revêtit la jolie robe du mariage de sa tante, elle descendit retrouver Pablo qui était superbe dans son costume. Ils rejoignirent Caroline, Joséphine et Honoré à la mairie du 9$^e$ arrondissement où les attendaient Marie-Louise et Nestor. La jeune mariée portait un ensemble rose pétale qui rehaussait son teint hâlé de brune. Nestor avait endossé une tenue très romantique, redingote grise sur un gilet à revers, chemise blanche et lavallière bordeaux. La cérémonie fut orchestrée par le maire, un peu intimidé par la présence des témoins, le peintre Eugène Paul, camarade du couple, Suzanne Valadon qui s'était liée d'amitié avec Nestor et Émilie. Suzanne fit un bref passage, car elle devait rentrer retrouver son fils malade au château de Saint-Bernard. Les invités se rendirent à la Coupole où une table avait été réservée. Ils y saluèrent Man Ray, Picasso, Jean-Paul Sartre et Simone de Beauvoir qui prenaient leur déjeuner. Cette dernière s'approcha d'eux et complimenta Émilie pour ses actions et la qualité de ses articles, celle-ci bafouilla et répondit un timide merci en rougissant. Le chef de rang du restaurant vint féliciter les jeunes mariés, Honoré le questionna sur les célébrités qui fréquentaient la Coupole.
— Vous savez, dit-il, le beau monde n'est qu'une expression, chacun de ces artistes cache une zone d'ombre. Mais effectivement, monsieur, nous recevons énormément de comédiens, d'écrivains, de chanteurs, etc.
Ils terminèrent joyeusement l'après-midi à l'appartement de Ménilmontant. Tous les Bisontins devaient prendre le train du retour le lendemain. Honoré voulut saluer Marthe, avec Joséphine il suivit Pablo et Émilie rue Taitbout. En

reconnaissant le grand ami de son amoureux décédé et père de sa fille, elle éclata en sanglots et se jeta dans les bras d'Honoré. Émilie et Joséphine étaient très émues de ces retrouvailles. Ils burent un thé dans l'arrière-cour et plus tard partagèrent le souper de la pension. Joséphine était ravie de faire la connaissance de Jean, de Madeleine et Charlotte. Ils attrapèrent le dernier bus afin de rejoindre leur hôtel.

Dès le lundi 29, Betty et Émilie durent affronter l'actualité politique. Le samedi précédent, Raymond Poincaré avait dû démissionner de son poste de Président du Conseil. En effet, malade et très fatigué, il dut quitter ses fonctions et ce lundi, il fut remplacé par Aristide Briand. Il n'était pas apprécié de tout le monde, mais ses actions pour parrainer l'Allemagne à la Société des Nations lui avaient valu l'estime de ses pairs. Il avait d'ailleurs reçu le prix Nobel de la Paix en 1926. Les jeunes femmes s'activaient sur leur article, Marguerite leur confia qu'il y avait très longtemps, Aristide Briand avait été amoureux d'elle. Elle répéta en souriant :
— C'était il y a très longtemps ! Mais il m'a toujours soutenue pour le vote des femmes, sa célèbre phrase à la chambre : « *Dès lors que se pose la question de l'égalité de la femme à côté de l'homme dans son foyer, à côté de l'homme dans l'ordre politique, elle ne peut être résolue que par l'affirmative, aussi je vote l'intégralité des droits. Nous avons vu le principe du suffrage universel entraîner le vote des femmes dans d'autres nations. Et nous commencerions, trente ans après, les petites expériences faites ailleurs. Elles ont prouvé que la femme était apte à voter dans d'autres pays et surtout dans le nôtre !* » Malheureusement, 344 voix contre, 97 pour... voilà ou nous en sommes !

Puis elle quitta la rédaction, elle avait rendez-vous avec le gestionnaire du cimetière animalier qu'elle avait créé à Asnières en 1899.
Émilie termina son travail puis elle interrogea Betty :
— Nous pourrions peut-être parler de la Convention de Genève, c'est un évènement international, non ? Elle a été signée la semaine dernière... qu'en penses-tu ?
Betty n'eut pas le temps de répondre, le téléphone sonna. Émilie réagit, puis elle pâlit, de grosses larmes coulaient sur ses joues, elle raccrocha et pleura dans ses mains. Betty se précipita vers son amie en lui demandant ce qui se passait :
— C'est grand-maman, elle est morte ce matin ! Je pars, Betty, tu préviendras Marguerite. Je dois aller à Besançon, être là pour papa, pour Caroline et Romuald. Je dois appeler Malou. Oh, mon Dieu, elle va être anéantie, deux jours après son mariage !

## Chapitre 11

Comme Émilie s'en doutait, sa cousine débarqua en pleurs à la pension. Nestor, derrière elle, paraissait démuni. Elles s'étreignirent, mêlant leurs larmes. Elles organisèrent leur retour à Besançon. Pablo n'accompagnerait pas Émilie, il commençait ce nouvel emploi et ne pouvait décemment quitter le jardin des plantes, en revanche, Nestor irait avec les deux jeunes femmes. Marthe et les locataires furent émus à la nouvelle du décès de la grand-mère de leurs deux amies. Elles furent touchées par cette empathie. Émilie passa une partie de la nuit dans les bras réconfortants de Pablo, elle ne dormit pas, mais son soutien l'apaisait. Elle regagna son lit à trois heures du matin, prépara ses bagages en silence. Elle plia dans sa valise son dernier tailleur noir, un chapeau assorti et une tenue pour le retour. Elle descendit prendre son petit déjeuner à six heures, Georgette l'embrassa affectueusement, lui servit du thé et découpa des tranches de pain. Pablo arriva peu de temps après, serra son amie dans ses bras. Il regrettait de ne pouvoir aller à la gare avec elle, mais lui répéta que son chagrin était aussi le sien. Elle retrouva Marie-Louise et Nestor sur le quai, ils allaient monter dans leur wagon quand Marguerite surgit en appelant Émilie. Elle voulait lui dire toute sa compassion avant son départ. La jeune fille fut embarquée dans un gros sanglot, elles s'embrassèrent puis se séparèrent. Le voyage parut interminable aux passagers. Ils arrivèrent à Besançon à la tombée de la nuit, Honoré les attendait. Ils déposèrent Nestor et Malou chez Caroline. Au Manoir, Joséphine, Jeannine et Carmen patientaient à la cuisine. L'enterrement était prévu le lendemain après-midi. Dans ses dernières volontés, Adélaïde souhaitait une cérémonie à la cathédrale, ses enfants avaient donc exaucé ses vœux. Le curé avait accepté, car il avait beaucoup d'estime pour la vieille dame et c'est lui qui avait administré l'extrême-onction. Le matin, Émilie partit retrouver Caroline, Marie-Louise, Nestor, Romuald et sa femme à l'appartement de la Grande Rue, là où reposait Adélaïde. Ils l'avaient installée au milieu du salon, dans la pénombre, Émilie aperçut son parrain Raymond d'Albiny et son épouse. Il y avait aussi des amis et quelques voisines. Sa grand-maman était allongée, ses mains appuyées sur le ventre, les doigts entrelacés autour du chapelet qui ne la quittait jamais. Elle était vêtue de sa robe noire au col montant et portait sa croix en or au cou. Son visage était calme, détendu, la mort l'avait prise dans son sommeil, sans surprise, elle était partie pour une nuit sans fin. Elle se pencha sur le front de son aïeule et y déposa un tendre baiser. À la cuisine, elle retrouva Marie-Louise et Caroline qui buvaient du thé. Tout le monde parlait d'une voix feutrée, les larmes s'étaient apaisées, non pas taries, mais un peu en pause. Un brouhaha les précipita dans le couloir, le croque-mort et le menuisier arrivaient pour la mise en bière. Caroline les suivit jusqu'au salon, les deux jeunes filles préférèrent demeurer à l'office. Plus tard, elles retournèrent assister à la bénédiction du cercueil, le prêtre les salua, et après son œuvre s'esquiva rapidement terminer la préparation des obsèques. Les cloches de la cathédrale Saint-Jean sonnaient à toute volée, Émilie n'en revenait pas d'y voir autant de monde. Des relations des trois enfants Carpentier, des amis, de la famille lointaine avaient rempli les bancs de l'église. Les deux cousines s'étaient mises côte

à côte et se tinrent la main durant la cérémonie qui leur parut lente et ennuyeuse. Après la messe, ils se rendirent en automobile au cimetière de Saint-Ferjeux, là où était déjà enterré le mari d'Adélaïde. Le caveau avait été préparé et après les bénédictions et textes d'usage, le cercueil descendit en terre. Tout le monde se retrouva au Manoir dans la grande salle qui n'avait pas été ouverte depuis longtemps. Jeannine et Carmen avaient confectionné des boissons, des canapés salés et des biscuits de toutes sortes. Les amis et familles défilaient, apportant chacun un témoignage, une anecdote ou une mésaventure d'Adélaïde. Émilie était fatiguée d'embrasser des gens qu'elles n'avaient jamais vus. Soudain, un homme surgit devant elle, elle le reconnut immédiatement.
— Monsieur Bernard ! Comment, pourquoi êtes-vous là ?
— À vrai dire, jeune demoiselle, je ne devais pas venir à Besançon ces jours-ci, d'ailleurs, je ne m'y rends plus, les successions sont réglées. Je suis ici pour une raison plus personnelle et quand Marguerite Durand m'a téléphoné pour me parler de ce décès, je me suis soufflé : mon bon Tristan, tu vas réconforter et présenter tes condoléances à cette jolie et sympathique journaliste.
— Je suis confuse, c'est très gentil. Peut-être connaissiez-vous ma grand-maman ?
— Pas du tout, et, je vais vous confier une chose, je ne suis pas allé à l'église. C'est… je l'avoue, je ne suis pas très attiré par les lieux saints. J'ai appris que vous vous retrouviez ici après la cérémonie, j'en ai profité ! Émilie, ces canapés sont délicieux !
La jeune fille éclata de rire et remercia l'homme de lettres. Il engouffra encore quelques gâteaux et disparut après avoir salué la famille. La nuit tombait, Émilie s'était réfugiée dans le boudoir de sa mère, elle percevait les bribes de conversations entre son père, Caroline et l'aîné, Romuald. Ils parlaient de vendre l'appartement d'Adélaïde, personne

ne désirait le garder, Caroline suggéra de le mettre à la location, mais ses frères contestèrent cette idée. Chacun viendrait choisir les souvenirs dont ils avaient envie.
Émilie se glissa dans le bureau d'Honoré et demanda la communication pour la pension de Marthe. Cela prit un certain temps, puis elle eut la logeuse au téléphone qui appela Pablo. Ils discutèrent une dizaine de minutes, il avait besoin de la retrouver le plus vite possible. Il fut décidé qu'elle rentrerait le lendemain soir, il viendrait l'attendre à la gare de l'Est, dit-il.
C'est avec soulagement qu'Émilie descendit du train. Il y avait une foule incroyable, heureusement, elle aperçut Pablo qui lui faisait de grands signes. Elle se jeta dans ses bras, ferma les yeux, pleura un peu. Il lui raconta ses premières journées de travail, il était enchanté. Parvenus ensemble à la pension, elle narra rapidement les obsèques sans omettre la présence de Tristan Bernard.

Le lendemain, Émilie retrouva son amie Betty et dès les premières heures, elles reprirent la rédaction de « L'histoire des femmes ». Marguerite leur expliqua que sa propre mère, Anna-Caroline Durand avait écrit durant toute sa vie un dictionnaire des célébrités féminines. Il ne fut jamais publié, mais il marqua l'enfance de Marguerite, car sa mère restait assidue sur son ouvrage. Émilie lui demanda pourquoi elle-même n'avait pas poursuivi sa carrière d'artiste, après tout, elle avait fait partie de la Comédie française et y avait rencontré un grand succès. Marguerite sourit à ces souvenirs :
— C'est à cette époque que j'ai connu mon mari. Je ne voulais pas devenir femme au foyer, ça non, mais Georges faisait de la politique. Il était de l'extrême gauche, je suivais de près son travail d'avocat, il avait défendu Louise Michel. Nous recevions dans notre salon et j'animais de ma verve féministe ces soirées impromptues ! Puis je me suis séparée

de Georges, c'est à cette époque que j'ai fondé mon premier rendez-vous « Le courrier du Figaro » sur ce grand journal. Plus tard, j'ai créé la Fronde, et grâce à toutes ces femmes talentueuses qui m'entouraient, il eut le succès que vous connaissez. Vous savez, j'ai dû affronter des injures d'une bassesse inouïe, j'ai défendu le capitaine Dreyfus, donc il se disait que j'avais bénéficié de capitaux juifs pour ma revue, que j'étais compromise avec les impies anticléricaux. Ce dernier point toutefois est rigoureusement vrai !
Elle rit et poursuivit.
— J'ai tout de même lancé l'« Action » avec mes amis Henry Bérenger et Victor Charbonnel. Mais pour te répondre, Émilie, je n'ai jamais regretté d'avoir quitté la scène, ce fut une époque divertissante, mais je n'avais pas envie d'être comédienne.
Elles travaillèrent plusieurs heures sur le texte à étoffer. Elles rédigèrent la fin du paragraphe sur Olympe de Gouges. Betty admirait cette « Courageuse », pour elle Olympe représentait la genèse de leur combat.
— Elle est née à la mauvaise période, c'est tout. Elle défendait les libertés, s'opposait à l'esclavage. Elle mettait dans ses pièces de théâtre, des thèmes sensibles comme les privilèges de l'enfant, le divorce. Elle fut surtout la première à publier une déclaration des droits de la femme. Cela ne lui porta pas chance, elle fut guillotinée. Quelle période horrible où on se débarrassait des gens si facilement ! Elle a eu un procès… comment dire ?
— Un simulacre de procès, coupa Marguerite. C'était joué d'avance, Robespierre la détestait, ou plutôt, la craignait !
— Certains individus de l'époque ont rapporté qu'elle était une fille galante voire une prostituée, on sait que c'était faux. Elle était peu instruite, mais douée en littérature, ce qui lui a permis de créer des pièces de théâtre. Il y aurait

tant à écrire sur Olympe… Émilie, as-tu suffisamment de texte sur elle ?

— Oui, c'est parfait, je pensais à la phrase de Montaigne : « *Les femmes n'ont pas tort du tout quand elles refusent les règles de vie qui sont introduites au monde, d'autant que ce sont les hommes qui les ont faites sans elles.* »

Marguerite poursuivit :

— La première des premières féministes est incontestablement Christine de Pisan, dans les années 1420, elle a écrit « Le livre de la cité des dames », il fut considéré comme le premier roman féministe. Elle mettait en avant la misogynie et n'épargna pas Aristote, Virgile et Ovide. Mais soyons plus actuelles, aux États-Unis, Élizabeth Cady Stanton fut une grande abolitionniste et suffragette dans les années 1830. Avec Lucretia Mott, elles furent expulsées de la première convention mondiale contre l'esclavage au prétexte qu'elles étaient des femmes…

— Comme Olympe, qui fut refoulée à la chambre ! renchérit Betty.

— Et comme Marguerite, Madeleine, Séverine, au parlement ! ajouta Émilie.

À la pension, Jeanne préparait sa rentrée scolaire, elle entrait au cours moyen et appréhendait d'avoir la directrice de l'école comme institutrice. Elle avait une réputation de sévérité et même de brutalité envers ses jeunes élèves. Marthe réconfortait sa fille en lui conseillant d'être sage et discrète, elle lui assurait que tout se passerait bien. Cependant, dès que Jeanne fut couchée, elle confia ses inquiétudes à ses locataires.

— Je connais la maman d'une gamine, elle m'a raconté que Bernadette, sa petite, avait eu le poignet cassé par sa maîtresse en mars. Madame Cassard s'énerve et brise tout ce qui est autour d'elle, y compris ses élèves. Personne ne dit rien, j'ai un peu peur pour Jeanne, elle est fragile.

— Tenez-nous au courant, avec Pablo, on peut toujours aller lui montrer nos muscles à cette gentille maîtresse, dit Jean.
— Avec plaisir, si elle touche un cheveu de ta gamine, elle aura affaire à nous ! renchérit Pablo.

L'automne apporta la fraîcheur, les journées raccourcirent. Le dimanche, Émilie et Pablo se promenaient dans Paris, ils allèrent plusieurs fois de suite au Louvre, à Montmartre où ils retrouvaient Marie-Louise, Nestor et leurs amis peintres. Ils passaient aussi de grands moments à flâner au jardin des Plantes, Pablo montrait son travail à sa fiancée. Aux coins des avenues, ils s'arrêtaient souvent pour écouter l'orgue de barbarie de Bébert. Il s'installait toujours à l'angle du boulevard Lafayette et de la rue de Provence. Parfois il jouait et son amie Mimine l'accompagnait au chant. Il tournait la manivelle et elle gouaillait « Le raccommodeur de faïence » de Berthe Sylva ou « Gosse de Paris » de Mistinguett. Ils reprenaient tous le refrain, et dès que le soleil déclinait, les amoureux rentraient à la pension.
Un matin pluvieux de début octobre, Betty et Émilie rédigeaient leurs différents articles quand une femme fit irruption dans l'entrée du journal. Elle était trempée, ses longs cheveux dégoulinaient sur ses épaules. On voyait qu'elle avait pleuré, car le rimmel coulait sur ses joues en larges traînées noirâtres. Les filles se précipitèrent pour l'accueillir, elles lui fournirent de quoi s'essuyer. Assise, une tasse de café devant elle, elle commença à raconter sa mésaventure.
— Je travaille depuis deux ans au Matin de Paris. Au début, j'étais plutôt pigiste, je faisais des articles basiques sur la météorologie ou les chiens écrasés, puis mon chef m'a donné de plus amples responsabilités. Il y a deux semaines, je suis partie à travers la ville en quête d'un sujet qui

pourrait me hisser à une place de rédactrice. J'aimerais être une vraie journaliste, comme vous.
— Comment vous appelez-vous ?
— Albertine, Albertine Verriez. Après avoir sillonné les boulevards, marché pendant des heures, je me suis arrêtée dans une auberge rue Monge. Vous connaissez ? interroge-t-elle en souriant.
— Oui, plutôt bien, répondit Betty.
— J'y ai bu un café et la serveuse, Céleste me raconta son histoire, elle me confia que grâce à vous, elle avait un emploi qui lui convenait et qu'en plus elle donnait des cours d'alphabétisation à des femmes seules et perdues. Bref, elle m'a parlé de vous, de son admiration pour ce que vous faites, elle me présenta une jeune maman avec ses trois enfants. J'étais abasourdie. Je leur ai demandé si je pouvais écrire un article sur tout cela, la dénommée Céleste a appelé la patronne Mauricette qui me conseilla de vous contacter avant. J'ai trouvé cela normal. Rentrée au journal, j'ai préparé ma rubrique, j'ai développé tout ce que je voulais vous montrer. J'avais un texte de quatre pages que je rangeai dans mon tiroir. Le lendemain, alors que j'avais prévu de vous téléphoner pour prendre rendez-vous, plus de feuilles, mon projet avait disparu. J'ai fouillé un peu partout dans le bureau, nous sommes quatre à occuper l'espace, je n'ai rien retrouvé.
— Vous avez vérifié dans les recoins de votre secrétaire ? demanda Émilie.
— J'étais désespérée, j'ai même continué les recherches dans mon appartement, je devenais folle. Et il y a trois jours, je vois ça en deuxième page de notre quotidien, imaginez mon désarroi, regardez !
Elle sortit de son sac une feuille de magazine pliée en deux qu'elle présenta aux deux jeunes femmes. Hébétée, Émilie lut à voix haute : Une auberge pas comme les autres. En me promenant dans le quartier Saint-Victor, non loin du jardin

des plantes, je suis entré dans une hostellerie inclassable. En effet... etc.

Émilie descendit le regard en bas de page et vit la signature, Lucien Sourgès.

— Je présume que ce Lucien Sourgès est votre collègue ?

— Oui, c'est un sale type. Non seulement il harcèle les femmes du journal, en plus, il leur vole les articles ! Je ne sais pas quoi faire, je me tourne vers vous, car après tout, il l'a publié sans votre accord...

— En effet, nous pourrons peut-être attaquer sur ce front, nous demanderons toutefois conseil à Marguerite Durand. De votre côté, vous devriez aussi voir votre hiérarchie. Ça me fait penser à cette histoire dans les années 1870. Une Américaine, Margaret Knight avait imaginé une poche solide pour les provisions, le sac classique que l'on utilise chez l'épicier, le fond était fabriqué avec un pliage très spécial, et le papier adapté était plus résistant. Elle fut victime d'un vol de ses dessins et un homme breveta la machine qu'il avait copiée. Elle attaqua en justice, il a fallu qu'elle prouve qu'elle était réellement l'inventrice. Elle a gagné après une rude bataille, elle fut ainsi une des premières femmes à obtenir un brevet d'innovation. Soyez rassurée, Albertine, nous allons vous aider. Il ne devrait pas être difficile à confondre !

— Oh merci, je suis heureuse d'entendre ça, vraiment, merci.

— Cet article nous a échappé, je suis étonnée que Marguerite ne l'ait pas vu, ajouta Betty.

— Elle est préoccupée ces temps-ci. Nous lui en parlerons demain.

Marguerite se mit en colère, elle décida aussitôt de se rendre dans les bureaux du quotidien. Émilie qui l'accompagnait dut la calmer tant son énervement était grand. Elles pénétrèrent en coup de vent dans le hall du journal et d'une voix forte Marguerite réclama une entrevue avec le directeur de rédaction. Après une courte attente, on les fit entrer dans une pièce du premier étage et un individu maigre en costume gris les salua. Marguerite expliqua rapidement les faits, Émilie ajoutait les précisions qu'Albertine lui avait confiées. L'homme sembla tomber des nues, il ne comprenait pas, puis appela Lucien Sourgès. Celui-ci débarqua avec un grand sourire qui s'envola vite. Il nia et tint tête pendant quelques minutes, mais il flancha et avoua ses méfaits. La tête basse, il reconnut avoir fouillé le bureau de sa collègue, elle lui avait fourni d'amples détails et il composa l'article avec facilité. Le rédacteur en chef le congédia après lui avoir signifié son renvoi du journal. Il leur offrit un café, puis fit venir Albertine. Elle embrassa chaleureusement Émilie et remercia les deux femmes. De retour rue Saint Georges, et sur les conseils de Marguerite, Émilie et Betty écrivirent une page entière sur les usurpations.

Le mois de septembre débuta dans une douceur ensoleillée. Jeanne travaillait bien, mais Marthe était inquiète, car la petite dormait mal et partait le matin à l'école avec des douleurs de ventre. Le sept de ce mois, tout le monde parlait du discours d'Aristide Briand à l'assemblée de la Société des Nations. Il encourageait le désarmement et lançait une proposition inattendue et spectaculaire. Il suggéra la création d'un lien fédéral entre les peuples européens pour établir un système de sécurité efficace, de coopération et d'entente entre les États. Le ministre des Affaires étrangères répéta l'œuvre accomplie par la Société des Nations, il ne cacha pas les limites, mais ses idées sur le désarmement furent accueillies comme allant dans le sens de l'Histoire. À la pension, chacun y rendit son commentaire, jugeant que le ministre était sincèrement pour la paix du pays.

Un soir, Pablo confia à Émilie qu'il souhaitait passer plus de temps avec elle. Ne devraient-ils pas se marier et trouver un logement pour eux deux, comme Marie-Louise et Nestor ? La jeune fille ne sut que répondre, elle se sentait tiraillée. D'un côté, elle avait très envie de cette vie avec lui, d'un autre côté, elle désirait encore vivre son indépendance de femme, son féminisme, et il faut le dire, sa liberté. Pablo semblait comprendre son point de vue, mais en même temps, il demandait plus de temps avec elle. Ce soir-là, il partit se coucher sans lui souhaiter bonne nuit. Elle s'allongea sur le lit et ferma les yeux. Les larmes ne tardèrent pas à couler. Je ne sais pas ce que je veux, pensait-elle. Elle sentait ce fort besoin de poursuivre son combat en compagnie des autres, Marguerite, Madeleine et Alexandra. Mais Pablo... Au journal, Marguerite lui confia qu'elle seule jugerait si elle pourrait concilier vie de couple et féminisme.

— Pablo est un homme exceptionnel, j'imagine qu'il ne t'empêchera jamais d'écrire ou de manifester sur le droit de vote des femmes. Jusque-là, il t'a plutôt encouragée. L'équilibre et l'harmonie peuvent se lier à une situation de ménage. Réfléchis, nous avons toutes mené de concert mariage et suffragisme, d'accord, je ne suis peut-être pas un bon exemple, ajouta-t-elle en riant.

Émilie rapporta cette conversation à Pablo, il fut enchanté et ils purent faire des projets d'union pour le printemps 1930. Le lendemain, ils téléphonèrent à Besançon, Honoré et Joséphine s'écrièrent de joie, Carmen vint ensuite se réjouir avec eux. Il fut décidé que la cérémonie se ferait à Paris, car c'était là qu'avait lieu leur nouvelle vie et qu'ils y avaient de vrais proches. Le soir, Marthe sortit le porto pour fêter cette bonne nouvelle.

— Pas si heureuse que cela, contesta Jean, ils vont nous quitter tous les deux !

— C'est la loi d'une pension de famille, répondit Marthe, les amis vont et repartent, nous laissent des souvenirs et on ne les oublie pas !

À Saint-Georges, Marguerite et Madeleine organisèrent une manifestation pour le vote des femmes. Émilie fut chargée de rédiger une affichette, puis accompagnée de Betty, elles sillonnèrent les artères, les avenues, collèrent et distribuèrent les tracts exhortant toutes les épouses et compagnes à se joindre à ce mouvement. Marthe Bray retrouva les jeunes filles au local de la Ligue d'action féministe, rue du Colisée. Émilie l'appréciait beaucoup, elle la trouvait sympathique, dynamique et enjouée. Elle leur rappelait toujours que leur rôle était de pousser leurs camarades à s'interroger sur leur situation.
— Nous ne sommes pas là pour imposer le féminisme à nos consœurs, mais pour leur faire prendre conscience de leurs conditions de vie. C'est vraiment ce qui m'a motivée lors de la croisade des femmes, je me suis souvent heurtée à des épouses qui ne saisissaient pas l'importance de notre mouvement. On explique, on convainc, ou non… Certaines sont tellement soumises et effrayées, nous ne pouvons qu'argumenter, essayer de les persuader. Regarde Émilie, cette femme du tenancier, comment s'appelle-t-elle ?
— Paulette.
— Voilà, il lui a fallu du temps pour comprendre qu'elle n'était qu'une victime…
— Comme elle était avant tout une mère, elle a décidé pour les gamins, ensuite elle a songé à elle !
— Exactement. Je voulais d'ailleurs te féliciter pour ces mises en place de groupes d'alphabétisation, c'est remarquable, je suis jalouse de n'y avoir pas pensé, dit-elle en s'esclaffant.
— Je n'y serais pas parvenue sans Betty, elle a été une aide précieuse !

Betty rougit et répondit qu'elle avait la chance de bien connaître Mauricette Blanchet, cette femme formidable. Elles quittèrent le local, entre temps, Marthe Bray avait glissé un papier dans les mains d'Émilie. Celle-ci s'arrêta au bord du trottoir et lut *« Je n'ai jamais réussi à définir le féminisme. Tout ce que je sais, c'est que les gens me traitent de féministe chaque fois que mon comportement empêche de me confondre avec un paillasson » Rébecca West. Londres.* Elle apostropha Betty :
— Connais-tu Rébecca West ?
— Non, absolument pas, pourquoi ?
Émilie répéta à haute voix le texte confié par madame Bray. Elles se regardèrent le sourire aux lèvres et décidèrent d'interroger Marguerite en arrivant au travail.
— Ah, Rébecca ! s'exclama la directrice de La Fronde, je l'ai rencontrée à Paris, elle y était venue après la guerre, en 1920, je crois. Elle était journaliste à Londres, mais c'était une suffragette de la première heure. Avant 1914, toute jeune, elle manifestait déjà au cœur de Londres ! C'est une femme très spirituelle et ses réparties ont fait le tour de l'Angleterre. Elle travaillait à la rédaction de deux hebdomadaires : le Freewoman et The Clarion. Son père est Irlandais et sa mère Écossaise. Depuis plusieurs années, elle écrit des romans, avec beaucoup de talent, il faut le dire ! Vous savez, chaque pays, en Europe et ailleurs, a vu naître des femmes volontaires et désireuses d'aider leurs contemporaines à se libérer du joug masculin. Au Royaume-Uni en 1918, les suffragettes, avec Milicent Fawcett, Mary Richardson, Kitty Marion et Emmeline Pankhurst ont obtenu le droit de vote à partir de trente ans, et victoire, l'an dernier, elles ont eu l'autorisation des urnes à vingt et un ans. Nous n'en sommes pas encore là, hélas ! Mais cela ne s'est pas fait dans le calme, certaines furent emprisonnées, nourries de force... Et, vous ne vous en souvenez peut-être pas, mais en 1908, deux féministes

anglaises, Muriel Matters et Helen Fox s'enchaînèrent aux grilles du parlement britannique. Il fallut les démonter pour les libérer !

— Oui, mon père m'avait raconté cette anecdote, c'est Winston Churchill qui fut favorable au droit de vote des femmes, soutint Émilie.

— Mais n'accepta jamais leurs actions illégales, il n'intervint pas pour empêcher les arrestations. De nombreuses filles furent fichées par la police. Les Anglais n'appréciaient pas les suffragettes !

## Chapitre 12

Octobre fit son apparition en colorant les feuilles des arbres, créant de nouvelles harmonies chatoyantes qui ravissaient Émilie. Sur le chemin du journal, elle admirait les tons ocrés parant les platanes du boulevard. Ce matin, elle retrouva avec plaisir son amie Betty qui s'était absentée dans sa famille une dizaine de jours. Elles avaient de nombreuses histoires à se raconter, mais elles n'en eurent pas le temps, car vers neuf heures, une femme pénétra dans le hall. Elle était élégante, portait un ravissant chapeau et un tailleur rouille. Émilie lui demanda ce qui l'amenait dans les locaux de la Fronde.
Assise devant le bureau, elle narra une mésaventure qu'elle avait vécue au printemps. Elle se présenta comme étant madame Liza Merka, couturière, styliste. Elle avait appris le métier très jeune, avait travaillé dans de prestigieux établissements, d'abord chez monsieur Worth, puis au sein de la maison de madame Paquin.
— En 1920, après la guerre, je me suis installée dans ma propre boutique, rue Auber. J'ai créé des vêtements pour les bourgeoises du quartier, j'ai une bonne réputation et disons que j'ai plutôt réussi. Liza Merka, c'est un pseudonyme, mon vrai nom est Marie-Charlotte Mercier. Je vais, enfin, j'allais régulièrement aux courses, à Vincennes ou à Longchamp, j'en profitais pour porter des tenues originales

que je vendais dans mon magasin. Je réalisais ainsi ma publicité. Mais ce 30 mai…
Elle sortit un mouchoir de son sac et tamponna délicatement ses yeux.
— Que s'est-il passé, madame, ce 30 mai ? continua Betty.
— J'étais à Longchamp quand un homme petit et replet se plaça devant moi, m'empêchant de bouger. Je lui demandai ce qu'il me voulait, il répondit : « Je désire causer avec vous quelques instants ». Il avait un fort accent allemand. J'ai d'abord pensé qu'il me trouvait à son goût et souhaitait peut-être m'offrir à boire. Je lui dis que je ne le connaissais pas…
— Vous ne l'aviez jamais vu auparavant ? s'enquit Émilie.
— Non, jamais ! Il rétorqua d'un ton méchant : « Ah, c'est ainsi, et bien, vous allez me reconnaître tout à l'heure ! » Imaginez ma stupéfaction. Et là… Elle se mit à pleurer doucement.
— Je vous en prie, madame, racontez-nous. Je vais vous chercher un verre d'eau, ajouta Betty en s'éloignant.
Tout en buvant, elle poursuivit son récit. Deux policiers s'approchèrent d'elle et posèrent leur main sur ses épaules en ordonnant de les suivre au poste. Ils insistaient et elle protestait. « C'est ce monsieur qui nous a priés d'intervenir, il n'y a rien à faire, obéissez ! »
— Je ne comprenais rien à ce qu'il m'arrivait. Le petit homme était derrière et gloussait méchamment. J'implorais tous les gens de l'assistance, mais ils détournaient les yeux, même les personnes que je connaissais m'ignoraient. Certains plongeaient le nez dans leur programme, ou se mettaient à discuter avec les femmes qui les accompagnaient et d'autres faisaient comme l'homme, ils ricanaient en me regardant avec dédain. C'était un véritable scandale. Les agents me répétaient de ne pas faire d'esclandre, de les suivre au poste : « Soyez raisonnable, soyez raisonnable ! » J'apercevais des clientes, des

mondaines qui persiflaient : « C'est la Merka, qu'est-ce qu'elle a volé ? »
— Qu'avez-vous fait alors ?
— J'ai obtempéré. Que faire d'autre ? En traversant les tribunes, je suis passée près de monsieur Martin, le directeur des services des recherches à la préfecture de Paris. J'habillais sa femme, eh bien, il me toisa d'un air narquois et j'entendis qu'il disait à son voisin : « Si l'on arrête cette dame, c'est qu'on a de bonnes raisons pour cela ! »
— Et vous ne saviez toujours pas le pourquoi de cette descente policière ? interrogea Betty.
— À cet instant, je n'avais aucune idée de ce qu'on me reprochait. Arrivée au commissariat, un homme me renseigna : « Vous êtes accusée d'avoir volé la bague de monsieur Levy ! » Il me raconta que j'étais soi-disant celle qui l'avait accompagné dans un établissement de nuit et lui avait dérobé ce bijou de valeur, une chevalière de famille, si j'ai bien compris.
— On vous prenait pour une autre, une courtisane ou une prostituée de luxe ? continua Betty.
— C'est cela, je n'avais jamais rencontré cet homme, je suis une femme sérieuse et travailleuse, je passe mes soirées sur mes dessins. C'est ce que j'ai dit aux agents. Je suis restée enfermée plus de trois heures, le croiriez-vous ? Ce monsieur est un juge allemand, j'espère qu'il fera des progrès dans ses verdicts ! J'aimerais que vous écriviez un article sur cet évènement. Si, à l'hippodrome, des policiers en civil, discrets, m'avaient calmement demandé de les suivre afin que l'on s'explique, j'aurais compris. Mais ce scandale si épouvantable ! Tenez, je vous laisse le résumé des conclusions de l'enquête. Ce n'est pas terminé, j'ai attaqué ce monsieur Levy en diffamation.
— Nous irons vous voir dans votre boutique s'il nous manque des éléments à la rédaction, compléta Émilie. Notre

journal est fait pour des cas comme le vôtre, des injustices faites aux femmes, parce qu'elles sont seules.

— Que ce juge se soit fait voler une bague par une demi-mondaine me ressemblant, c'est possible, l'enquête nous le dira. Mais ce n'est pas moi !

Liza Merka les quitta deux heures après. Émilie et Betty rassemblèrent les documents que la couturière avait déposés. Elles étaient perplexes sur le déroulement de l'arrestation. Elles lurent à haute voix : « Monsieur Renard, le chef de la police parisienne, s'honorerait en s'inspirant de l'exemple de son prédécesseur, monsieur Bouju. Un jour que sous l'administration de ce dernier, une arrestation quelque peu arbitraire, comme celle-ci, avait été opérée, monsieur Bouju s'en fut lui-même déposer chez la victime une gerbe de fleurs avec ses regrets ».

— Je veux bien, dit Betty, mais il serait préférable de vérifier les faits avant de s'en prendre à des innocentes ! Regarde les conclusions en bas de la page : « L'incident fait quelque bruit dans les salons parisiens où l'on croit généralement à l'honnêteté de la couturière ». Ah, tout de même ! Écoute Émilie : « Les avis diffèrent seulement sur la raison qui amena le voyageur allemand à lancer contre elle une si grave accusation. Certaines hypothèses furent envisagées, la première, une bague aurait été effectivement dérobée à monsieur Levy, par une demi-mondaine rappelant Liza Merka, et notre juge allemand, trompé par cette ressemblance aurait réclamé l'arrestation de la styliste à Longchamps. La seconde supposition est qu'il n'y aurait pas eu de vol… »

— Ah bon, et pourquoi s'en prendre à Liza ?

— Attends la suite : « Monsieur Levy aurait fait des propositions, des avances que celle-ci aurait repoussées. L'homme, humilié, aurait, pour se venger, décidé de faire appréhender la rebelle en déposant une plainte au commissariat pour un délit complètement imaginaire… »

— C'est un pervers cet homme ! J'espère qu'on découvrira le véritable mobile du dénonciateur. Quelle histoire ! Betty, tu viendras avec moi, j'aimerais voir sa boutique, je la trouve très sympathique cette jolie femme.
— As-tu remarqué la classe de ses vêtements, ce tailleur rouille est magnifique ! Je n'en reviens pas de cette aventure, heureusement que Liza est solide et équilibrée, il y a de quoi plonger dans la dépression.
Elles rédigèrent un article qui parut le surlendemain. Marguerite, avertie, écrivit à la préfecture afin d'avoir des renseignements et des justificatifs de ce comportement policier. Édouard Renard lui répondit peu de temps après, il expliquait la confusion de cette enquête du fait que le juge allemand avait abusé de sa position en demandant avec autorité deux agents pour arrêter la couturière et la hiérarchie n'avait été informée qu'après la garde à vue. Il fit envoyer un mot d'excuse à Liza Merka.

La semaine suivante, Émilie et Betty quittèrent ensemble la rue Saint-Georges et se rendirent à la boutique de Liza, rue Auber. Elles traînèrent un moment autour du palais Garnier admirant la façade majestueuse de l'opéra. Des jeunes filles descendaient l'escalier en riant, Betty fit la remarque qu'elles avaient vraiment une démarche de danseuse. Elle instruisit aussi son amie sur la dénomination de la rue.
— Monsieur Auber était un compositeur, et on donna son nom à cette rue qui s'appelait préalablement, de Rouen !
Le magasin de la styliste déployait une vitrine sur deux niveaux, en y pénétrant, elles se regardèrent, car tout était luxueux. De grandes chauffeuses bordeaux accueillaient les clientes, les vêtements chics étaient alignés le long d'étagères ouvragées sur lesquelles s'empilaient les tissus colorés. Liza se précipita à leur rencontre, heureuse de les revoir. Elle les remercia chaleureusement et les invita à boire un thé. Installées sur un confortable sofa, les deux

filles admiraient les robes passées sur les mannequins des devantures. Liza parla avec passion de son travail, ses années chez Worth et chez Paquin, puis en Amérique avant son retour en France et sa création rue Auber. De temps à autre, elle se levait pour accueillir une cliente, s'affairait autour d'elle, puis revenait auprès des journalistes.

— Je ne sais comment vous remercier, votre article m'a fait beaucoup de bien, je me suis sentie… justifiée, réhabilitée, c'était tellement humiliant cette situation. J'aurais tout de même apprécié que ce monsieur s'excuse de sa méprise, mais il s'est comporté comme un… goujat, pardonnez-moi ce terme.

— Je vous en prie Liza, nous comprenons, dit Émilie. Nous allons vous laisser à votre tâche, vous avez des clientes qui arrivent.

— Attendez ! Je voudrais vous accorder un petit cadeau. Tenez, faites-moi plaisir d'accepter ces foulards de soie.

Elle offrit à chacune des journalistes, un carré décoré de fleurs stylisées, dans les tons bleus pour Émilie et vert pour Betty.

— J'ai dessiné ces motifs pour la collection d'automne, s'il vous plaît, prenez-les ! En remerciement de votre délicatesse et votre dévouement.

Confuses, les deux jeunes filles s'emparèrent des jolis paquets qu'une vendeuse leur tendit. Elles sortirent et sur le trottoir firent un dernier signe à Liza Merka.

Depuis plusieurs mois, les journaux traitaient de problèmes dans l'économie américaine, après de longues années de croissance vigoureuse. Ce 25 octobre, toutes les unes parlaient de ce Krach boursier survenu la veille, le jeudi noir : « Black Thursday ». Les cours boursiers avaient brusquement chuté de 87 %, on annonçait les faillites des grandes banques. En quelques mois, la production industrielle américaine avait baissé de moitié et l'on

prévoyait un taux de chômage qui passerait de 3,1 % à plus de 24 % dans les trois prochaines années.
À la Fronde, Marguerite ne cachait pas son inquiétude quant au devenir de l'hebdomadaire. Elle organisa une réunion d'urgence. Madeleine Pelletier, Odette Laguerre et Alexandra David Néel vinrent soutenir leur amie. Il fut question de l'avenir et la directrice ne mâcha pas ses mots. Le magazine allait mal, le féminisme aussi. L'émotion de l'assemblée atteint son paroxysme quand elle déclara qu'elle déposerait les armes au premier trimestre 1930. Yolande et Marie-Gabrielle fondirent en larmes. Émilie avait la gorge serrée. Betty murmura qu'elle s'en doutait. Jacob s'était déplacé pour assister à la réunion, mais il avait quitté la typo depuis quelques semaines, il était entré à l'imprimerie nationale, rue de la Convention. Il venait soutenir ses anciennes collègues et souffla à Émilie et Betty que le journal Le petit Parisien recrutait des reporters compétents. Mais Émilie désirait rester dans la presse féminine. Elle était abasourdie, retenant ses larmes, elle se dirigea vers le groupe des féministes. Marguerite la serra dans ses bras et lui conseilla de ne pas s'inquiéter pour son avenir, elle parlerait d'elle à Cécile Brunschvicg, une amie qui avait travaillé comme critique à la Fronde, et au moment où l'hebdomadaire avait cessé une première fois de paraître en 1905, Jane Misme avait lancé un périodique appelé « La Française ». Marguerite avait elle-même collaboré aux débuts lorsque Jane Misme en était la directrice. Elle expliqua à Émilie que Cécile était vice-présidente de la ligue des électrices pour le suffrage féminin.
— Je suis une vieille dame à présent, je n'ai plus envie de me battre pour le journal, mais je poursuivrai mon combat pour l'égalité homme-femme, pour le suffrage et pour le féminisme ! ajouta-t-elle.

Ce soir-là, Émilie s'épancha auprès de Pablo, il la rassura en tenant un discours identique à celui de Marguerite, elle trouverait très vite une nouvelle rédaction.

L'automne fila entre tornades de vent et envolées de feuilles mortes. Mi-décembre, Pablo, Marie-Louise, Nestor et Émilie prirent le train pour se rendre dans la capitale comtoise. Ils arrivèrent sous une tempête de neige Marie-Louise courut devant la gare et ouvrit la bouche pour gober des flocons en riant, Émilie la rejoignit et fit la même chose, les garçons les observaient en souriant. Honoré qui sortait de sa voiture s'esclaffa en les traitant de gamines. Ils passèrent les fêtes au calme, eurent tous un moment de cafard pour ce premier Noël sans Adélaïde.

Après la messe de minuit, Émilie jeta l'étole de cachemire sur ses épaules et se retira dans le parc, Pablo resta au salon, devinant que la jeune femme avait besoin de ce moment de contemplation solitaire. Il assista en silence au cérémonial du cigare d'Honoré. Carmen et Joséphine brodaient et chuchotaient pour ne pas rompre la solennité de l'instant. La porte de la terrasse se ferma doucement, Émilie secoua le châle enneigé et vint se lover contre Pablo. En buvant une tisane, ils parlèrent de l'avenir, de l'ambiance politique et du krach boursier, Honoré donna son avis sur tous ces évènements. Il confirma que ce krach aurait des retombées importantes en France dans les prochaines années. Il espérait que cela n'impacterait pas son entreprise.

— Je n'ai que cinquante-huit ans, je n'ai pas l'intention d'arrêter de travailler, et puis j'ai encore de grands projets. Mais c'est un véritable drame pour l'Amérique. Il va y avoir de la pauvreté, des gens dans la rue, c'est terrible !

— Mais papa, des miséreux, il y en a aussi en France, je peux te citer des quartiers de Paris d'une tristesse à pleurer ! Des femmes à la rue, maltraitées et violées, des enfants

obligés de mendier pour manger… Nous ne sommes pas supérieurs aux Américains.
— Je sais, ma fille, je sais…
Puis chacun regagna sa chambre. Pablo resta quelques minutes chez Émilie, puis il monta retrouver son lit dans le logement de Carmen.

Il fallait terminer de nettoyer l'appartement d'Adélaïde, ils s'y rejoignirent tous le lendemain de Noël. Émilie avait le cœur serré en gravissant les marches de l'escalier de pierre. Sans doute était-ce sa dernière visite Grand-Rue. Les acquéreurs prendraient bientôt possession des lieux. Honoré l'appela depuis la chambre à coucher de l'aïeule, elle était vide à part une table de toilette dont le dessus de marbre était recouvert de bijoux fantaisie.
— Prends ce qui te plaît ma chérie, Marie-Louise va arriver, elle choisira aussi des breloques de ma mère. Ce sont des cadeaux que nous lui faisions, Romuald, Caroline et moi. Regarde, cette bague d'améthyste, je la lui ai rapportée de Madagascar, cette citrine, du Mozambique, lors de mon dernier voyage en Afrique de l'Est. Ce bracelet d'émeraude, je crois que Romuald et moi l'avions acheté pour ses soixante ans. Fais comme tu veux, il y en a tant. Ah, voici ta cousine !
Après presque une heure d'hésitation, les filles avaient fait leur choix et laissé de belles pièces à Caroline. Honoré offrit une parure de jade à Joséphine. Le ménage fut fait à fond, Jeanine était venue prêter main-forte. Les derniers meubles partis, Émilie et Marie-Louise mêlèrent leurs larmes puis tout le monde rentra souper au Manoir.
Ils furent de retour à la pension parisienne le 28 décembre et décidèrent de célébrer la Saint-Sylvestre tous ensemble, pour le plus grand plaisir de Jeanne. Ce soir-là, alors que tous étaient dans les préparatifs du réveillon, on sonna à la

porte. Georgette alla ouvrir, grommelant qu'on ne devait pas déranger les gens un jour de fête, elle poussa un cri :
— Monsieur Marcel ! Que faites-vous ici ?
— Je viens arroser la nouvelle année avec vous, Marthe est au courant !
— Ah, je comprends pourquoi elle voulait que je cuisine plus de dessert !
Marcel fut accueilli à grands cris de joie. Tout le monde le trouva changé, plus souriant, plus volubile. Il fit le tour de chacun des locataires, salua Charlotte qu'il ne connaissait pas et prit des nouvelles de Céleste. Marthe les interrompit :
— Céleste va très bien, je l'avais invitée, mais elle est très attachée à sa nouvelle famille. Grâce à Émilie, elle a posé ses bagages à l'auberge de Mauricette et s'y plaît beaucoup. Son groupe d'apprenties lectrices a encore grossi, elle a à présent douze élèves. Elle vous embrasse tous affectueusement.
— J'irai bientôt lui rendre visite, j'aimerais voir aussi le bébé Jacob et Paulette, ajouta Émilie.
La veillée s'écoula dans une ambiance chaleureuse, Jeanne chahuta avec Jean et Pablo, ils mangèrent et burent joyeusement. Marcel expliqua qu'il avait terminé son livre, tous souhaitaient en connaître l'histoire, mais il ne lâcha rien, arguant qu'il préférait attendre la réponse de son éditeur avant d'en divulgâcher l'intrigue. À minuit, comme le veut la tradition, ils s'embrassèrent sous la boule de gui du salon. Après un dernier café ou une tisane, chacun retrouva son domaine.

Émilie retourna au journal le 3 janvier. L'ambiance était électrique, les typographes organisaient la vente d'une partie du matériel, Marguerite leur ayant conseillé de ne conserver que l'indispensable. Les secrétaires de rédaction du bureau adjacent à celui de Betty et Émilie, étaient en

grand rangement, elles classaient les dossiers des articles récents et jetaient ceux d'avant la guerre.
— Mais pourquoi faites-vous cela ? demanda Betty.
— Bah, ça ne servira plus à rien, c'est si vieux !
— Je ne suis pas d'accord, s'il vous plaît, mettez tout cela dans un carton et déposez-le chez nous !
Marguerite arriva sur ces entrefaites, elle fut froissée de l'initiative destructrice des secrétaires zélées. Ensuite, elle entra dans le bureau de ses deux journalistes et parla d'une femme nommée Léo Wanner. Marguerite expliqua que cette Léo était engagée politiquement à gauche, elle avait rejoint le groupe des femmes socialistes de la section française de l'internationale ouvrière. C'était une jeune journaliste et il serait intéressant de faire un article sur elle.
Les filles décidèrent de rencontrer cette Léo, elles se donnèrent rendez-vous dans un salon de thé de l'avenue Montaigne. Léo était une grande brune souriante et avenante. Elle leur raconta qu'elle avait choisi un pseudonyme ni homme ni femme, son vrai prénom étant Léonie, elle trouvait que Léo donnait du mystère ! En 1925, elle avait rejoint la SFIO et depuis peu avait tenté de créer un groupe socialiste pour femmes à Lyon.
— J'ai choqué le groupe féministe, je suis pour elle un non-sens ! Je n'ai pas compris, pourtant nous luttons, avec mes consœurs, pour le suffrage des femmes, mais elles défendent tout de même les anciens comportements et structures sociales. Il y a des traditions, des rites indestructibles, ça me désole, évidemment. Je pense qu'avec l'aide de militantes comme Marguerite Durand, Madeleine Pelletier, la jeune Louise Weiss, et vous, nous parviendrons à nos fins. Je dérange, je suis dérangeante, dès qu'une femme s'engage en politique, cela bouscule les codes et on a du mal à reconnaître mon rôle. Je viens d'être nommée gérante de SOS bulletin, la revue de la section

française de la ligue internationale des femmes pour la paix et la liberté. Tout un programme, non ? dit-elle en riant.
Ensuite elle parla de la grève des taxis, les revendications des chauffeurs paraissaient légitimes, ils désiraient faire des journées de moins de treize heures. Ils protestaient aussi contre l'augmentation des tarifs et du stationnement.
— Je les comprends, commenta Léo Wanner, conduire une automobile plus de douze heures d'affilée dans les rues de Paris, quelle contrainte !
Elles se quittèrent, non sans s'être donné rendez-vous à la prochaine manifestation pour le droit de vote, prévue début mars.

L'article parut la semaine suivante, les ventes remontèrent un peu. Avec Betty, elles firent une visite à l'auberge de Marcelle. Paulette qui était au service se précipita pour les embrasser. Elle fila à l'arrière de la salle et revint avec bébé Jacob. Il avait bien grandi et babillait en bavant allègrement.
— Il fait ses dents, commenta Mauricette, ça le rend un peu chafouin. Hein, Paulette ! Voulez-vous voir Céleste ? Elle n'est pas en cours, elle prépare la classe de la semaine prochaine.
Mauricette s'éclipsa et revint en compagnie de Céleste qui donnait la main à Lison. Le bébé passa de bras en bras, il gazouillait et poussait de petits cris de satisfaction. Lison parlait de mieux en mieux et comme le disait Céleste : « Elle adore dessiner et est très douée ! »
Sur le chemin du retour, les deux reporters parlèrent de l'avenir. Betty avait déjà fait des recherches d'emploi, elle avait même une piste sérieuse au Petit Parisien. Elle regrettait juste que ce soit un hebdomadaire politique, mais elle s'occuperait principalement de la rubrique cinéma et culture. Émilie n'avait pas encore contacté la directrice de La Française, mais elle le ferait sans tarder. Cette revue paraissait correspondre à ses aspirations étant le porte-

parole officiel de « l'Union française pour le suffrage féminin », groupe fondé en 1909 par Jeanne Schmahl. Marguerite lui avait assuré qu'elle discuterait avec la responsable.
Le lendemain, Émilie rédigea un article sur une ouvrière qui venait d'être licenciée. Elle travaillait dans une usine textile du nord de Paris, elle avait instamment demandé à son patron de ne pas verser son salaire à son mari alcoolique. Alors que la loi de 1907 interdisait aux chefs d'entreprise de verser les revenus des ouvrières à leurs maris, certains s'évertuaient à continuer de le faire. Émilie se souvint avoir lu dans les archives cet article de 1890, dans lequel on parlait de la même situation. Sur le moment, elle ne comprenait pas, puisque grâce à Jeanne Schmahl, les femmes bénéficiaient de leur rémunération. Madeleine Pelletier, qui était de passage lui expliqua que, malgré cette loi, certains dirigeants de moyennes industries ne donnaient l'argent qu'aux maris. La pauvre ouvrière ayant un époux alcoolique avait été au bureau déposer une réclamation afin de disposer de son argent, pour faire manger ses enfants, précisait-elle. Elle s'était retrouvée sans son boulot.
Madeleine trouva sur le bottin, le numéro de la petite entreprise de tissage, elle appela, menaça le responsable de débarquer à une cinquantaine de féministes dans l'usine, s'il ne réintégrait pas cette femme rapidement. Elle ajouta qu'à partir de maintenant, il devait appliquer la loi de 1907 et donner les paies aux ouvrières en mains propres et non plus à leur mari, que sinon, il irait au-devant de gros problèmes ! Elle promit encore une fois des représailles, l'homme n'insista pas. En posant l'appareil, Madeleine dit aux filles :
— Je vous emmène demain du côté de Villepinte, nous irons contrôler que ce monsieur tient bien ses engagements, réintégration de son employée, et surtout c'est le jour de la remise des salaires, je serais curieuse de vérifier tout cela !

Nous partirons avec Simone, Yolande et Marie-Gabrielle, on ne sait jamais !

Le lendemain, après une heure de métro, dix minutes d'autobus et quinze de marche à pied, elles arrivèrent devant une grille rouillée fermant une cour dallée. Elles attendirent, il faisait froid et la nuit tombait, une sonnerie retentit, des femmes sortaient en silence, venant du fond de l'impasse et se dirigeant vers la route. Madeleine s'adressa à la première :

— Bonjour madame, était-ce le jour de la remise de votre salaire ?

— Bah, oui, et monsieur Ferliot m'a donné mon enveloppe pour une fois !

— Très bien, et pensez-vous qu'Adrienne Lemaire a été réemployée ?

— L'Adrienne, bah non, elle n'est pas revenue à l'atelier, elle a été foutue à la porte. La pauvre, avec son mari qu'est saoul tous les jours que Dieu fait !

— Merci madame, où peut-on trouver votre chef, monsieur Joly ?

— Bah, dans le bureau, derrière là-bas !

Les six féministes se dirigèrent à l'endroit cité. Un petit homme en blouse grise sifflotait en rangeant des documents. Il sursauta au moment où Madeleine hurla :

— Vous n'avez pas tenu votre promesse, monsieur Joly ! Et ça ne nous convient pas !

L'individu recula et bafouilla :

— Je… je n'ai pas encore eu le temps de contacter madame Lefèvre, mais je vais le faire dès demain !

— Non, vous allez le faire dès maintenant. Où habite-t-elle ?

— Pas très loin d'ici, à deux rues, dans une maison mitoyenne des cités ouvrières.

— Allez, venez avec nous.

L'homme ne se fit pas prier, il enfila son manteau et l'étrange procession traversa le carrefour pour arriver vers un quartier gris et triste. Les façades se ressemblaient toutes, volets abimés, vitres cassées remplacées par des morceaux de carton ou de planches. Ils frappèrent à la porte, une fillette apparut. Mal coiffée, le nez dégoulinant, elle renifla et appela sa mère. Une femme qui devait être jeune, paressant épuisée, les yeux cernés et le teint pâle, écouta avec attention le discours de monsieur Joly qui lui avait été soufflé par Madeleine. Son regard allait du responsable aux féministes, elle ne comprenait pas, mais quand le chef dit : « Nous vous attendrons lundi à l'atelier ! », ses yeux se mirent à briller. Émilie prit la parole :
— Il y a des lois, madame, ce monsieur est tenu de les respecter. Les femmes doivent avoir les mêmes droits que les hommes. Votre salaire vous appartient, c'est à vous seule qu'il revient. Si votre mari le vole, ou si monsieur Joly oublie notre accord, n'hésitez pas à nous contacter.
Elle tendit un papier avec tous les renseignements pour retrouver les féministes.
— Savez-vous lire ? demanda Betty.
— Un petit peu, oui.
— Très bien, dans ce cas, ne craignez rien ! Mais je pense que tout va bien se passer à présent, n'est-ce pas, monsieur Joly ?
Il hocha la tête. Le groupe fit demi-tour dans la nuit qui était tombée. Elles reprirent en sens inverse, marche à pied, autobus et métro. Elles se séparèrent, Émilie arriva juste à temps pour manger la soupe. Elle était frigorifiée, se réchauffa avec le potage et raconta leur aventure à ses amis de la pension.

Fin mars, des hommes portaient les lourdes presses et les hissaient sur une remorque. Elles partaient pour une imprimerie de banlieue. Marguerite avait les larmes aux yeux. Marthe Bray et Madeleine Pelletier étaient présentes pour la soutenir. Les quelques employés qui restaient assistaient, impuissants et tristes à ce déménagement. Le dernier numéro de la Fronde était paru quelques semaines auparavant. Émilie était là afin de vider son bureau, elle demeura un long moment silencieuse, puis s'approcha des trois femmes. Marguerite lui demanda de venir manger avec elles à la Closerie des Lilas. Elles s'y rendirent en marchant, Marguerite souffrant de douleurs aux hanches, s'était munie d'une canne. À mi-chemin, elles durent emprunter un taxi, car la directrice de la Fronde peinait à continuer. Le restaurant était bondé, de bonnes odeurs activèrent la faim d'Émilie. Elles croisèrent Jean-Paul Sartre et André Gide qui rejoignirent Paul Eluard. Ils saluèrent les femmes qui s'installèrent près des vitrages. Madeleine Pelletier raconta qu'elle avait quitté le journal de gauche « Plus Loin », et qu'elle avait le projet d'écrire une encyclopédie anarchiste avec son ami Sébastien Faure. Marthe Bray demanda alors à Émilie quelles étaient ses intentions, à présent que son travail à la Fronde n'existait plus. La jeune femme parla de son prochain emploi à La Française. Elle ne commencerait qu'après son mariage qui était prévu le 5 avril. Elles se séparèrent en s'étreignant et se promettant de se revoir. Émilie en avait profité pour inviter Madeleine et Marguerite à la fête.

Les locataires et tout le personnel de la pension Caspari se dirigèrent à la mairie du 9$^e$ arrondissement. Le soleil illuminait la cour de l'immense bâtiment où se retrouvèrent amis et famille. Émilie était ravissante dans sa robe charleston couleur champagne. Pablo avait revêtu le costume qu'il avait porté pour les noces de Marie-Louise. Il régnait une vive effervescence sur les pavés, Honoré prit le bras de sa fille et la conduisit devant le maire, impressionné par cet auditoire inhabituel. En effet, on pouvait reconnaître des femmes célèbres parmi les invités. Madeleine Pelletier, en habit d'homme fit grande impression face à l'assemblée. Marguerite Durand était le témoin d'Émilie. René-Félix Berger, directeur du Jardin des Plantes, était celui de Pablo avec lequel il avait noué de forts liens amicaux. Le parrain d'Émilie, Raymond d'Albiny n'avait pas voulu venir : « Elle devait se marier chez nous, à Besançon, je n'irai jamais à Paris ! » Honoré avait réussi à le convaincre de laisser ses filles les accompagner. Marcelle et Eugénie étaient devenues de jolies adolescentes, elles étaient folles de joie d'être à Paris pour la première fois de leur vie. Les jumelles étaient heureuses, elles avaient vu la Tour Eiffel, l'Arc de Triomphe, le Louvre, et cette célébration était pour elles source de moments inoubliables ! Honoré avait réservé le repas à la Coupole, aussi, après la cérémonie, tout le monde se retrouva dans le restaurant du boulevard Montparnasse. À la tombée de la nuit, Émilie et Pablo abandonnèrent tous les invités et rentrèrent à la pension déserte, et pour cause. Ils arrivèrent dans la chambre de Pablo, ils avaient convenu avec Marthe de rester rue Taitbout en attendant de trouver un appartement. Le temps des caresses, des chuchotements et de la douceur. Ils profitèrent du calme et épuisés, s'endormirent sans entendre leurs amis revenir en discutant de cette formidable journée.

## Chapitre 13

Depuis plusieurs mois, Pablo et Émilie avaient emménagé dans un joli appartement rue Berton. Il se situait au deuxième étage d'un immeuble jouxtant l'ancienne maison de Balzac. Émilie adorait ce quartier paisible. La venelle était si étroite que peu de véhicules y circulaient. Cela faisait maintenant un trimestre qu'elle était employée au magazine La Française. Il y avait beaucoup de travail, elle s'était tout de suite bien entendue avec madame Brunschvicg. Elle avait un abord sévère, mais en réalité c'était une personnalité volontaire et comme Marguerite, une des grandes dames du mouvement féministe. Les bureaux n'étaient pas très éloignés les uns des autres. Émilie côtoyait régulièrement Suzanne Carr qui militait aussi à l'Union française pour le suffrage des femmes. Elle était journaliste à La Française depuis 1927. On demanda à Émilie et à sa secrétaire Blanche Desart de rédiger des articles sur des femmes exceptionnelles, dans les sciences, les arts et la culture. Il fallait faire de nombreuses recherches, car le magazine paraissait tous les samedis. Son premier rapport eut lieu à l'opéra Garnier. Une compagnie lyrique russe venait de s'y installer. Les deux reporters avaient rencontré la cantatrice Maria Nikolaïevna Kouznetsova. Cette dernière avait interprété les plus importants rôles en duo avec Fédor Chaliapine. En France avec l'opéra russe à Paris qu'elle créa en 1925, elle était passée du registre de grands opéras à celui de l'opérette. L'entretien avait duré plus de deux heures, car la diva ne restait pas concentrée et les journalistes avaient dû parfois la recadrer.

Émilie retrouvait régulièrement Betty, elles allaient manger à l'auberge de Mauricette une fois par mois. Cela permettait aux deux amies de câliner Jacob qui poussait comme un champignon. Paulette n'avait jamais revu le père de ses enfants, mais elle avait appris qu'il vivait avec une mégère connue dans le quartier et qu'il était mené à la baguette. Elle riait beaucoup en narrant cette histoire. Les cours de Céleste étaient devenus célèbres, de nouvelles adolescentes et femmes s'inscrivaient chaque mois. L'enseignante avait dû trouver quelqu'un pour la seconder. Émilie eut donc la surprise, un jour de visite, de découvrir Jean en train de tracer des lignes sur le cahier d'une élève. Céleste, rouge comme une pivoine, expliqua qu'elle était allée débaucher le bouquiniste.
— Qui donc, mieux que lui pouvait me dépanner, dit-elle.
— Je suis très heureux d'aider Céleste ! renchérit Jean.
Pour ses différents articles, Émilie dut prendre contact avec les associations de femmes. Elle connaissait déjà l'Union française pour le suffrage des femmes, dirigée par sa patronne Cécile Brunschvicg, elle rencontra Maria Vérone, avocate et militante. Elle avait été mariée à un rédacteur de l'Aurore et avec lui, avait participé à l'élaboration de la loi de séparation des églises et de l'état. C'était une personne mûre et sûre d'elle, Émilie la trouva intimidante. Comme à l'époque sa collègue Séverine, elle animait des conférences qu'elle entamait de son slogan : « *La femme paie l'impôt, elle doit voter !* ». Elle répétait que : « *La femme doit jouir du droit d'apporter au pays l'aide de notre zèle pour régler*

*les moyens de vivre. On ne peut rien réussir de vivant sans que l'homme et la femme y travaillent ensemble !* »
À la dernière manifestation à laquelle Émilie et toutes ses amies de La Fronde avaient participé, un article de presse avait relaté : « *Des groupes de suffragettes manifestaient mardi dernier, aux abords du Sénat et boulevard Saint-Germain. Sur les coiffes de ces dames, on lisait : la femme doit voter ! Le mouvement se déroula somme toute fort paisiblement. Sans raison, la police s'affola, et conduisit au poste de la rue de Grenelle, une douzaine de militantes. Elles ne furent relâchées que vers minuit, elles se tinrent calmes et même s'amusèrent de la situation. L'une d'elles n'était autre que madame Maria Vérone, avocate à la cour !* »
Elles se rencontrèrent à la terrasse d'un café, Blanche n'avait pu les accompagner, Émilie prit les notes elle-même, posant les questions pertinentes sur les perspectives d'avenir. Maria lui expliqua qu'elle était à présent vice-présidente de l'association d'études sexologiques et qu'elle avait l'intention de s'engager dans la défense de l'activité féminine.
— Il y a encore tant à faire, les femmes travaillent autant, sinon plus d'heures que leur conjoint, pour un salaire dérisoire. Lorsqu'elles sont seules, elles peuvent tout juste nourrir, vêtir leur famille et payer un loyer. Quand elles ne le sont pas, le mari s'empare du revenu pour aller le dépenser au bistrot ou aux courses. Nous devons les défendre.
Pablo était toujours ravi de son emploi, il s'entendait bien avec tous ses collègues et sentait qu'il s'épanouissait dans ce milieu. Il rentrait souvent avant Émilie et se faisait une joie de préparer le repas. De temps à autre, surtout le dimanche, ils retournaient partager le déjeuner avec leurs amis. Un jour chaud de juillet 1930, ils mangeaient avec tous les pensionnaires, quand la douce Madeleine lança :

— Je ne sais pas si je vais rester chez Jane Régny !
Marthe, interloquée interrompit son geste et envoya Jeanne chercher la salade.
— Que se passe-t-il à ton atelier, Madeleine ? demanda-t-elle.
— Il y a un gars, il est à la découpe du tissu. Au début, je le trouvais sympathique, il venait souvent nous voir, me questionnait sur ma santé… Maintenant, il pose ses mains, m'attend quand je vais boire mon café, il exige que je sorte avec lui, ajouta-t-elle en reniflant. Et il me menace, me dit que je ne rencontrerai pas mieux, que je dois me laisser faire.
— Il te harcèle, il n'en a pas le droit !
— Il me fiche la frousse, il est partout. Quand je rentre le soir, il se met au coin de la rue et veut toujours me raccompagner. Hier, il a pris mon bras de force ! J'ai peur de lui…
Jeanne qui revenait avec la salade lança :
— Tu as peur de qui, Madeleine ?
— Ce n'est rien, ma puce, j'ai failli glisser sur une chute de soie dans mon atelier, mais je me suis bien rattrapée ! répondit-elle avec tact.
— Tu dois faire attention, hé, tu peux les ramasser et les placer à la poubelle, les tissus, comme ça, il ne t'arrivera rien.
— Tu as raison, je vais les jeter !
Elle rit et toute la table s'esclaffa. Quand la fillette se fut à nouveau retirée pour jouer, Jean annonça :
— Eh bien, voici encore une mission pour nous, tu es partant Pablo ? Nous allons attendre ce gars demain soir à sa sortie du boulot.
Les deux hommes convinrent d'une heure pour se retrouver rue de la Boétie. Pablo devrait quitter le travail un peu plus tôt, Jean fermerait la boîte de bonne heure.

Souvent, le samedi, ils allaient au concert ou au théâtre. Ils y rejoignaient Marie-Louise et Nestor. Ils virent le jeune musicien américain Cole Porter et le français Maurice Chevalier. Au café-concert, ils rirent avec Gaston Ouvrard et au cabaret, une chanteuse dont le pseudonyme faisait plus penser à un garçon, Fréhel. Émilie adora la chanson, la java bleue, elle avait acheté le microsillon et la passait sur le tourne-disque qu'Honoré lui avait offert à son dernier anniversaire. Elle possédait aussi de nombreux 78 tours de morceaux classiques. Elle avait toujours aimé la grande musique qu'elle avait découverte enfant à Besançon. Sa mère brodait en écoutant Scriabine ou Tchaikovski, et Pablo avait été charmé par Mozart et Beethoven. Ils allaient souvent au cinéma, accompagnés de Betty ou de Jean. Ils virent « Au bonheur des dames » avec Dita Parlo, « Sous les toits de Paris » avec Albert Préjean et « Le mystère de la chambre jaune », que tous avaient beaucoup apprécié.

Le harceleur de Madeleine dut avoir la peur de sa vie, car il ne l'importuna plus. Elle téléphona à Émilie pour la remercier, celle-ci lui proposa de se joindre à eux pour une sortie au théâtre. Elle accepta avec une spontanéité qui amusa la jeune femme. Elle ajouta que Charlotte à la pension, venait de se trouver un boy-friend et que plus rien d'autre n'existait ! Jean, de son côté, venait d'annoncer que Céleste et lui s'entendaient à merveille, ce qui fit dire à Jeanne : « Vous êtes amoureux, ça y est ? »

Au journal, les réunions de rédaction parlaient beaucoup de la montée des dictatures fascistes. Cet état de fait inquiétait les journalistes. Le président Gaston Doumergue avait rassemblé les patrons et syndicats, il se voulait rassurant par rapport au krach boursier qui avait touché de nombreux pays. Mais personne n'était dupe, les Français savaient qu'il y aurait des retombées économiques dans les prochaines années. L'opposition parlait déjà d'un futur front populaire, mais les élections législatives n'auraient lieu qu'en 1936. Cécile Brunschvicg confiait des missions féministes à Émilie. À l'automne, elle lui demanda de rencontrer Amélia Earhart, une aviatrice américaine qui avait réussi, en 1928 un vol transatlantique sur un Fokker.FVII baptisé « Friendship ». Elle était devenue la première femme à traverser l'Atlantique. Mais l'histoire racontait qu'elle n'était en réalité que copilote. Elle était en France pour quelques semaines. Émilie eut beaucoup de peine à la contacter, ses notions d'anglais étant un peu limitées, un homme lui raccrochait au nez à chacun de ses appels. Elle décida de se rendre à l'hôtel et de rentrer en contact avec Amélia. Elle réussit, après deux heures d'attente dans le petit salon du palace Raphaël. Amélia sortit de l'ascenseur, Émilie se précipita, lui expliqua en quelques mots ce qu'elle espérait d'elle. Blanche, à la rescousse, répétait ou changeait les termes mal prononcés. Amélia les invita à s'asseoir, elle commanda du thé et accepta l'interview avec le sourire. C'était une fille magnifique et avenante. Elle précisa avec gravité qu'elle avait toujours voulu piloter un avion, elle avait reçu son brevet en 1921. En 1922, elle était montée à une altitude encore jamais atteinte par une femme et son rêve était de faire ce vol transatlantique qu'avait réussi Charles Lindberg. Malheureusement, elle ne fut que celle qui tenait le journal de bord. Mais, ajouta-t-elle, « Je le ferai seule aux commandes ce vol, mieux, je ferai le tour du monde ! ». Elle devait attendre, car elle allait sans doute se marier en 1931. Émilie lui demanda si elle avait une âme féministe, Amélia répondit en riant :

— Il n'y a qu'une féministe convaincue pour passer son brevet de pilote et c'est la même qui manifeste pour les droits et les libertés des femmes. J'ai appris qu'en France, vous vous battez pour voter, aux États-Unis, nous allons aux urnes depuis plus de dix ans.

Émilie et Blanche regagnèrent le journal. Elles travaillèrent à l'élaboration de l'article sur Amélia. Elle l'intitula : « Amélia, les ailes du destin ».
Ce soir-là, en rentrant chez elle, Émilie trouva Marie-Louise et Nestor dans son salon, Pablo leur offrait à boire. Sa cousine se leva à son arrivée et en l'embrassant, lui chuchota à l'oreille :
— J'ai une nouvelle à t'annoncer, je voulais que vous soyez les premiers à l'entendre.
— J'ai hâte, dis-nous !
— J'attends un bébé ! Nous allons avoir un petit, il est prévu pour mi-janvier !
La soirée se passa dans la joie, les garçons burent du vin avec abondance, Émilie et Marie-Louise restèrent à la tisane. Vers vingt-trois heures, le couple décida d'emprunter le métro pendant qu'il en était encore temps.

Au mois d'octobre, Cécile Brunschvicg envoya Émilie et Blanche en Espagne à la rencontre des féministes de la première organisation fondée en 1891. Elles prirent le train le lundi matin, elles durent se rendre à Hendaye, où les attendait Madeleine de Jaudéguiberry, une femme libertaire qui venait de créer un mouvement des femmes du Pays basque français. Madeleine les accueillit à la gare et elles s'attablèrent au buffet quelques heures. Elle expliqua que son groupe de femmes appelé « Begiraleak » qui signifie les gardiennes, avait pour but de sauvegarder la culture et la langue basques. Elle ajouta qu'elle resterait célibataire afin d'être disponible à son mouvement. Elle avait rencontré Marthe Bray lors de la croisade de 1926 et avait largement soutenu l'action.
Madeleine leur apprit rapidement quelques mots de basque : « Euskal-Herriaren alde » qui veut dire : pour le Pays basque. Elles se quittèrent, car les deux journalistes devaient monter dans le Sud Expresso qui reliait Hendaye à

Lisbonne, puis Madrid. Il était tard lorsqu'elles débarquèrent dans l'immense gare d'Atocha. Elles prirent un taxi, et allèrent directement à leur hôtel. Dans le hall, Émilie demanda une cabine téléphonique et appela Pablo. Il était rentré du travail et préparait son souper. Il lui fit une dizaine de recommandations puis ils raccrochèrent.

Le lendemain, Émilie et Blanche, qui avait passé une mauvaise nuit, retrouvèrent Clara Campoamor et Margarita Nelken. La première se présenta, avocate et féministe, et la seconde, journaliste, écrivaine et dit-elle en serrant énergiquement la main d'Émilie, bientôt politicienne. Elles racontèrent tour à tour leur combat dans cette Espagne trouble. Elles étaient heureuses d'annoncer que leurs luttes avaient porté des fruits, car le droit de vote des femmes serait soumis au parlement début 1931. Elles savaient qu'elles avaient déjà gagné. Margarita leur indiqua qu'elle avait l'intention de se proposer à l'assemblée à l'automne prochain et qu'elle serait sur la liste du Parti socialiste ouvrier espagnol de Badajoz. Elles répétèrent qu'elles faisaient partie du mouvement antifasciste. Les quatre femmes discutèrent longtemps de politique, de la montée du nazisme et de leur inquiétude face à la perspective d'une guerre civile en Espagne. Émilie se plaisait en compagnie de ses deux collègues ibériques. L'heure tournait, Blanche et elle devaient rentrer à la capitale française.
Au moment du départ de Paris, Émilie avait demandé à Pablo s'il avait encore de la famille en Espagne, elle pourrait profiter de ce voyage pour les visiter. Alvaro avait perdu ses parents et son frère avant son arrivée en France, et Carmen était une orpheline.

Le trois janvier 1931, Émilie participa à l'écriture de l'article sur le décès du maréchal Joffre, le vainqueur de la Marne. Des obsèques nationales furent organisées, les anciens soldats de 14-18 pleuraient leur héros. La cérémonie eut lieu en l'église Saint-Louis-des-Invalides. Malgré le froid, une foule immense s'agglutina place de la Concorde pour un dernier salut au maréchal de France.

Quinze jours après, le 18, la fille de Malou et de Nestor fit son apparition à la maternité de Port-Royal, Émilie et Pablo se précipitèrent auprès de la mère et de son enfant. Marie-Louise était pâle, elle avait son bébé contre elle. Nestor, fier, prenait des photos avec un appareil qu'il avait emprunté pour l'occasion. Les jeunes parents rayonnaient. La maman demanda à sa cousine si elle voulait porter Lucie-Arlette. Émilie se retrouva avec le petit paquet emmailloté de rose dans les bras. Caroline débarqua les larmes aux yeux, devenue grand-mère, elle était très émue.

De retour à l'appartement rue Berton, le couple parla longtemps de grossesse et de nouveau-né. D'un commun accord, ils décidèrent d'attendre encore, après tout, ils étaient jeunes et avaient besoin de faire leurs preuves dans leurs emplois respectifs.

Marguerite Durand et Alexandra David Néel firent une visite surprise au siège de La Française ce jour d'avril. Émilie, d'abord étonnée fut ravie de les retrouver. Elles venaient réfléchir avec Cécile et une autre personne, arrivée dans la matinée, sur les états généraux du féminisme. La journaliste apprit que la troisième était Marguerite Pichon-Landry, qu'elle avait déjà vue aux différentes manifestations des suffragettes. Elle était la secrétaire générale du Conseil national des femmes et travaillait aux côtés de Cécile Brunschvicg. Émilie fut invitée à participer à la réunion, car l'évènement à venir était de taille. Le thème de cette année, et puisque les états-généraux se dérouleraient à l'Exposition coloniale, serait évidemment le féminisme dans les colonies. Les femmes avaient reçu auparavant un questionnaire dans lequel le Conseil National sollicitait des informations sur l'organisation des œuvres d'hygiène et d'assistance aux colonies, et sur la situation légale et morale de la femme et de l'enfant aux colonies, ainsi que sa situation économique.

Le mois suivant, malgré l'attention et en dépit de tout l'éclat qu'on avait voulu donner à ces états généraux, et ceci malgré la qualité des intervenantes, du sérieux des débats, cette manifestation ne provoqua qu'indifférence et sarcasme. Un quotidien masculin railla : « *Mais que font ta femme, ta fille, ta bonne ? Elles sont très occupées... aux états généraux du féminisme en train d'essayer d'obtenir tous les droits de l'homme !* » Le résultat fut cependant satisfaisant pour les participantes qui avaient été rejointes par une vieille dame, Adrienne Avril de Sainte-Croix, elle avait été journaliste et militante, ancienne collaboratrice de la Fronde, elle avait soutenu et aidé Louise Michel. Clotilde Chivas-Baron les avait retrouvées pendant les états généraux, elle était conférencière et écrivaine de romans coloniaux. L'indianiste Suzanne Karpelès, amie d'Alexandra David Néel fut très précise sur les différentes cultures orientales. Quelques missionnaires étaient présentes pour témoigner et avaient assisté aux nombreux débats.

Émilie et Pablo étaient venus visiter quelques rotondes, selon les recommandations d'Honoré, ils avaient contemplé la section des États-Unis, le pavillon de l'Occitanie, celui de la Nouvelle-Calédonie et celui du Maroc. En outre, ils avaient admiré le théâtre annamite avec son dragon, une compagnie indienne de musique et les danseuses balinaises, de la cour du sultan de Java. Ils avaient décidé de revenir pour la féerie coloniale du treize juillet.

Ces manifestations avaient occupé Émilie et Blanche pendant plus de deux mois. Fin mai, Cécile Brunschvicg donna quelques congés à ses deux employées. En compagnie de Pablo, Émilie rentra quelques jours à Besançon. L'un comme l'autre avait besoin de revoir sa famille. Arrivés au Manoir, ils retrouvèrent avec bonheur, Joséphine et Honoré, Carmen et Jeanine. Ce premier soir, installés sur la terrasse, ils discutèrent jusqu'après minuit. Vers vingt-et-une heures, Émilie remonta dans la chambre chercher son étole de cachemire, elle la glissa sur ses épaules en frissonnant. Elle rit beaucoup au moment, où, au cours de la veillée, Honoré initia Pablo au rituel du cigare. Le jeune homme toussa beaucoup, mais pour plaire à son beau-père trouva ça « extra ! »

Le lendemain, dimanche de Pentecôte, Marie-Louise, Nestor, Caroline et Lucie-Arlette furent invités pour le repas dominical. Tout le monde s'affaira autour de la petite, elle fit quelques sourires au début puis termina en hurlant. Ses vagissements attirèrent Jeanine qui décida de bercer le bébé. Elle le prit dans ses bras d'autorité, puis fit les cent pas du hall à la cuisine, de la cuisine à la terrasse en passant par le salon. Dix minutes plus tard, Lucie dormait à poings fermés et Jeanine bichait en servant les hors-d'œuvre.

En juillet, les nouvelles venues d'Allemagne assombrirent l'ambiance pourtant estivale. Le neuf du mois, Hitler rencontra le chef du parti nationaliste allemand. Ensemble, ils publièrent une déclaration qui stipulait qu'ils allaient travailler au renversement du pouvoir actuel. Les journaux français commentèrent largement cette décision qui faisait froid dans le dos. Durant la période de juillet et août, le taux de chômage européen ne fit que progresser, jetant de plus en plus de personnes dans les rues. Émilie retrouvait Betty un ou deux soirs par semaine, elles se déplaçaient dans les endroits les plus misérables au-devant des femmes seules, prostituées ou laissées pour compte. Avec quelques associations, elles organisaient des tournées de soupe populaire. Ce système existait, malheureusement de nombreuses mères ne voulaient pas y aller, elles envoyaient leurs enfants, mais n'osaient pénétrer dans des salles où les hommes les invectivaient, leur lançant des quolibets ou des injures. Betty se rendait régulièrement dans le quartier de la rue Monge, avec Céleste et Jean, ils secondaient leur amie Mauricette qui accueillait toutes les pauvresses affamées, ils ajoutaient des assiettes et servaient généreusement de la soupe et du pain. Tous appréhendaient l'hiver qui arriverait, sachant qu'ils ne parviendraient pas à contenter tout le monde.

En septembre, Émilie fit partie des quelques femmes à grimper dans la Micheline, le nouvel autorail qui allait relier Paris à Deauville. Ce 10 septembre, elle monta à bord de l'étrange véhicule en compagnie de Marguerite Durand et de Cécile Brunschvicg. Équipée de pneumatiques sur rail, l'invention, due à André Michelin, avait pour objectif d'améliorer le confort des voyageurs, et, effectivement, au milieu de nombreuses autres personnalités, les trois journalistes purent apprécier le moelleux des sièges. Le soir, Émilie raconta à Pablo, avec force détails, cette épopée originale jusqu'en Normandie.

Lucie-Arlette grandissait, c'était une mignonne fillette de huit mois et demi. À chacune des visites d'Émilie chez sa cousine, celle-ci la harcelait pour qu'elle fasse aussi un bébé.
— Lucie aurait un copain ou une copine de son âge, ce serait si bien, non ?
Pablo souriait et répondait évasivement qu'ils avaient le temps, il en avait envie, mais ne voulait pas brusquer Émilie.

## Chapitre 14

Les fêtes de fin d'année se passèrent joyeusement à Besançon. Toute la famille se rendit à la cathédrale Saint-Jean pour assister à la messe de minuit. En sortant, Pablo ramassa de la neige et lança des boules sur Émilie et sur Nestor. Il s'en suivit une superbe bagarre au milieu des rires et des cris. Rentrés au Manoir, ils retrouvèrent Marie-Louise et le bébé. Lucie-Arlette posait ses pieds au sol et se tenait debout en babillant. Ce soir-là, elle prononça distinctement « maman ». Malou fondit en larmes, ce qui amusa Nestor et Caroline. Ils discutèrent et burent joyeusement pour oublier momentanément la montée du nazisme et du fascisme. Honoré alluma son cigare, avec un sourire, il en offrit un à Pablo qui refusa, Nestor accepta et partagea silencieusement le rituel.
Émilie enfila des bottes et un manteau sur lequel elle jeta son étole qui ne la quittait jamais, elle sortit sur la terrasse et disparut dans la nuit. Après quelques instants, Pablo la rejoignit, serrés l'un contre l'autre ils observèrent la lune et les étoiles.
Ils prirent le train le dimanche 3 janvier, Émilie devait être au journal à huit heures ce lundi, mais avant, ils désiraient aller à la pension pour souhaiter une bonne année à leurs amis. Ils voulaient leur offrir du fromage et des charcuteries du Doubs. Comme à chaque fois, Jeanne manifesta sa joie

en criant. Madeleine n'était pas encore rentrée de la campagne, Jean avait passé les fêtes à Paris, il n'avait pas eu envie de s'éloigner de Céleste. Charlotte toujours aussi discrète, embrassa Émilie et serra la main de Pablo, les yeux baissés. Georgette et Marthe insistèrent pour qu'ils partagent leur repas.

Au journal, Cécile Brunschvicg demanda à Blanche et à Émilie de plancher sur la participation des femmes aux prochains Jeux olympiques qui auraient lieu pendant l'été à Los Angeles, en particulier celle d'Alice Milliat. En 1922, elle avait créé la Fédération sportive féminine internationale et en avait été élue présidente. Cela rappela à Émilie sa première interview de Sébastienne Guyot.
Elles retrouvèrent Alice Milliat en ville et décidèrent d'entrer se réchauffer dans un bistrot des Champs-Élysées. Elle leur confia qu'elle se consacrait à défendre la place des filles dans les sports. Elle avait été médaillée d'aviron pendant quelques années, puis avait arrêté les épreuves. Elle avait conçu les Jeux mondiaux féminins en 1922, elle était très fière d'avoir pu contredire Pierre de Coubertin qui jugeait les compétitions sportives au féminin *« inintéressantes, inesthétiques et incorrectes, la femme étant avant tout, une reproductrice destinée à couronner les vainqueurs »*.
— L'an dernier, raconte-t-elle, j'ai renommé les « Jeux Olympiques féminins en championnat du monde », je voulais ménager la susceptibilité du CIO. Et d'ailleurs, vous ne savez peut-être pas, mais le Comité olympique vient de restreindre le nombre de challenges féminins et nous sommes exclues des jurys. Peu de Françaises vont aller à Los Angeles, alors que des Allemandes, des Hollandaises et des Canadiennes vont participer ! Nous avons du chemin à faire. Elles bavardèrent encore de sport, de féminisme et de droit des femmes, puis se séparèrent. Émilie était

découragée devant ce comportement masculin, quand cela allait-il changer ?

Fin février, une personne débarqua à la rédaction de La Française. Elle se présenta, Jeanne Valbot. Émilie avait entendu parler de cette juriste très engagée. En 1928, elle avait écrit en faveur du droit de vote des femmes dans « Forces nouvelles » un mensuel du comité de propagande féministe. Elle venait raconter son dernier exploit du 14 janvier.

— Afin de protester contre l'attitude du Sénat, qui, on le sait, bloquait le vote des femmes alors qu'il avait été adopté par les députés, j'ai interrompu une séance depuis les tribunes. J'ai pris la parole et j'ai fait un plaidoyer dans l'intérêt du scrutin féminin. Des amies, dont Marthe Bray, étaient venues avec moi, elles ont applaudi et certains sénateurs ont suivi. Nous avons lancé des tracts dans la salle sur lesquels j'avais fait imprimer : « *Pour supprimer les guerres, la femme doit voter !* », d'autres avec « *Pour obtenir l'égalité des salaires, la femme doit voter !* »

— Comment a réagi l'assemblée ? interrogea Blanche

— Un homme a hurlé : « À la tribune ! », j'ai répondu que je le souhaitais. Mais j'avais à peine fini, que des policiers nous embarquaient.

— Mais vous avez recommencé il y a quelques jours ! dit Émilie.

— Oui, le 4 février, je me suis enchaînée à un fauteuil du Sénat. Je criais sans arrêt, dès qu'un sénateur s'exprimait : « Les femmes veulent voter ! » Les agents ont dû casser le siège pour m'emmener ! Vous savez, les suffragettes anglaises ont été malmenées, puis respectées et enfin honorées. Je ne désespère pas.

— Certains élus ont dit que vous aviez du courage ! ajouta Émilie.

— J'ai plus que ça, j'ai du cran et de la ténacité... et de l'humour aussi ! Je connais bien Marguerite Durand,

Madeleine Pelletier, je suis plus jeune, mais je les admire beaucoup !

Elles se donnèrent rendez-vous pour la prochaine manifestation prévue place de la Concorde au mois de juillet.

C'est sous un soleil radieux qu'Émilie et Pablo retrouvèrent les collègues féministes au pied du monument, Louise Weiss vint les saluer. Marguerite Durand harangua ses consœurs :

— Mes amies, les années passent et rien n'évolue. En dépit de la détermination de Jeanne Valbot, malgré les affiches collées partout par la Ligue et malgré un faible soutien de l'assemblée, nous ne votons toujours pas. Et voici le comble, ce cher monsieur René Héry, sénateur des Deux-Sèvres, commente sur un journal dont je tairai le nom *« Entre la nature de la femme et la fonction politique, il y a incompatibilité ! »*, et il rejoint monsieur Labrousse, élu, lui aussi, qui avait clamé en son temps *« Dominant mal ses réflexes et ses réactions, la femme dans sa moyenne encore une fois, présente un certain degré d'instabilité, de diversité de caractère, c'est pour cela que je me prononce contre l'éligibilité même des élites... »* Je vais citer une ou deux autres des phrases de monsieur Labrousse, il est inénarrable, vraiment, écoutez et savourez mesdames ! *« Elles risquent d'amoindrir leur sensibilité morale et par conséquent, de diminuer le goût que les hommes ont pour elles ! »* Les élections législatives ont eu lieu les 1er et 8 mai, sans nos suffrages, une fois de plus. Ces messieurs restent bien ancrés dans leurs certitudes masculines. Je me suis rendue dans les bureaux de vote, j'ai déposé des tracts, aussitôt jetés par les membres présents. Je me suis glissée dans la file des électeurs... Ne jamais se faire oublier !

La foule applaudit puis Madeleine monta sur l'estrade et résuma quelques délires sénatoriaux.

— Je vais poursuivre la lecture des textes rapportés par les hommes de la chambre du haut parlement, écoutez ceci « *En appelant les femmes à la fréquentation des réunions électorales et aux réunions de café qui suivent celles-ci, vous ne manquerez pas de développer l'alcoolisme* ». Je mentionne Raymond Duplantier, il a prononcé ces mots le mois dernier. En désirez-vous encore ?
— Oui, crièrent les militantes rassemblées au bas du podium.
— Je vous répète alors ce qu'a pondu monsieur Héry, qui vraiment a beaucoup d'imagination : « *Mais qu'une femme, parce qu'elle est électeur, éligible de surcroit, ait le droit de quitter le domicile conjugal ou d'y recevoir qui elle veut, quand elle veut et bien d'autres libertés encore, c'est la subversion totale du mariage !* » et voici une citation de monsieur Régis Manset qui restera dans nos anales : « *En inscrivant son âge sur une carte d'électeur, elle s'expose à de fâcheuses aventures.* »
Des cris et hurlements fusèrent de toute part. Madeleine eut du mal à faire revenir le calme.
— En entendant tout cela, mesdames, on comprend pourquoi l'action de Jeanne Valbot, enchaînée à son siège courrouça nos chers sénateurs. Ne lâchons rien. Il y a des tracts et des affiches sur le stand de la Ligue, servez-vous, distribuez largement dans les espaces publics.
La police se tenait discrète tout autour de la place, il n'y eut aucun débordement et les participantes s'éloignèrent par petits groupes. Émilie resta longtemps avec Betty, Marguerite, Madeleine, Marthe Bray, Jeanne Valbot. Elle entendit son nom et fut surprise de retrouver sa tante Suzanne avec son mari Louis.
— Nous ne voulions pas rater ce moment, dit Suzanne, comme ce sont les vacances, nous en avons profité pour visiter l'exposition coloniale.

Ils marchèrent jusqu'à un estaminet du quartier pour terminer la soirée ensemble et parler des projets de la ligue. Marguerite annonça qu'elle avait enfin bouclé son « Histoire des femmes » et qu'elle en faisait la donation à la bibliothèque qu'elle venait de fonder. Cet établissement porterait son nom, et bien entendu, elle en était très fière. Pour l'instant, elle serait installée dans la mairie du 5$^e$ arrondissement, mais l'ancienne directrice de la Fronde espérait que ces documents rejoindraient les locaux vides du journal. En cours de repas, la conversation dériva vers la politique, puis vers les arts et la culture. Émilie et Pablo regagnèrent leur logement vers vingt-trois heures.

L'été tirait à sa fin, les suffragettes ne se lassaient pas, elles utilisaient diverses stratégies pour faire entendre leur voix. D'autres petites manifestations eurent lieu dans les différents quartiers de Paris. Émilie se sentait à présent légitime et interpelait les élus au parlement. Avec Louise Weiss, elles ne lâchaient pas leur principal objectif, faire pression sur le Sénat pour qu'il adopte enfin le droit de vote des femmes. Malheureusement, ce vieux bastion conservateur restait obstinément hostile. Les arguments contre ce droit demeuraient les mêmes, de fichus stéréotypes sexistes qui mettaient de plus en plus les féministes en colère.

En octobre, Blanche et Émilie donnèrent rendez-vous à Simone de Beauvoir au café de Flore. Cécile avait organisé cette rencontre entre les journalistes et l'enseignante-écrivaine, car sa vie faisait scandale. Les quotidiens se délectaient des frasques folles de Simone et à La Française, personne ne prêtait foi à ce ramassis de propos médisants.

Blanche ouvrait de grands yeux devant l'assurance et la beauté de la jeune autrice. Elle leur parla de son amie Zaza, morte en 1929, son attachement à Jean-Paul Sartre. Elle

raconta son existence de femme libertaire, ses amours contingentes, comme elle les nommait.
— Nous sommes de passage sur cette terre, je n'ai pas honte à vivre intensément des relations à trois. J'assume cette sexualité et mieux, je la revendique.
Émilie prenait des notes sans commenter. Elle demanda tout de même comment était Jean-Paul Sartre dans la vie de couple. Simone rit, alluma une cigarette, puis poursuivit :
— Il voulait m'épouser, mais malgré l'amour sincère que je lui porte, je ne suis pour l'instant pas tentée de donner suite à sa requête. Cette relation merveilleuse devenant routinière pourrait être fatale. Et, je chéris mon indépendance, ma liberté qui fait mon authenticité. Elles parlèrent du vote des femmes, Simone, comme elles, était en colère, constatant la situation pétrifiée par de vieux sexistes et misogynes. Elles se séparèrent en se promettant de se revoir. Blanche n'avait pas envie de quitter Émilie, elle désirait lui confier ses préoccupations. Tout en marchant, la secrétaire s'épancha :
— Je vis depuis six mois avec un homme rencontré à une soirée au Lido, c'était le lancement des Bluebell Girls et je souhaitais absolument découvrir la danseuse Margaret Kelly. Il était à une table, seul, et comme moi, voulait admirer l'artiste. Il s'appelle Paul et est technicien en électricité dans une usine. J'ai été éprise de lui presque immédiatement, mais…
— Mais quoi, Blanche ?
— J'ai le sentiment qu'il s'aime beaucoup, il me rabaisse en permanence. Il me serine tous les jours que je ne suis qu'une petite secrétaire, pas une journaliste. Un matin, il me dit que je suis jolie, le soir, je suis trop grosse, maladroite, que je ne sais rien faire. Ce que je cuisine est mauvais. Je pars pleurer dans la salle de bain, il me rattrape et demande pardon. Mais il recommence aussitôt. Il me répète que je devrais arrêter mon travail pour m'occuper de lui comme une bonne petite épouse.

— Vous n'êtes pas mariés ?
— Oh, non ! J'ai peur, je crois que c'est un manipulateur…
— Ça y ressemble, en effet.
— Je lui ai annoncé que je partirais s'il continuait de me maltraiter, il m'a menacée : « Je te retrouverai, où que tu ailles ! »
— Acceptes-tu d'en parler demain au bureau ? Madeleine Pelletier et Maria Vérone doivent passer nous voir, n'oublie pas que Maria est avocate, elle sera de bon conseil.
Une réunion d'urgence fut provoquée à la demande d'Émilie. Blanche répéta mot pour mot ce qu'elle avait dit la veille. Maria écoutait attentivement, parfois elle prenait des notes. Madeleine arriva un peu en retard, mais en jetant un coup d'œil au carnet de son amie, elle comprit immédiatement la situation. Après un silence, Maria questionna :
— Ce que nous devons savoir, c'est si tu acceptes qu'on te protège. Si nous le faisons, il n'y a qu'une solution, tu le quittes et nous te mettons à l'abri.
— Mais il me retrouvera, il connait mon lieu de travail. Il viendra faire un scandale ici.
— Tu vas être obligée de délaisser ton emploi, c'est la seule possibilité. Je pense que tu es en danger sinon.
— Mais, de quoi vais-je vivre ? Et où ?
Elle se mit à pleurer. Émilie lui tendit un mouchoir propre et suggéra :
— As-tu de la famille ? Quelqu'un qui pourrait te loger quelque temps ?
— Non, enfin si, j'ai ma sœur Hortense, mais elle ne m'acceptera pas, on est fâché…
Maria regarda Émilie et en souriant :
— C'est le moment de téléphoner à votre amie Mauricette Blanchet de la fameuse auberge rue Monge…
— Je crois qu'en effet, je dois l'appeler !

Émilie expliqua alors à Blanche le concept de l'établissement :

— Tu seras nourrie, logée, mais tu travailleras aussi pour le service, sauf si tu ne veux pas te montrer. Dans ce cas, il y a la cuisine, le ménage, la garderie des enfants, ce n'est pas l'ouvrage qui manque !

— Et il ne pourra pas me retrouver ?

— Ce serait étonnant. Nous y avons déjà caché de nombreuses femmes. Il y a des places vacantes, car deux filles sont parties. Micheline est retournée chez ses parents en Auvergne, et Maria s'est mariée avec un client de l'auberge. Tu seras bien, Mauricette est une merveilleuse personne et tu rencontreras Céleste, elle a vécu une situation grave.

— Merci, merci, je ne sais pas ce que j'aurais fait sans vous. Mon emploi va me manquer et toi aussi, Émilie !

— Sans nous, ma petite Blanche, je n'ose imaginer ce qui te serait arrivé, ajouta Madeleine, ce genre de mâle finit toujours par la violence. Nous venons de loin, les filles, la femme mariée doit soumission à son mari, c'est dans le Code civil. Mais toi Blanche, tu n'as pas épousé ce Paul. La plupart des conjoints estiment que leur compagne leur appartient et qu'elle n'a aucun droit, sinon celui d'obéir. J'ai assisté, il y a peu, à l'audience d'un homme qui avait tué sa femme soi-disant adultère. Je dis soi-disant, car il n'a jamais été prouvé que cette pauvre fille le trompait. Dès le début du procès, des mimiques, les paroles échangées, et même les postures, tout indiquait que le crime serait pardonné. Je sentais la colère monter, j'ai voulu interrompre ce simulacre de jugement. Mais nous en sommes encore là, « l'article rouge » qui donne au mari la possibilité de tuer, au domicile conjugal, sa femme et son amant.

— Quel est cet article rouge ? demanda Émilie.

— *« Le meurtre commis par l'époux sur l'épouse, ou par celle-ci sur son époux n'est pas excusable, si la vie de*

*l'époux ou de l'épouse qui a commis le meurtre n'a pas été mise en péril dans le moment même où le meurtre a lieu.* »
Ce qui revient à dire qu'un homme qui assassine sa femme soupçonnée d'adultère est justifiable.
— Vous imaginez que Paul pourrait me tuer ? interrogea Blanche d'une voix angoissée.
— Et toi, qu'en penses-tu ? demanda Maria.
— Je crois qu'il en est capable, et ce que j'ai vu dans ses yeux, c'était de la violence et de la haine. Comment vais-je récupérer mes affaires ?
— À quelle heure quitte-t-il le logis le matin ? questionna Émilie.
— Il part tôt. Je peux aller à sept heures trente pour prendre mes vêtements et quelques babioles auxquelles je tiens. Mais… Ce soir ?
— Je t'emmène découvrir Mauricette. Et demain, on se retrouve chez toi. Je viendrai avec des amis. N'aie crainte, tout se passera bien.
Mauricette accueillit Blanche à bras ouverts, elle l'installa dans une chambre, lui présenta Paulette, Céleste et d'autres filles. Elle la confia à la cuisinière, aussitôt celle-ci lui trouva une corvée d'épluchage.

Le lendemain matin, sous un soleil d'août déjà brûlant et un ciel orageux, Émilie, Pablo et Nestor qui avait répondu présent se tenaient sur le trottoir devant l'appartement de Paul et Blanche. La jeune femme débarqua en courant, elle était pâle et inquiète. Ils montèrent les deux étages, Blanche ouvrit la porte et découvrit avec horreur le désordre et le massacre de ses habits. Tout était déchiqueté, sa plus jolie robe en guenille, ses chaussures avaient été coupées, ses chandails tailladés et le pire, des bijoux qui lui venaient de sa mère étaient cassés. Paul s'était acharné dessus à coup de talon sans doute. Blanche pleura en constatant les dégâts.
— Voilà de quoi ce garçon est capable, commenta Pablo.

Il n'y avait rien à récupérer, même la liquette de nuit était déchirée de haut en bas. Émilie prit la main de son amie et lui dit qu'elles allaient passer rue Berton, elle avait des vêtements à lui donner, puis comme elle repartait sur de bonnes bases, elle pourrait se racheter d'autres pulls. Blanche ramassa les débris de bijoux, elle ouvrit l'armoire de Paul et resta songeuse devant les pantalons, les chemises et les vestes bien rangées.
— Non, ne te venge pas ! Ça ne te servira à rien ! intervint Émilie.
Au journal, la jeune femme rapporta à Cécile leur aventure, elles commentèrent l'évènement, puis se remirent au travail.

L'automne émergea avec ses fraîcheurs matinales et les noirceurs nuageuses. Octobre fut marqué par l'arrivée de la crise économique. Jusque-là un peu épargnée, la France fut à son tour touchée, on releva une augmentation du chômage, une détérioration de la situation sociale et de réelles difficultés financières firent leur apparition. Émilie écrivait chaque jour un encart politique et économique dans lequel elle devait préciser ses sentiments de femme devant ce nouveau contexte. En haut lieu de l'État, on ressentait depuis la rentrée une grande instabilité ministérielle, avec des gouvernements qui se succédaient, jamais meilleurs les uns que les autres. Et les divisions politiques s'accentuaient, avec la montée des ligues d'extrême droite et des mouvements d'extrême gauche. L'accroissement évident du nazisme en Allemagne et du fascisme en Italie créait un climat d'inquiétude en France. La jeune rédactrice se voulait néanmoins optimiste dans ses articles, ne souhaitant en aucun cas céder à la morosité que certains journaux diffusaient allégrement.
Depuis deux mois, elle avait constaté du retard dans son cycle, elle n'en avait pas encore parlé à Pablo et surtout était

très partagée entre la crainte de devoir changer d'existence et la joie d'avoir un bébé. Elle adorait Lucie-Arlette qui devenait grande et elle enviait sa cousine qui savait parfaitement maîtriser sa vie de mère et sa vie professionnelle. Ce soir de novembre, elle choisit d'attendre Pablo et de lui annoncer qu'il allait être père. Ils célébrèrent l'évènement et décidèrent de passer le dimanche au Louvre. Comme disait Pablo : « Il n'est jamais trop tôt pour éveiller un enfant à l'art ! » Ils se mirent cependant d'accord pour patienter jusqu'aux fêtes de fin d'année pour avertir leurs parents.
Émilie alla en consultation la semaine suivante et le verdict fut confirmé. En rentrant à La Française, elle frappa à la porte du bureau de Cécile. Elle la félicita en l'embrassant, pour elle cette grossesse ne changeait rien, sa place était importante. C'était aussi le moment de montrer au monde que l'on pouvait concilier travail et famille harmonieusement. Elle lui présenta Bernadette, sa nouvelle secrétaire, remplaçante de Blanche, une femme plus âgée qu'elle, un peu revêche au premier abord, mais qui se détendit au cours de la journée.

En décembre, Cécile enjoignit Émilie d'écrire un article sur la féministe Maria Deraismes, elle dut faire des recherches et décida de demander de l'aide à Marguerite Durand. Elle savait que cette dernière l'avait rencontrée et elle pourrait lui donner des précisions sur la suffragette.
Elle retrouva Marguerite au salon de thé, elles parlèrent de leur vie respective. Émilie lui annonça sa grossesse, elle vit s'allumer une lumière dans les yeux de sa vieille amie. Ensuite, prenant des notes, elle écouta Marguerite. Maria Deraismes était née en 1828 dans une famille bourgeoise. Elle avait une sœur ainée qui s'occupait d'elle. Maria voulait devenir artiste, mais elle se rendit vite compte qu'elle était plus douée pour l'écriture que pour la peinture.

Avec Anna, elles tenaient un salon fréquenté par les personnalités de la démocratie libérale, et peu à peu, Maria faisait part de ses idées féministes à son entourage. Un jour, elle tomba sur l'article « Les bas bleus » de Barbey d'Aurevilly. Émilie interrompit son amie :
— Je ne connais pas, de quoi s'agit-il ?
— Cet auteur Barbey d'Aurevilly était un vil misogyne et phallocrate. Dans « Les bas-bleus », il critiquait virulemment les écrivaines, les accusant de négliger leurs devoirs d'épouse et de mère pour se consacrer à la culture. Il attaqua George Sand, il la traita de femme virile. Il s'en prit aux salons littéraires féminins qu'il jugeait superficiels et nuisibles à la véritable connaissance. En fait, il était farouchement opposé à l'émancipation des femmes et à leur participation à la vie intellectuelle. Il leur reprochait de n'avoir aucun talent et de produire des œuvres médiocres ! Tu imagines, Maria était furieuse et pendant plusieurs mois, il y eut des échanges houleux entre eux par journaux interposés. Elle était douée pour parler aux foules, ses discours paraissaient radicaux pour le siècle, mais ils ont contribué à sensibiliser l'opinion publique aux questions féministes.
— Encore une personnalité illustre dans nos combats. Tu l'as connue ?
— Un peu, je l'ai vue lors de ses conférences. Elle a cofondé le journal « *Le Droit des Femmes* », avec Léon Richer, un organe de presse important pour le mouvement féministe de l'époque.
— Léon Richer, ça me dit quelque chose.
— Évidemment, un homme qui prenait parti pour la cause féminine, à cette période, ils étaient rares ! Pour terminer avec Maria, je voulais te dire aussi qu'elle avait joué un rôle majeur dans la création de l'ordre maçonnique mixte international « Le Droit humain » qui prônait l'égalité entre les hommes et les femmes au sein de la franc-maçonnerie.

— Merci, Marguerite, je vais devoir signer l'article, Marguerite et Émilie !

## Chapitre 15

L'année 1933 commença sombrement, Hitler venait d'être nommé chancelier par le président allemand Paul Von Hindenburg qui pensait pouvoir ainsi le contrôler. Mais aussitôt en place, Hitler ouvrit la voie à la persécution des opposants, des Juifs et des autres minorités. Les journalistes de La Française demeurèrent hébétées durant les semaines qui suivirent cette accession au pouvoir. Émilie et Bernadette ne voulurent pas écrire de longs articles sur les évènements en Allemagne, n'étant pas des rédactrices politiques, elles se consacrèrent aux revendications du droit de vote, qui pour elles restait une priorité majeure. Émilie prenait régulièrement contact avec Louise Weiss qui continuait à mener campagne, organisant des manifestations et des actions pour sensibiliser l'opinion publique et tenter de faire pression sur les politiciens. Mais la préférence des dirigeants s'était déplacée vers la défense de la paix et la lutte contre le fascisme, ce qui avait parfois mis en retrait les réclamations des femmes. Émilie poursuivait néanmoins sa quête et se préoccupait des questions sociales telles que l'équité des salaires. Avec ses amies féministes, elle avait soutenu la grève des employées des PTT. Elle avait rencontré des responsables de la Ligue des dames des PTT, celles-ci exigeaient un revenu égal à celui des hommes, des congés de maternité équivalents à ceux des institutrices, c'est-à-dire deux mois, en partie avant l'accouchement et moitié après, elles voulaient aussi accéder, comme les hommes, au grade de commis. Les téléphonistes se mirent en débrayage n'ayant pas obtenu gain de cause. Les consœurs de la ligue des droits de la Femme défilèrent avec elles plusieurs fois durant ce printemps. Émilie dut déclarer forfait pour la troisième manifestation, car elle était très fatiguée. Elle resta au journal et reçut la visite de Marthe Bray.

Elle était venue raconter une anecdote qu'elle avait vécue en 1926 et qu'elle n'avait jamais vraiment ébruitée.

— Lorsque j'ai organisé la croisière féministe avec toutes les volontaires qui m'ont suivie, je diffusais largement des tracts, des affiches, mais aussi des cartes postales humoristiques et souvent moqueuses que nous envoyions de toute la France, adressées aux antiféministes.

— Comment réagissaient-ils ?

— Oh, parfois, ils en riaient, mais le plus souvent ils nous injuriaient en répliquant par des quolibets très misogynes. C'est ainsi que Clément Vautel, le romancier, un sexiste convaincu, écrivait des pamphlets très conservateurs, machistes du genre : « La femme n'est douée que devant ses casseroles, ou laissons-les à leur place, au lit ! »

— Et alors, lui avez-vous répondu ?

— Oui, évidemment, je lui avais envoyé une muselière !

Elle rit à ce souvenir, Émilie sourit à l'audace de cette femme. Elles sortirent déjeuner au restaurant et poursuivirent leur conversation. Comme tout le monde, Marthe était préoccupée par l'actualité, personne n'avait vraiment confiance dans ce petit moustachu qui venait d'être élu en Allemagne.

— Nous ne devons pas lâcher, droit de vote, égalité des salaires, équité dans le couple, mais je crains que la politique ne nous oublie…

Le soir, en quittant son bureau, Émilie se rendit rue Monge à l'auberge. Elle voulait visiter son amie Blanche, elle n'avait pas eu de nouvelles depuis un long moment. En arrivant, Mauricette l'embrassa, elle servait des verres de vin à un groupe d'hommes bruyants. Elle se dirigea vers l'arrière-salle quand on l'interpella :
— C'est Émilie, de Besançon ! Bonsoir mademoiselle !
Elle se retourna et vit le géant Tristan Bernard se lever pour la saluer. Elle serra sa main en riant et le questionna.
— Vous désertez la Coupole pour l'auberge de Mauricette ?
— Cet endroit est réputé pour sa cuisine familiale, et j'adore cela, ça me rappelle celle de mon aïeule !
Il présenta ses amis, Roland Dorgelès, Marcel Pagnol, l'auteur cinéaste, Jean Giono et le journaliste, Paul Gordeaux. Émilie était intimidée devant ces hommes, mais elle les salua et se retira. Mauricette surgit à ses côtés et chuchota :
— Tu ne m'aurais pas caché quelque chose, Émilie ? Tu as beaucoup mangé ces derniers mois, ou tu attends un bébé ?
— Je vais avoir un enfant vers mi-juin ! Tu aurais vu la tête de mes parents quand on leur a annoncé ! Mon père en a oublié de fumer son cigare ! Je venais rendre visite à Blanche, comment va-t-elle ?
— Elle travaille en cuisine, pour l'instant, elle ne veut pas servir en salle. Elle a tout de même accepté de seconder Céleste à l'alphabétisation. Il y a douze femmes pour l'instant, et l'institutrice de l'école du quartier a envoyé cinq enfants en difficulté scolaire.

Un soir, Pablo avait rapporté des billets de spectacle de music-hall. Il désirait qu'Émilie profite encore de quelques sorties avant la venue du nouveau-né. Ils allèrent applaudir Lys Gauty à Bobino. Ce fut un bon moment et en marchant sur le trottoir au retour du concert, ils chantaient en chœur,

« Le chaland qui passe » et « À paris dans chaque faubourg ».

Émilie avait décidé de rester au journal le plus possible, à sa cousine qui lui répétait qu'elle avait droit à des congés maternité, elle répondait qu'être assise à son bureau ne nuisait pas au bébé. Ce 28 juin, elle œuvrait à l'élaboration d'un article sur l'Allemande Clara Zetkin qui venait de mourir près de Moscou. Cette femme politique s'était fait remarquer par ses engagements féministes. Lors de sa visite à Paris en 1889, elle avait plaidé pour une émancipation de la femme en deux temps, le premier étant l'accès au travail : *« Libérée de sa dépendance économique vis-à-vis de l'homme, la femme qui travaille est passée sous la domination économique capitaliste. D'esclave de son mari, elle est devenue l'esclave d'un employeur. Elle n'a fait que changer de maître. Elle a toutefois gagné au change : sur le plan économique, elle n'est plus un être inférieur subordonné à son mari, elle est son égale. »* Elle avait un avis très nuancé sur le suffrage, elle fustigeait le féminisme bourgeois en considérant que les priorités avec l'accès aux études supérieures et le droit de vote, n'étaient pas celles des travailleuses. Elle rétorquait aux féministes « bourgeoises », *« Les pays dans lesquels le suffrage dit universel, libre et direct, nous montre qu'en réalité il ne vaut pas grand-chose. Le droit de vote sans liberté économique n'est ni plus ni moins qu'un chèque sans provision... L'émancipation de la femme comme celle de tout le genre humain ne deviendra réalité que le jour où le travail s'émancipera du capital. »*
C'est lors de la conférence de Copenhague en 1910 que Clara Zetkin proposa avec la Russe Alexandra Kollontaï, d'organiser une journée internationale de la femme. Cette commémoration dont l'objectif principal de l'Internationale des femmes socialistes était l'obtention du droit de vote

pour toutes les femmes, précisa-t-elle à la tribune. Cette manifestation permettrait de militer non seulement pour le droit de vote, mais aussi pour l'égalité entre les sexes. La première journée à laquelle participa Clara Zetkin eut lieu le 19 mars 1911. Les années qui suivirent, l'Autriche, le Danemark, la Suisse et l'Allemagne célébrèrent encore cette journée. Au début de la révolution russe, des femmes voulurent contester à Moscou et dans d'autres grandes villes russes pour réclamer « le pain et la paix ». Puis cet évènement fut négligé par tous les pays après la Première Guerre mondiale. Cécile Brunschvicg entra dans le bureau où Émilie et Bernadette terminaient la rédaction de l'article, elle commenta en disant qu'aux États-Unis, une fête nationale de la femme avait eu lieu en 1909, la dernière semaine de février. Mais ce qui aurait dû devenir un rituel était malheureusement passé à la trappe.

— Il faut cependant noter qu'Alexandra Kollontaï fut la première femme à être nommée à la tête d'un ministère, elle fut aussi une des premières diplomates du XXe siècle et la première élevée au rang d'ambassadrice. Avec toutes les socialistes de cette époque, elle condamnait le féminisme, le considérant comme étant bourgeois, mais elle lançait tout de même que la dictature du prolétariat ne peut être réalisée et maintenue qu'avec la participation énergique et active des travailleuses ! Quand elle parlait du mariage, elle disait, la captivité amoureuse ! D'ailleurs, elle vivait l'amour libre avec des relations multiples. C'était une très jolie femme !

Soudain Émilie fit une grimace et se plia sur sa table. Cécile et Bernadette s'alarmèrent. La future maman s'écria : « C'est le bébé, je pense qu'il va arriver ». Une heure plus tard, Pablo et un taxi traversaient Paris en direction de l'hôpital. À minuit, la jeune femme, épuisée, tenait un petit garçon rouge et braillant dans ses bras. Pierre était né à vingt-trois heures ce 28 juin 1933. Les journées qui suivirent virent défiler parents et amis dans la chambre de la mère et de l'enfant. En juillet, elle était de retour à l'appartement, sa cousine Marie-Louise passait régulièrement avec des provisions. Elle était souvent accompagnée de Lucie-Arlette qu'elle récupérait à la sortie de l'école. La fillette était en admiration devant Pierre qu'elle appelait « Petit frère ».

Marguerite Durand lui rendit visite après le 14 juillet. Elle avait beaucoup vieilli et soufflait fort en montant l'escalier. Elle prit le nouveau-né dans ses bras pendant qu'Émilie préparait le thé, elle chuchota à son oreille :
— Mon cher poussin, on va souvent te rabâcher que certaines choses sont pour les filles et d'autres pour les garçons. Mais c'est faux, les femmes peuvent tout faire, tout ce que font les hommes, elles le peuvent aussi. N'oublie pas que l'égalité entre les hommes et les femmes est essentielle pour bâtir un monde meilleur, un monde où chacun a sa place et peut réaliser son plein potentiel. Et toi, petit garçon, tu as un rôle primordial à jouer dans cette construction. Sois un allié, un ami, un partenaire déférent et bienveillant. Mais je sais qu'avec tes parents et ta mère si exemplaire, ta voie sera la bonne…
— Que racontes-tu à mon fils, Marguerite ? questionna Émilie en réapparaissant au salon.
— Je lui demandais d'être un homme juste et respectueux des femmes !
— Il le sera, nous l'élèverons dans cet esprit.

Émilie avait repris le travail, Cécile Brunschvicg lui avait conseillé de ne commencer qu'à mi-temps, cela lui permettait de ne laisser Pierre que quelques heures à la voisine. Elle lut l'article relatant un fait divers plutôt horrible. Une jeune fille de dix-huit ans avait tenté d'empoisonner ses parents avec du Véronal et du gaz. Elle avait masqué son crime en suicide.

La journaliste était perplexe, comment pouvait-on vouloir la mort de ses parents ? Elle adorait Honoré et Joséphine. Ils étaient venus à la naissance du bébé avec Carmen et étaient restés quelques jours auprès d'eux. Elle aurait aimé les garder encore un peu. Que leur reprochait-elle, cette Violette Nozière ? Le père était ajusteur aux chemins de fer, la mère avait été mécanicienne pendant la guerre. Baptiste Nozière était son second mari. La petite Violette fit des études, elle était une bonne élève selon certains professeurs et une élève paresseuse, sournoise, hypocrite et dévergondée selon d'autres. Elle fréquenta beaucoup d'hommes, porteuse de la syphilis, elle mentit sur sa maladie à ses proches qu'elle rendait responsables de tous ses maux. Elle tenta plusieurs essais pour les supprimer. Continuant de collectionner les amants, elle vola de l'argent à son père, pour s'enfuir avec son soupirant. Elle empoisonna son père qui mourut, sa mère fut hospitalisée et survécut.

— Apparemment, ce serait une sombre histoire d'inceste, commenta Bernadette.

— Peut-être, saura-t-on jamais ? Le jugement aura lieu l'an prochain. C'est tout de même un meurtre horrible.

En septembre, quelques évènements politiques vinrent perturber l'actualité. D'un côté, le congrès mondial de la jeunesse contre la guerre se passa à Paris et fut présidé par Henri Barbusse, le directeur de l'Humanité, de Romain Rolland l'auteur et de Paul Langevin le physicien. Marcel Bucart, homme politique d'extrême droite, ancien membre du Faisceau, conçut un nouveau courant fasciste, le Francisme. Émilie, Cécile et Bernadette commentèrent avec amertume la création de ce nouveau parti. « *Je veux fonder un mouvement d'action révolutionnaire dont le but est de conquérir le pouvoir et d'arrêter la course à l'abîme.* »

Émilie n'aimait guère la politique et elle craignait que les années suivantes soient des années de haine et de guerre.
Fin septembre, la rédaction de La Française fut informée du décès de la féministe libre-penseuse Anne Besant. Elle venait de mourir à Adyar en Inde. Elle fut inhumée selon la tradition hindoue, son corps recouvert d'un drapeau indien fut brulé sur un bûcher au bord du Gange. Cécile Brunschvicg apprit que les cendres furent dispersées en partie dans le Gange et le reste dans le jardin de la société théosophique d'Adyar.

La fin de l'année approchait, avec elle, le retour des grands froids. En décembre, le sol était très gelé et un verglas tenace tapissa les trottoirs. Il fut difficile de se déplacer et une photo illustra cette période glaciale, des patineurs avaient envahi les stades de tennis de Roland Garros. Les enfants profitaient de cette aubaine pour faire des glissades dans les rues en pente. Pablo avait fait une chute en se rendant au Jardin des Plantes, heureusement, il ne souffrit que d'une petite entorse qui fut résorbée rapidement. Émilie et son mari passèrent les festivités à Paris, ne pouvant prendre le risque de circuler au froid avec le bébé, ils fêtèrent Noël avec Marie-Louise, Nestor et leur fille.
Le début de l'année 1934 fut surtout secoué par l'affaire Stavisky. Émilie ne se sentant pas vraiment légitime pour mener l'enquête et écrire les papiers sur l'évènement laissa son collègue Martin s'en occuper. Toute la presse ne parlait plus que de cette affaire. Émilie et sa collègue Bernadette n'échappèrent pas à la règle. Cécile Brunschvicg leur avait conseillé de mener leur propre enquête afin d'avoir une vision plus féminine sur ce scandale politico-financier. Émilie fit d'abord des recherches sur Alexandre Stavisky.
— C'était un escroc de la plus belle espèce, commenta Bernadette. Il avait des origines ukrainiennes, comme mon conjoint.

— Ton mari est né en Ukraine ? demanda Émilie.
— Oui, il est arrivé en France tout bébé, ses parents fuyaient leur pays. Pour en revenir à ce Stavisky qui vient de mourir, il était champion des détournements de fonds. Des centaines de millions de francs. Mais bon, il avait des complices chez les hommes politiques. D'où ce scandale ! Son père était prothésiste dentaire, enfant, il lui volait les prothèses en or ! Elle rit.
— Escroc par vocation ! Était-il marié ? questionna Émilie.
— Heu, je ne vois rien. Si, sur Le Matin, ils parlent d'une première épouse, en 1910, il y eut une séparation en 1920, puis une seconde noce en 1928.
— J'aimerais savoir qui est cette femme. Crois-tu qu'on pourra dénicher quelque chose sur cette Arlette Simon. Ah ! J'ai trouvé, Arlette Simon, mannequin de Coco Chanel. Elle menait la belle vie, habitait au Claridge. Ils ont eu un petit garçon.
— Ça ne va pas être facile de grandir avec l'histoire de son père, pauvre gamin ! renchérit Émilie.
Elles écrivirent un article sur l'affaire sans entrer dans les débats politiques, même si ce scandale eut des conséquences durables sur la vie politique et sociale en France.

L'hiver parut long à Émilie, il faisait froid, elle rentrait tard du journal, récupérait Pierre chez la voisine et préparait le souper en attendant Pablo. Deux soirs par semaine, il arrivait avant elle et s'occupait du petit et du repas. Ils sortaient peu depuis qu'ils étaient parents et cela manquait à Émilie. Après une conversation avec Pablo, ils convinrent de s'octroyer, chacun à leur tour, une veillée à l'extérieur avec des amis. Ainsi, Betty laissait son Adrien et allait chercher Émilie, elles retrouvaient quelques féministes et elles discutaient dans un café. La jeune journaliste adorait ces occasions-là. Parfois, elles allaient chez Mauricette et s'engageait alors une véritable conférence où chacune donnait son avis sur l'actualité. Elle revit Blanche, Céleste, et de temps en temps Marthe de la pension venait avec Madeleine, tous ces moments d'échange étaient délicieux et sympathiques. Elles décidèrent de les rendre réguliers.

Les manifestations antifascistes de février furent organisées par les syndicats et les partis de gauche, les compagnes de la Ligue des droits des femmes choisirent de s'y rendre aussi. Émilie retrouva ses amies Madeleine Pelletier, Maria Vérone, Louise Weiss et Marthe Bray.

Les chauffeurs de taxi entamèrent une longue grève, et en même temps, de multiples manifestations organisées par l'extrême droite dégénérèrent en émeutes violentes, quelquefois sanglantes. Le 6 février, on comptabilisa seize morts et de nombreux blessés place de la Concorde. Les bagarres impitoyables à l'aide de matraques, de barres de fer eurent lieu entre manifestants et forces de l'ordre. C'était une période difficile, les journalistes de La Française étaient inquiètes de l'avenir. Les débats à la Chambre étaient aussi houleux que l'ambiance des rues. Il y eut des démissions, et le 9 février, le président Lebrun nomma Gaston Doumergue à la présidence du Conseil, il forma un gouvernement d'union nationale avec les radicaux et la droite, mais sans les socialistes et les communistes. Ceux-ci répliquèrent aussitôt et une nouvelle répression lors d'une manifestation fit neuf morts. Émilie et Pablo furent heureux de voir débarquer le soleil du printemps afin de chasser cet hiver lugubre et froid.

Les mouvements de fascistes comme l'action française et les croix de feu gagnaient en influence, prônant des idéologies nationalistes. Les féministes désiraient, elles aussi, montrer leur mécontentement. Elles descendirent dans les rues pour défendre la République et s'opposer à l'extrême droite. Malheureusement, malgré un élan d'unité qui symbolisait la volonté de faire front commun contre cette menace, cette première journée créa l'affolement chez les féministes, en effet, les affrontements furent violents entre les forces de l'ordre et les manifestants. Émilie et ses amies durent se mettre à l'abri, craignant pour leur vie. Le soir, elles eurent connaissance du lourd bilan, une quinzaine de morts et plus de mille quatre cents blessés. Elles choisirent de ne pas se rendre au défilé suivant, Pablo avait eu très peur et sachant qu'il ne pouvait empêcher les décisions de sa femme, il la convainquit de ne pas sortir du bureau. Elle perçut des bruits, des cris, des coups de feu, c'était assez effrayant. Bernadette était restée chez elle, elle habitait à quatre métros du magazine. Pablo vint l'attendre à la fin de la journée, il lui apprit que cette seconde manifestation avait été plus calme.

De temps en temps, elle emmaillotait Pierre dans son étole et l'emmenait au jardin public, elle y retrouvait parfois Betty son amie, qui avait un appartement proche depuis quelques mois. Les joues rebondies du bambin rosissaient et il gazouillait avec les oiseaux.

En juin 1934, le PCF, lors d'une conférence les 24 et 25, lança le mot d'ordre d'unité d'action antifasciste et appela à la défense des libertés démocratiques. Quelque temps plus tard, en travaillant avec le parti socialiste, il suggéra qu'à la veille du scrutin des cantonales prévu en octobre ait lieu la constitution d'un Front populaire. Ce mouvement aurait pour but d'élargir la proposition d'alliance à toutes les gauches face à la progression électorale de droite (et de l'extrême droite). De nombreuses femmes, féministes ou non, s'étaient ralliées au parti communiste, car celui-ci avait pris position dans la défense des droits des femmes. Émilie rencontra, par l'intermédiaire de Cécile Brunschvicg, une militante nommée Gabrielle Duchêne. Elles s'entretinrent la veille du premier anniversaire de Pierre. Elles s'étaient donné rendez-vous au journal, dans le petit salon. Gabrielle était une personne affable d'une soixantaine d'années, Émilie se souvint qu'elle l'avait côtoyée pendant les manifestations des années précédentes. Elle raconta brièvement son parcours. Jeune femme élevée dans le XVIe arrondissement, elle se maria puis s'engagea rapidement dans la vie publique et dans divers mouvements féministes.

— Vous savez, j'étais révoltée, indignée de l'égoïsme du milieu bourgeois à l'égard de la misère ouvrière. Alors je me suis aussitôt lancée dans une association appelée l'Assistance par le travail. J'ai créé l'Entraide, une coopérative qui produisait des objets de couture et de lingerie, et j'ai fait se syndiquer toutes les employées. J'ai appris ce que vous avez fait pour les illettrées, c'est une très belle réalisation et une grande avancée pour nos consœurs.

— Je vous remercie, je n'étais pas seule sur ce projet, Betty, mon amie et ancienne collègue m'a beaucoup aidée.

— Quoiqu'il en soit, c'est une formidable idée. Au XXe siècle, il est inadmissible que les filles ne puissent s'instruire. Avant la guerre, j'ai fondé l'Office français du travail féminin à domicile. Je voulais protéger les femmes contre l'exploitation salariale. Ensuite, avec Marguerite, Madeleine et les autres, j'ai défendu l'égalité des revenus, et nous nous sommes battues pour le vote de la loi sur le salaire minimum. Loi qui n'a pas été votée, mais ça, vous le savez déjà.

— Après le Congrès international des femmes en 1915, vous avez adhéré au Comité international des femmes pour la paix permanente. Est-ce vrai que vous avez refusé, avec les militantes, de soutenir l'effort de guerre ?

— Oui, étant pacifistes, nous demandions une résolution du conflit sans les armes…

— Malheureusement, des affrontements qui durèrent plus de quatre ans et firent un million quatre cent mille morts français…

— Ensuite, je me suis impliquée dans les campagnes d'aides aux victimes de la famine en Russie, à la Croix-Rouge notamment. Je viens d'être nommée secrétaire du Comité mondial des femmes contre la guerre et le fascisme. Je soutiens ce Front populaire qui est en train de se créer.

— Pensez-vous que le Fascisme nous mènera à la guerre ?

— Je le crains Émilie, cet homme, Hitler, a pour volonté de fonder le grand Reich germanique, et il y parviendra coûte que coûte. Il a l'intention d'exterminer les Juifs, les Tziganes, les personnes handicapées et les homosexuels… Une bataille, oui, sans doute. Mais je souhaite que tout s'arrange avant un conflit, je reste avant tout féministe-pacifiste.

Le 4 juillet, la radio fit l'annonce du décès de Marie Curie. Elle était très malade depuis de nombreuses années, Émilie se souvenait d'elle à la manifestation de 1930, lorsque Irène, sa fille, la soutenait. Le journal La Française, comme beaucoup d'autres, rendit hommage à la scientifique. « Marie Curie fut la seule femme à avoir reçu deux prix Nobel, le premier de physique en 1903, et le second de chimie en 1911. À une époque où les femmes étaient exclues des carrières scientifiques, Marie a prouvé qu'elles pouvaient exceller dans des domaines préalablement réservés aux hommes. Elle restera une figure emblématique de la science, un symbole de courage et de détermination. Son héritage perdurera, rappelant l'importance de la curiosité, de la persévérance et de la passion dans la poursuite de la connaissance. Marie Curie demeurera un exemple pour toutes les femmes ! »

Le dimanche suivant, Émilie et Pablo reçurent Honoré, Joséphine et Carmen pour le premier anniversaire de Pierre. Il se mettait debout en s'appuyant sur les genoux de ses grands-parents et poussait des cris de vainqueur lorsqu'il ne retombait pas. Au moment du dessert, ils eurent la visite de Marie-Louise, Nestor et Lucie-Arlette, puis de la voisine qui s'occupait du gamin en semaine. Il ne souffla pas sa bougie, mais ce fut Honoré qui s'en chargea, ce qui le fit rire aux éclats. Alors bien sûr, le grand-père l'alluma plusieurs fois de suite. Le lendemain, tout le monde alla au jardin du Luxembourg, ils y retrouvèrent Betty accompagnée d'un homme très grand qu'elle présenta comme son ami. Il s'appelait Adrien et travaillait dans le même quotidien. Ils admirèrent le théâtre de marionnettes que Robert Desarthis venait de remettre au goût du jour.

L'année 1934 s'écoula dans la lutte continuelle des féministes. Louise Weiss, jeune et pleine d'énergie fonda une association qu'elle baptisa « la Femme nouvelle ». Certains hommes raillaient cette dénomination en disant « Contrairement à ce que l'on pouvait imaginer, la femme nouvelle est la même que l'ancienne. Féministe, suffragette, don Quichotte au féminin et qui doit savoir que sa cause est perdue d'avance ! »

Le 30 novembre, toute la presse apprit avec effarement le décès accidentel de l'aviatrice Hélène Boucher. Au cours de l'année 1933, elle avait participé avec succès au raid Paris-Saïgon, et au début de l'été avait battu le record du monde d'altitude féminin pour avion léger de deuxième catégorie. Cette année 1934, elle avait enlevé l'exploit international de vitesse à 445 km/h. Ce 30 novembre elle se tua lors d'un vol d'entraînement sur l'aérodrome de Guyancourt. Quelques jours plus tard, le Journal officiel publia un texte de citation à l'ordre de la Nation, qu'Émilie reporta sur la

revue La Française. « *Pilote aviatrice, personnifie la jeune fille française : modestie, simplicité, vaillance. Pilote de grande classe qui a conquis en peu de temps les records les plus enviés, grâce à son habileté et à son audace réfléchie. Elle a donné sa vie pour l'aviation.* »
Émilie était triste, car elle avait le même âge qu'elle, elle l'avait interviewée deux années auparavant, après sa participation au rallye aérien Caen-Deauville. C'était une femme sympathique, drôle et dynamique. Elles s'étaient bien entendues et Émilie avait convaincu l'aviatrice de venir manifester avec les féministes. C'était à ce rassemblement qu'elles s'étaient vues pour la dernière fois. Pour ce Noël 1934, Pablo, Émilie et Pierre prirent le train, le petit ouvrait de grands yeux curieux sur cette expédition. Ils arrivèrent à la gare Viotte de Besançon, Honoré fidèle au poste les attendait. Il était accompagné d'un jeune homme blond qu'il présenta comme étant le nouveau jardinier, Armand. Le garçon était effacé et timide, il rougit en serrant la main d'Émilie. Il porta les bagages dans le coffre de la voiture. Pablo et sa femme remarquèrent alors qu'Honoré boitait et peinait à marcher.
— Tu t'es blessé, papa ? demanda Émilie.
— Je ne rajeunis pas ma fille, et mes vieilles douleurs de guerre me font souffrir par ces temps humides. Ma hanche est en très mauvais état, mais, regarde, je peux encore piloter mon bolide, et conduire mon petit-fils, ajouta-t-il en riant.

Émilie n'assista pas à la messe de minuit, elle voulut rester avec Pierre et Jeanine. La neige n'avait pas cessé de tomber et une couche épaisse recouvrait le parc lui donnant une ambiance cotonneuse et magique. Elle enveloppa son fils dans son étole et sortit sur la terrasse, le petit de dix-huit mois poussait des cris d'admiration et essayait d'attraper les flocons qui voltigeaient et se posaient sur lui. Ils fêtèrent la nouvelle année avec Nestor, Marie-Louise, Lucie-Arlette et Caroline. Deux jours plus tard, Émilie, Pablo et Pierre reprenaient le train pour Paris.

## Chapitre 16

1935

Dès le mois de janvier, la presse parlait du futur scrutin municipal du 5 mai. Louise Weiss avait déjà fait savoir qu'elle se présenterait symboliquement à Montmartre. Elle distribuait des tracts sur les marchés et parfois les agents la raccompagnaient jusqu'à son domicile. L'équipe des féministes qui se rejoignaient à l'auberge de Mauricette décida de l'escorter et de l'aider dans sa campagne électorale. Depuis février 1934, Louise avait inauguré un magasin aux Champs Élysées qu'elle avait nommé « La Femme nouvelle », comme son association, dans laquelle elle préparait ses tracts et ses affiches. Émilie y allait régulièrement, elle y retrouvait Maryse Bastié, et Adrienne Bolland, toutes deux aviatrices et amies de Louise. À l'ouverture de la boutique, en février 1934, Hélène Boucher en avait fait partie jusqu'à sa mort, l'année précédente. Les trois aviatrices avaient même participé à un grand meeting aérien en faveur du suffrage des femmes. Le jour des élections municipales, Louise transforma des cartons à chapeaux en urnes devant la mairie de Montmartre et de nombreuses femmes vinrent voter pour elle, elle recueillit dix-huit mille bulletins en sa faveur.

Un autre évènement allait perturber les féministes au printemps 1934. Les midinettes, les petites mains de la haute couture se mirent en grève. En mai, Émilie et Bernadette furent informées que les employées de chez Lanvin entamaient un débrayage, puis celles de Chanel arrêtèrent leur travail, et s'ensuivirent des blocages chez Worth, Paquin, Molyneux et Nina Ricci, cela concernait vingt et une maisons de couture. Les jeunes femmes défilèrent dans les rues, soutenues par une certaine Germaine Chaplain-Hénaff qui leur créa un « Syndicat des Midinettes ». Les 4000 ouvrières réclamaient une garantie des salaires, une semaine de congés payés, l'acceptation et la reconnaissance des sections syndicales. Elles manifestèrent presque un mois de suite, encouragées par Germaine Chaplain-Hénaff, Louise Weiss, Cécile Brunschvicg et Émilie. Celle-ci prenait des notes, prenait des photos, écrivait des articles qui paraissaient dès le lendemain. Elle aidait aussi à la distribution des tracts, souvent épaulée par son amie Betty. Parmi les petites mains, elle retrouva Madeleine et Charlotte, les pensionnaires de Marthe. La logeuse fit une apparition un jour de grand rassemblement, elle était venue soutenir ses locataires. Des discussions s'engagèrent entre le syndicat de l'habillement (CGTU), le syndicat des Midinettes et la Chambre patronale de la Haute Couture, de nombreuses revendications furent en partie satisfaites. Le travail aux pièces fut maintenu dans cinq maisons mais supprimé dans trois. Les petites mains, après avoir organisé un bal pour fêter la victoire, reprirent leur travail début juin. Les féministes organisèrent une fête afin de récolter de l'argent pour toutes celles qui avaient arrêté leur activité pour contester. Grâce aux connaissances de Nestor, quelques saltimbanques se produisirent gratuitement et les gains furent distribués aux jeunes femmes.

Émilie continua de suivre les opérations de Germaine, c'était une militante intelligente et sympathique. Elles se rencontraient à l'auberge de Mauricette où l'adhérente du

Parti communiste aimait à venir manger. Elles parlèrent des activités créées par Émilie et elles devinrent amies assez rapidement.

Aux beaux jours, Émilie, Pierre et Pablo partaient avec le pique-nique du côté du bois de Vincennes. Ils y retrouvaient parfois Marie-Louise, Nestor et Lucie-Arlette. Ils déjeunaient sur l'herbe et ensuite se rendaient au parc zoologique qui avait été inauguré l'année précédente. Les enfants poussaient des cris de joie vers les animaux qui leur paraissaient gigantesques ou féroces. Pierre riait aux éclats devant le lion de mer que le dresseur faisait lever.

Cécile Brunschvicg envoya Émilie et Bernadette à la salle de la Mutualité pour couvrir le premier congrès international des écrivains pour la défense de la culture. Cet évènement dura cinq jours pendant lesquels les deux jeunes femmes durent prendre des notes et rédiger chaque soir un compte-rendu qui paraissait dans La Française le lendemain. Elles durent montrer leur laissez-passer plusieurs fois avant de pouvoir accéder à la galerie. Elles se concertèrent du regard, constat terrible, aucune femme ne faisait partie de l'assemblée. Émilie énuméra les auteurs présents : Aragon, André Breton, André Gide, elle distingua plus loin André Malraux à côté d'un homme qui avait un fort accent allemand. Tristan Bernard qui avait reconnu Émilie, se glissa à leur côté :
— C'est un écrivain allemand, Bertold Brecht, et à sa droite, Aleksej Tolstoi. Le grand barbu, c'est Boris Paternak, Victor Serge. Désolé Émilie, mais il n'y a pas de femme…
— Mais enfin, et Colette, Virginia Woolf, Marguerite Duras, Marguerite Yourcenar, Nathalie Sarraute…
— Stop, Émilie ! Moi-même je n'ai pas été convié, je ne dois pas rester. Ce congrès est élitiste, mais il a le mérite

d'exister. Ne soyons pas dupes, il va être plus politique que littéraire. Il se murmure qu'Henri Barbusse est envoyé par Staline. Nous en reparlerons, je me sauve avant de me faire jeter. Ah, je vois une femme là-bas ! La connaissez-vous ?
— Oui, je crois que c'est Magdeleine Legendre-Marx, son mari est à ses côtés. C'est une journaliste très engagée à gauche. J'aperçois monsieur Barbusse, il est d'une maigreur à faire peur.
Elle fit signe à Tristan Bernard qui quittait la salle. À la réflexion, elle se dit que c'était effectivement un rassemblement politique communiste et antifasciste. Les discussions étaient longues et souvent ennuyeuses pour les deux femmes. Elles firent des pauses et ne s'intéressèrent qu'à la défense de la connaissance. Hitler et Goebbels avaient déclaré la guerre à la culture, notamment par les autodafés, les dizaines de milliers de livres jetés au bucher en 1933. Dans le cadre du colloque, la culture est vue comme le témoignage passé et présent d'une civilisation qui a pour but de s'opposer à la barbarie. Le congrès est bien là pour prendre sa défense, les membres rendirent hommage à Victor Hugo et à Émile Zola qui parvinrent à affirmer l'autonomie du fait littéraire tout en le mariant à la politique.
Le soir du 25 juin, Émilie ne fut pas fâchée de quitter définitivement le local de la Mutualité.

Trois jours plus tard, Honoré, Joséphine et Carmen débarquaient les bras chargés de jouets pour fêter les deux ans de Pierre. Émilie avait réservé le restaurant, car ni elle ni Pablo n'avaient eu le temps de cuisiner. La journée fut des plus agréables, Pierre retrouva sa cousine Lucie-Arlette et ils animèrent le repas.
Pendant qu'elle assistait au Sommet à la Mutualité, Cécile s'était rendue avec Louise Weiss au congrès national de la SFIO à Mulhouse. Elles participèrent à quelques débats,

particulièrement celui qui octroya le droit de vote aux femmes par 2117 mandats contre 720. C'était une motion présentée par le député SFIO d'Arles. Il estimait nécessaire le développement de la propagande socialiste en direction des femmes afin qu'elles ne favorisent pas l'arrivée du fascisme au pouvoir, et était contre le droit de vote immédiat. Elles retrouvèrent le journal, la tête pleine de discussions, de polémiques parfois stériles, de querelles politiques aussi.

L'été fut chaud et sec en son début. Le 14 juillet, Émilie se dirigea avec Pierre et Pablo en direction de la place de la Bastille, les organisateurs du Front populaire avaient prévu un grand rassemblement. Ils défilèrent en scandant « Pain, paix et liberté ». Le soir, Pierre put admirer le feu d'artifice, il riait en contemplant les fusées, mais pleurait quand des pétards explosaient près de lui. Quelques jours plus tard, ils assistèrent avec Malou et sa famille à l'arrivée du Tour de France sur les Champs Élysées. Le Belge Romain Maes fut le vainqueur. Émilie commenta :
— À quand un tour de France féminin ?
Pablo la regarda en souriant, Marie-Louise répondit :
— Mais jamais ! Quelle horreur, vois les jarrets musclés de ces pauvres gars, tu t'imagines comme ça !
Ils éclatèrent de rire. Émilie raconta alors :
— En 1895, une fille d'émigrants lettons installés à Boston aux États-Unis, Annie Cohen Kopchovsky dite Londonderry, décida de faire le tour du monde à bicyclette. Elle partit du palais du gouvernement de Boston, elle avait des supporters venus l'encourager. Elle n'avait pas un sou en poche et aucun bagage, à part un révolver que son mari lui avait donné. Elle fut aidée, une marque lui offrit un vélo plus léger que le sien, un bloomer pour remplacer sa robe, et elle se fit appeler Londonderry, car la Londonderry Lithia Spring Water la sponsorisa, comme on dit. Elle mit quinze

mois pour faire son tour du monde, une aventure qu'elle relata dans son livre.

— Comment sais-tu tout cela ? questionna Malou.

— Son exploit est raconté dans « L'histoire des femmes » de Marguerite Durand. Tu imagines, il y a quarante ans, une épouse laissa son mari et ses enfants pour faire le tour du monde à bicyclette ! Elle avait parié 20 000 $ contre 10 000 $ qu'une personne du sexe faible pouvait faire ce défi. Mais elle dut prouver sa capacité à se débrouiller seule en terre étrangère !

— Mais comment a-t-elle fait ? Se nourrir, se laver... ses menstrues et tout ça... je l'admire !

— Elle quitta Boston via Chicago, embarqua pour le Havre. Elle pédala jusqu'à Paris, puis direction Marseille, où elle fut ovationnée, elle reprit un navire pour Alexandrie. Ensuite, les étapes furent Colombo, Singapour, Saïgon, Hong Kong, Shanghaï Vladivostok, Nagasaki et Yokohama.

— Mais comment a-t-elle fait avec la barrière des langues ? Quel périple fou !

— Elle revint à San Francisco à bord d'un bateau belge. Elle remonta à bicyclette jusqu'à Los Angeles, puis elle traversa le désert d'Arizona, elle arriva à El Paso en juillet 1895. Elle donna des conférences pour raconter son expérience et rentra à Chicago au mois de septembre. Le New-York World avait déclaré que c'était « Le voyage le plus extraordinaire entrepris par une femme ».

Émilie fêta ses vingt-huit ans avec Pablo. Pierre, tout heureux, restait pour la soirée et la nuit chez Marie-Louise et Nestor, à jouer avec sa cousine. Pablo avait réservé à la Tour d'Argent, un des plus vieux restaurants parisiens. Il avait envie de découvrir avec sa femme ce lieu historique. Lorsqu'ils empruntèrent la lourde porte en fer forgé, ils furent accueillis par un homme en smoking qui leur indiqua l'emplacement de leur table. Émilie retint une exclamation.

De sa chaise, elle surplombait la Seine, à gauche la cathédrale Notre-Dame avec sa flèche et ses deux tours, à droite le quai d'Orléans avec les immeubles et au loin le pont Saint-Louis. Ils passèrent un moment agréable et se régalèrent de mets et vins fins. La nuit était tombée lorsqu'ils quittèrent la rue de la Tournelle et Pablo héla un taxi. Il donna une adresse qu'Émilie ne connaissait pas, ils traversèrent Paris « By night », comme disait souvent Malou, et arrivèrent devant un Club d'où s'échappait de la musique. Le panneau « La Cabane Cubaine » clignotait rouge, rose et bleu. Dans un épais nuage de fumée, ils se frayèrent un chemin jusqu'à une table. Sur l'estrade, un groupe jouait des airs étranges et fabuleusement beaux pour la jeune femme.
— C'est du jazz cubain, c'est superbe, non ?
— Magnifique, cette musique est envoûtante. Mais, en arrivant, j'ai lu un panneau vers la porte indiquant « André Breton », il réside par ici ?
— Oui, juste au-dessus, mais il n'y est plus. C'était avant sa rencontre avec Jacqueline Lamba, l'artiste.
— Tu sais tout cela, toi ?
— C'est Nestor qui me l'avait dit, il l'avait vue il y a un ou deux ans, elle dansait dans un ballet aquatique, ils avaient parlé de leur art respectif. On commande du rhum ?
Ils quittèrent le bar musical à trois heures du matin et par chance, dénichèrent un taxi.

Un nouveau scandale éclata en septembre. Après la parution de « L'homme, cet inconnu », le médecin, prix Nobel, Alexis Carrel parlait ouvertement de l'eugénisme. Cette idéologie s'était implantée depuis les années trente. Selon certains sociologues, dont Roland Pfefferkom, le praticien mettait l'eugénisme au service de l'élitisme, de l'aristocratie, du racisme et du fascisme... Il faisait le lien entre la mentalité d'Alexis Carrel et celle des scientifiques allemands du IIIe Reich. Il parlait d'un déclin des élites occidentales, assurant que des classes inférieures étaient sur le point de les submerger. Le livre fut bien accueilli par l'extrême droite, certains le présentaient comme « Un livre magnifique qui témoigne de la décadence du régime démocratique et parlementaire ». À la rédaction de La Française, Cécile et Émilie avaient parcouru avec horreur ce carnet de propagande d'extermination nazie. Elles décidèrent de ne pas écrire, ni sur l'ouvrage ni sur l'auteur. Un soir d'octobre, Nestor sonna à la porte de l'appartement d'Émilie, il était triste, car un grand ami peintre venait de mourir. C'était un très vieux monsieur qui avait toujours été bienveillant avec lui. Jean Béraud était décédé le matin même et Nestor avait appris la nouvelle par Émile Bernard. Pablo, qui rentrait du travail, ouvrit une bouteille de Porto afin de consoler son camarade.

Après un voyage à Besançon fin novembre, Émilie et son époux décidèrent de rester pour les fêtes à Paris. Ils réveillonnèrent chez Malou et Nestor, passèrent Noël à la pension Caspari. Jeanne était devenue une charmante adolescente, elle s'occupa de Pierre, l'aida pour son repas, joua avec lui et rit beaucoup à ses bêtises. Marthe était ravie de retrouver ses anciens locataires, Céleste était venue aussi pour passer la journée avec Jean et les amis. Après déjeuner, Marthe apporta un jeu de tarot et un de Monopoly. Il fallut en lire la règle, les garçons se chargèrent de l'expliquer et ils jouèrent des heures à se ruiner les uns les autres. Émilie en profita pour raconter l'histoire de son invention.
— C'est une femme, une féministe très engagée qui créa « The Landlord's Game » qui se traduit par le jeu du propriétaire foncier. En fait, elle voulait dénoncer les stratagèmes capitalistes et les effets pervers des monopoles. Elle s'appelait Élizabeth Magie, c'était en 1903.

— Si tu nous racontes ça, c'est qu'il y eut un mais, je suppose, l'interrompit Céleste.
— Oui, ma chère Céleste. Élisabeth déposa le brevet. Et, voilà le mais ! Charles Darrow le découvrit, le trouva exceptionnel et décida de l'améliorer, mêmes cartes, même plateau, même petites maisons... Plagiat ! Il le commercialisa, puis Parker Brothers lui acheta les droits. Mais pour éviter tous problèmes juridiques, Parker paya aussi les droits à Élizabeth, 500 $. Une broutille, juste pour la faire taire !
Georgette avait cuisiné une soupe à l'oignon, et ils furent tous invités à la partager avant de se séparer. Les parents d'Émilie et Carmen vinrent rue Berton passer la dernière semaine de 1935.

## Chapitre 17

1936

Il fit anormalement doux en ce début janvier. Les températures frôlèrent les seize degrés, mais les pluies qui inondaient la capitale semblaient ne pas vouloir s'arrêter.
En arrivant au bureau, Émilie lut un article du journal « Fraternité » reçu le matin même. Il y avait tout d'abord les vœux de madame Marguerite Billot-Thulard, puis un texte de Condorcet, grand philosophe et politique de la révolution. Il avait écrit, à cette époque : « *N'est-ce pas en qualité d'êtres sensibles, capables de raison, ayant des idées morales, que les hommes ont des droits ? Les femmes doivent donc avoir exactement les mêmes.* »
Jane Némo, une collaboratrice de Cécile Brunschvicg frappa à la porte d'Émilie, elles s'étaient déjà rencontrées à plusieurs reprises, mais Jane étant très active sur d'autres fronts n'était pas souvent présente au journal. Elle venait présenter à sa jeune collègue les tracts de la prochaine manifestation pour le vote des femmes. Elle voulait profiter de la publication du programme du Front populaire pour ajouter au slogan « Pain, paix, liberté » les trois mots : « Vote des femmes ». Cécile entra et après avoir salué les deux femmes, contesta l'idée de s'immiscer dans le projet du Front populaire.
— Ce n'est pas une bonne idée, Jane. Cela prêtera à confusion. Et je n'imagine pas que les membres de la

coalition apprécient cela. En revanche, nous devons distribuer les tracts pour la manifestation.

Elles décidèrent donc de coller des affiches et de passer du temps sur les marchés des différents quartiers. Émilie serait chargée de trouver des bénévoles pour ce travail. Elle savait déjà à qui demander, les camarades de l'auberge de Mauricette seraient d'accord, ainsi que Marthe Caspari qui n'était jamais la dernière à participer. L'ambiance politique était électrique, les démissions d'Édouard Herriot et du gouvernement Laval avaient fait couler beaucoup d'encre dans les rédactions des journaux. Fin janvier, le nouveau Président du Conseil, Albert Sarraut forma un Cabinet de transition. En février, on annonça un attentat contre Léon Blum, il avait été attaqué par des militants de l'Action Française. Aussitôt après, les organisations de gauche manifestèrent en protestation du passage à tabac de monsieur Blum.

Début mars, les suffragettes défilèrent sur les boulevards, elles arrivèrent à la Bastille en tapant sur des casseroles et en scandant leur slogan « Les femmes veulent voter ». Marthe Bray, Louise Weiss, Madeleine Pelletier, qui marchait en s'aidant d'une canne, Cécile Brunschvicg, Jane Némo, Jeanne Valbot, Marthe Caspari, Betty et bien d'autres marchèrent en levant bien haut les banderoles et les panneaux. Maria Vérone, très malade, n'avait pu se déplacer. Une militante qu'Émilie ne connaissait pas se joignit à elles. Elle se présenta :
— Je suis Suzanne Grinberg. Je suis avocate, amie de Louise. J'œuvre beaucoup pour le vote des femmes. Vous avez peut-être lu mon livre sur le mouvement suffragiste en France.
— Oui, je me souviens avoir vu cet ouvrage à La Fronde.

— J'ai été absente, mon travail m'appelait ailleurs, mais j'ai suivi de très près toutes vos actions. Louise m'a parlé de vous, Madame Gomez !
— Émilie. Il faut me dire Émilie.
Elles marchèrent l'une à côté de l'autre. Le service d'ordre, silencieux et immobile, les laissa passer par les rues où la circulation avait été temporairement interrompue. Émilie était inquiète, les nouvelles de Marguerite n'étaient pas très bonnes, elle s'approcha de Madeleine et lui demanda si elle avait revu leur amie. Madeleine prit un air attristé, elle annonça que la vieille dame s'était beaucoup affaiblie ces dernières semaines. Elle devait lui rendre visite pour lui raconter le déroulement de cette journée.
Émilie rentra en compagnie de Betty, le ciel s'était un peu dégagé et elles en profitèrent pour traîner et passer par le square. Émilie lança le sujet de la montée de l'extrême droite en Europe. Elle parla de Hitler et de sa police nazie. Betty répondit qu'elle était inquiète, parce qu'on lui faisait parfois des réflexions. Un gars du journal l'appelait « la Juive ».
— Il flotte une odeur nauséabonde d'antisémitisme, au sein de notre rédaction... Même Adrien a peur !
— Il est juif aussi ?
— Oui, nous nous sommes rencontrés à la synagogue. Nous verrons bien, j'espère que cette mentalité va disparaître... Je veux y croire. Tu te souviens, je t'avais dit que je n'avais aucune crainte, il y a deux ou trois ans, c'était la vérité. Mais à présent... je doute !

Le 16 mars, à peine était-elle assise à son bureau que le téléphone sonna. Le cœur serré, elle sentit que ce serait une mauvaise nouvelle. Madeleine lui annonça le décès de Marguerite. Elle s'était éteinte doucement dans la nuit.
 La foule de femmes et d'hommes venus rendre un dernier hommage à la militante se déplaça jusqu'au cimetière. On

pouvait voir Alexandra David Néel, elle avait délaissé sa maison du Sud quelques jours pour saluer la dépouille de son amie, Jeanne Valbot et Louise Weiss, Suzanne Grinberg, les trois côte à côte. Dans l'assemblée, on pouvait apercevoir Simone de Beauvoir et Jean-Paul Sartre. Émilie et Betty pleuraient celle qui les avait si bien accueillies, elles se souvenaient de son humour et de sa gentillesse. Cécile Brunschvicg et Madeleine Pelletier lurent un texte émouvant sur la vie et les engagements de leur amie. Madeleine termina son discours en disant : « Ma très chère Marguerite, nous continuerons le combat et nous le gagnerons ! » Toutes les femmes quittèrent le cimetière, emmenées par Madeleine. Elles entrèrent dans un bistrot et, sous les regards étonnés des hommes qui sirotaient leur ballon de rouge, commandèrent une bouteille de champagne. Émilie questionna Madeleine au sujet du fils de Marguerite. Il était présent au cimetière et s'esquiva dès que le cercueil fut descendu.

— C'est une histoire compliquée, commenta Madeleine en trinquant à la mémoire de son amie. À la naissance de Jacques, le couple qu'elle formait avec Antonin, le père du gamin, avait déjà des difficultés. Après leur séparation, il voulut lui retirer l'enfant, il l'enleva, purement et simplement !

— On lui avait pris son petit ! répliqua une des femmes présentes, quelle horreur !

— Oui, elle dut faire intervenir Clemenceau pour le récupérer. Mais avant, son ex-compagnon était venu la frapper avec deux de ses amis. Courageux, n'est-ce pas ? Il s'est excusé ensuite. Vous comprenez pourquoi la cause des femmes battues lui tenait à cœur !

Elles se séparèrent en se promettant de se retrouver prochainement. Louise Weiss leur avait donné plusieurs rendez-vous militants.

Lors de la finale de la coupe de France de foot qui avait lieu à Colombes le 3 mai, Louise Weiss, accompagnée de plusieurs féministes, dont Émilie, lâchèrent des ballons rouges auxquels étaient attachés des prospectus de propagande. Le vent les entraîna jusqu'à la tribune présidentielle, toutes celles qui escortaient la suffragette se mirent à applaudir. Aux gendarmes qui les guidaient vers la sortie, Louise annonça : « Je préfère divertir que prêcher ! » Elles restèrent groupées à l'entrée du stade en maintenant leur banderole et en distribuant des tracts. Certains supporters de l'équipe de France passaient devant elles en riant et disant : « Continuez mesdames, c'est bien ce que vous faites » et d'autres les regardaient, dédaigneux, en prononçant des jurons.

Au mois de mai, le 24, un cortège d'hommes et de femmes en soutien au Front populaire rassembla plus de six cent mille personnes place de la Nation jusqu'au cimetière du Père-Lachaise. On avait rarement vu autant de militants réunis. Pablo, Émilie et leurs amis s'étaient joints aux manifestants. D'importantes grèves commençaient à toucher les manufactures, d'abord chez Latécoères à Toulouse, puis les usines Bloch à Courbevoie, suivies par la métallurgie, les fabriques Farman et Renault

Le 1$^{er}$ juin, Émilie, Louise, Betty, Suzanne et de nombreuses autres féministes distribuèrent des myosotis aux députés qui sortaient de la Chambre. À un élu qui les regardait sans comprendre, Betty susurra :
— Le myosotis veut dire symboliquement : ne m'oubliez pas ! Voyez notre slogan et ne nous oubliez pas !
Le lendemain, elles se placèrent devant le Sénat et offrirent des chaussettes aux sénateurs présents. Sur chaque paire était inscrite : « Même si vous nous donnez le droit de vote, vos chaussettes seront reprisées ! »

Elles riaient beaucoup à ces manifestations.

Le 4 du mois, un évènement se produisit, Léon Blum, remis de son agression créa le premier gouvernement socialiste. Et pour la première fois en France, il désigna trois femmes comme sous-secrétaires d'État. La fille de Marie Curie, Irène, Cécile Brunschvicg et Suzanne Lacore accédèrent à leur poste sous les hourras. Elles fêtèrent ces nominations dans un café du 17$^e$ arrondissement. À leur arrivée, les hommes présents s'enfuirent en ricanant. Cécile Brunschvicg leur lança :
— Pauvre France, voici que les femmes viennent au bistrot sans les maris et en plus, elles boivent de l'alcool !
Le 11 juin, les grèves stoppèrent, car les ouvriers avaient tout de même obtenu satisfaction. La loi sur la semaine de quarante heures avait été adoptée, ainsi que l'obtention de deux semaines de congés payés.
La suite du mois fut chargée, car le 28 juin, les féministes défilèrent sur la piste du champ de courses de Lonchamp juste avant le grand prix, avec des pancartes portant l'inscription : « La Française doit voter ».
Avant l'été, Louise Weiss avait décidé de manifester une dernière fois avec son groupe « La femme nouvelle » et de faire sensation. Elle espérait que ces actions auraient de fortes répercussions. Le 10 juillet, elles s'enchaînèrent toutes les unes aux autres empêchant la circulation sur la rue Royale. La police embarqua les meneuses, Émilie se retrouva au poste du commissariat. Elle patienta avec Betty et Céleste, attendant que l'on vienne les chercher. Une heure plus tard, un agent appela :
« Madame Émilie Gomez, mademoiselle Céleste Durieux, mademoiselle Betty Adelstein ! »
Elles découvrirent les mines effarées des garçons qui poireautaient à la porte de la gendarmerie. Pablo tenait

Pierre par la main, le petit sauta dans les bras de sa mère. Ils rentrèrent tranquillement à l'appartement.

En septembre, Émilie annonça à Pablo qu'elle attendait un second enfant. Ils décidèrent alors de chercher un logement plus vaste. Ils en trouvèrent un plus proche du Jardin des Plantes. Ils visitèrent un agréable cinq pièces au troisième étage d'un immeuble de la rue Saint-Jacques. Ils emménagèrent un mois plus tard, Nestor, Jean et Adrien se chargèrent des meubles et des lourds cartons, Marie-Louise, Céleste et Betty apportèrent une aide précieuse à Émilie qui était terrassée par d'horribles nausées.
— C'est sans doute une fille, dit Malou, ce sont les cheveux qui font vomir !
Les trois autres s'esclaffèrent, sur le moment, Marie-Louise parut vexée, puis elle rit aussi de bon cœur.

Ils apprirent avec stupéfaction la mort volontaire de Roger Salengro le 17 novembre. Attaqué par les siens, harcelés par l'extrême droite, il ne put supporter cette campagne de calomnies. Déprimé, fragile, il se suicida et laissa cette phrase : « *S'ils n'ont pas réussi à me déshonorer, du moins porteront-ils la responsabilité de ma mort. Je ne suis ni un déserteur ni un traître.* »

Ils passèrent les fêtes à Besançon au Manoir. Pour la plus grande joie de ses parents, Émilie décida de demeurer quelques semaines en Franche-Comté avec Pierre. Après Noël, Pablo reprit le train et regagna Paris et son travail au Jardin botanique. Émilie se reposa de ce début de grossesse qui l'épuisait. Mais ne pouvant rester sans rien faire, elle demanda à son père de lui apprendre à conduire. Il l'amena dans un quartier désert et lui expliqua comment utiliser le levier de vitesse, embrayage et marche arrière. Elle fit bondir la Peugeot 402, puis réussit à passer les vitesses.

Honoré lui conseilla de prendre des leçons en ville afin d'obtenir le permis. Comme elle repartait à Paris le 15 janvier, elle décida de s'inscrire à la capitale.

1937

Cécile Brunschvicg étant sous-secrétaire d'État au ministère de l'Éducation, elle n'avait plus le temps d'écrire, elle avait totalement délégué la rédaction à ses journalistes. En ce mois de février, Émilie et Bernadette décidèrent de faire un reportage sur une exposition d'artistes féminines exposant au Jeu de paume jusqu'en novembre. Depuis quarante ans, l'École nationale des Beaux-arts avait ouvert ses portes aux femmes. Cet évènement majeur devait être souligné et mis en valeur. La manifestation au Jeu de paume allait durer du 11 au 28 février, puis une seconde présentation était prévue du 25 mai au 25 novembre avec pour thème : Exposition internationale des Arts et des Techniques.

Les journalistes voulurent rencontrer la photographe organisatrice, Laure Albin Guillot. Elle avait exécuté les portraits d'André Gide, de Paul Valéry, Jean Cocteau et Colette. Les peintres Alice Halicka, Marie Raymond, Odette Pauvert, Romaine Brook et Marie Laurencin, allaient montrer leurs œuvres avec les sculptrices Chana Orloff et Germaine Richier. Marie Raymond, Odette Pauvert réaliseraient des fresques pour leur pavillon.

Les deux reporters rédigèrent un article qui parut dans la revue La Française :

« Malgré un contexte tendu, marqué par la montée du totalitarisme en Europe, l'exposition internationale des arts et techniques féminines vise à présenter les artistes des divers domaines de création. On peut voir de nombreuses femmes peintres, designers, concepteurs, arts de la mode et visuels. La galerie reflète les tendances artistiques et architecturales de notre époque, notamment l'art déco et le modernisme. Il faut profiter de cette belle parenthèse encourageante pour les artistes femmes, aller visiter les pavillons nationaux égrainés dans tout Paris pour que chaque pays participant puisse y promouvoir ses innovations techniques et culturelles. »

Émilie poursuivit son travail à La Française malgré sa grossesse. Cécile et Bernadette lui avaient conseillé de se reposer chez elle, mais elle préférait venir chaque matin après avoir déposé Pierre à l'école. Le mois de mars fut perturbé par des attentats et des fusillades qui créaient un climat d'insécurité. Celui de Clichy, le 16, fit cinq morts et deux cents blessés. Il s'agissait d'une réunion du parti social français de la droite conservatrice, perturbée par des militants CGT et communistes.
Au sein des associations féministes et suffragistes, le débat était relancé entre les sympathisantes modérées, qui cherchaient l'appui des partis politiques et d'autres comme Marthe Bray et Louise Weiss qui dénonçaient la passivité des premières. Elles poursuivirent les actions destinées à attirer l'attention de la presse pour marquer l'opinion. Émilie trouvait dommage ces discordes entre des personnes qui contestaient les mêmes sujets.
Émilie décida de participer à une grande manifestation avec « La femme nouvelle » dans les jardins du Trocadéro. Louise Weiss, derrière un micro était entourée de ses amies militantes qui portaient comme toujours des pancartes où l'on pouvait lire : « La femme française doit voter »
Cécile Brunschvicg était présente, elle prit aussi le micro pour révéler le peu d'écoute accordée aux trois femmes sous-secrétaires d'État. Louise fit un discours dans lequel elle annonça qu'« *Il était nécessaire de jeter le féminisme dans l'arène de l'actualité !* » Elle ajouta qu'elle n'hésiterait pas à troubler l'ordre public ni à déranger les hommes dans leurs habitudes, avec ses consœurs, elles allaient « *bousculer l'inertie.* »

Le 17 avril, Émilie mit au monde une petite fille toute rose et brune appelée Colette. Honoré, Joséphine et Carmen furent de retour pour fêter l'évènement. Comme au mois de mars Émilie avait eu son permis de conduire, son père lui chuchota qu'un joli cadeau l'attendait au Manoir. Il lui tendit une clé avec un papier sur lequel était inscrit : serrure des portières de la Rosalie Citroën.
— Oh, papa, c'est trop, une voiture !
— C'était la voiture d'une voisine, elle a souhaité en changer, mais celle-ci va parfaitement bien !
— Merci, oh, merci papa !
La jeune mère resta un mois avec ses deux enfants, elle profita aussi de Pierre qui voulait apprendre à lire pour devenir journaliste comme sa maman.

Elle reprit le travail début juin et aussitôt rejoignit Louise Weiss et Marthe Bray pour des manifestations. Madeleine, trop malade, ne sortait plus, de plus, elle avait des ennuis avec la loi. Émilie n'en savait pas plus. En octobre étaient prévues les élections cantonales. Louise et Émilie fabriquèrent des bulletins au nom de Louise Weiss avec la formule : « La Française désire administrer les intérêts de tous comme elle administre les intérêts de son foyer ! » De la même manière qu'en 1935, elle déposa des cartons à chapeaux dans les cafés, sous certaines portes cochères. Les féministes vinrent voter en masse. Les forces de l'ordre les bousculèrent et les femmes, pour contrer la police, soufflèrent de la poudre de riz aux visages des agents qui reculèrent en toussant et en crachant, à la grande joie de la foule attroupée. De nouveau arrêtées, elles furent relâchées peu de temps après.
Louise, lors d'une réunion avec ses amies, leur annonça qu'elle mettait un terme à ses opérations pour se consacrer, face à la montée des périls, à un volontariat militaire féminin.

1938

La famille Gomez rentra à Besançon pour les fêtes. Émilie avait grand besoin de rester en famille pour ces jours-là. La neige qui tombait abondamment ravit Pierre qui se roula dedans et construisit un gigantesque bonhomme de neige avec son père. Joséphine avait beaucoup maigri, ce qui inquiéta sa fille, elle la rassura en lui disant que le médecin n'était pas soucieux, pour lui il s'agissait d'un problème passager.
De retour au journal, Émilie retrouva Bernadette, ensemble elles écrivirent un article sur la loi qui venait d'être promulguée, ce 18 février. Elle concernait l'émancipation juridique de la femme mariée. La loi autorisait dorénavant, aux femmes mariées de posséder une carte d'identité ou un passeport, de passer un contrat quelconque, d'ouvrir un compte bancaire et de s'inscrire à l'université sans l'autorisation de leur mari. Elles seraient libres d'exercer la profession de leur choix.
Le lendemain, des centaines d'épouses étaient en files devant les agences bancaires pour ouvrir leur propre compte, certaines tenaient en main quelques billets écartés de l'argent du ménage.
La semaine suivante, une femme vint frapper à la porte des journalistes. Elle tremblait et semblait bouleversée. Elle ne savait pas à qui s'adresser, elle était persuadée que son conjoint couchait avec leur petit garçon de sept ans. Elle travaillait dans une boulangerie du quartier, et quand elle revenait le jeudi soir, son fils était toujours prostré sur le lit, les dents serrées. Elle ne parvenait pas à le faire parler. Elle questionnait son mari qui grommelait :
— Ce sont des simagrées, il n'a rien !
Elle précisa que le jeudi, l'homme rentrait plus tôt de l'atelier de serrurerie. Les autres jours, Charles, le gamin, la retrouvait au magasin en sortant de l'école.

— Le jeudi, je n'ai personne pour le garder, alors, il fait ses devoirs et il joue...
— Comment sont venus ces soupçons ?
— Je ne sais pas comment vous dire, je, je trouve mon mari... malsain. D'abord, il ne me touche plus. Bon, ça m'arrange. Mais c'est le regard bizarre qu'il a sur les garçonnets... Mes neveux et les petits voisins...
Elle pleura.
— Il faut aller à la police, madame. Nous ne pouvons rien faire, dit Bernadette.
— Ma collègue a raison, d'abord, la gendarmerie. Il y a une loi de 1832 qui punit les hommes coupables de crime de pédophilie. Mais on peut vous mettre à l'abri, votre fils et vous, si vous êtes d'accord. Quel est votre prénom ?
— Je m'appelle Yolande. Oh oui, je ne veux plus que ce monstre touche à Charles ni aux autres. Les pauvres petits !
Émilie téléphona à son amie Mauricette. Céleste répondit, car l'aubergiste était occupée en cuisine. Oui, il y avait deux places qui s'étaient libérées. Blanche était rentrée dans sa région, et une serveuse était partie. Elles se mirent d'accord pour que Yolande y soit protégée avec son fils.
— Vous allez chez vous, vous préparez des affaires pendant que votre mari est au travail, on vous attend ici dans l'après-midi. Vous venez avec Charles. Il devra changer d'école, on vous y aidera. Et demain, nous vous emmenons à la gendarmerie, ça vous convient ?
— Oui, c'est exactement ce que j'espérais ! Merci infiniment.
À dix-neuf heures, Émilie pénétrait dans l'auberge de Mauricette en compagnie de Yolande et de Charles. Ils furent accueillis chaleureusement, Paulette appela son Joseph pour qu'il s'occupe de son jeune camarade, Céleste remplit les formulaires avec la nouvelle pensionnaire. Elle la rassura et lui dit qu'elle irait parler à la maîtresse de l'école voisine. Émilie donna rendez-vous à Yolande pour

le lendemain vers le commissariat. Toutes les femmes présentes lui conseillèrent aussi d'emmener Charles vers un bon médecin. Émilie rejoignit Pablo et ils allèrent traîner du côté de l'atelier de serrurerie. Ils virent le type sortir, il ne prit pas la rue de son logis. Le couple décida de le suivre. Il marcha vers un quartier saumâtre et triste, il s'arrêta devant une porte et toqua. Un homme ouvrit et poussa un gamin en direction du mari, celui-ci empoigna le petit et pénétra dans la maison.
Émilie et Pablo se regardèrent douloureusement. À l'appartement la jeune femme téléphona à Suzanne Grinberg. Elle savait que l'avocate avait travaillé avec Maria Vérone sur la prostitution des enfants. Elle expliqua ce qu'ils avaient vu et relata l'aventure de Yolande. Madame Grinberg lui dit qu'elle allait s'occuper de cette affaire et se concerter avec une consœur spécialisée dans la prostitution des mineurs. Rassurée, Émilie raccrocha et soupira. Cette histoire glauque l'avait beaucoup perturbée. Le lendemain, elle retrouva Yolande et entra avec elle au commissariat. On les envoya de bureau en bureau, puis enfin, un policier s'intéressa à elles. Émilie ajouta son témoignage et une heure après, elles sortirent. Yolande embrassa la journaliste, les larmes aux yeux, elle la quitta pour prendre son travail à la boulangerie.

Au mois de mai, le couple Gomez laissa les enfants à la jeune voisine étudiante. Ils allèrent au cinéma voir « Quai des brumes ». Ils apprécièrent tous les deux ce film, Émilie était admirative de la belle comédienne, Michèle Morgan.
Fin octobre, la rédaction du journal fut envoyée à Marseille pour couvrir l'incendie des Nouvelles Galeries. On dénombrait au moins soixante-treize victimes. Bernadette se proposa, elle recommanda à Émilie de rester avec ses enfants.

À l'issue de la conférence de Munich, des traités furent signés entre l'Allemagne, la France, le Royaume-Uni et l'Italie, ces pays étaient représentés par Adolph Hitler, Édouard Daladier, Neville Chamberlain et Benito Mussolini. Le mois suivant, le Parlement ratifia les accords. Mais en novembre le troisième conseiller de l'ambassade d'Allemagne fut abattu par un Juif nommé Herschel Grynszpan. Goebbels profita de ce meurtre pour déclencher une offensive qui s'appela « La nuit de Cristal ».

Sur son article, le cœur serré, Émilie expliqua cette nuit sanglante, un pogrom ignoble contre les Juifs par les nazis. 267 synagogues et plus de 7500 commerces détruits, une centaine de Juifs assassinés, d'autres touchés gravement, qui moururent des suites des blessures et plus de 70 000 furent déportés en camp de concentration. C'était le plus meurtrier évènement antisémite depuis l'arrivée au pouvoir des nazis. Betty téléphona à son amie. Elle était en larmes, une partie de la famille de son compagnon avait péri cette nuit-là. Elle avoua sa peur de l'avenir.

## Chapitre 18

1939

Émilie prit le train en urgence le 19 décembre 1938, sa tante Caroline était décédée brusquement. C'est Honoré qui lui avait téléphoné. Marie-Louise l'attendait sur le quai de la gare, elle était anéantie, sa mère n'avait pas encore cinquante-trois ans. Émilie consola sa cousine le long du trajet.
— Je n'ai pas été une bonne fille, je n'en ai toujours fait qu'à ma tête !
Elle sanglotait sans se préoccuper des autres voyageurs qui la regardaient avec curiosité.
— Nous devions aller passer les fêtes auprès d'elle, elle m'avait dit qu'elle était fatiguée. Je ne me suis occupée que de moi et de ma famille. Maman était si tolérante avec moi !
— Tu es sa fille adorée, c'est normal !
— Mais elle est morte toute seule, sans moi à ses côtés, je me reproche tant de choses.
— Cesse donc, tu n'y es pour rien. Courage ma chérie !
Émilie garda sa cousine contre elle. Honoré les attendait sur le quai, il était pâle, lui non plus ne comprenait pas pourquoi on lui avait enlevé cette petite sœur, drôle et aimante. Ensemble ils organisèrent les obsèques, Émilie conduisit Malou à travers la ville. Elle pilotait sa Rosalie avec prudence et appréciait doublement le véhicule. Deux jours après elle fit des aller-retour à la gare, le premier voyage

pour Nestor et Lucie-Arlette. La fillette avait beaucoup de chagrin, elle adorait sa grand-mère, le second pour chercher Pablo. Leurs deux enfants avaient été confiés à Betty. Les obsèques eurent lieu à l'église de la Madeleine à Besançon. Émilie et Pablo reprirent le train le lendemain, la jeune femme tenait à retrouver ses petits rapidement. Joséphine et Honoré promirent de les rejoindre à la capitale d'ici quelques jours.

Pablo écoutait la radio et commentait les informations qui provenaient de la guerre d'Espagne. Des tas de réfugiés étaient déjà en route, il se disait que peut-être parmi eux se trouvaient des cousins très éloignés. Cela le perturbait, il n'appréciait pas que ce Pétain devienne ambassadeur d'Espagne.

Les nouvelles n'étaient pas joyeuses et l'exécution de l'assassin Eugène Weidman en place publique souleva les foules et le président du Conseil, monsieur Daladier promulgua un décret abolissant ce type d'exécutions publiques.

En juillet, les tensions entre les divers pays s'aggravent. Au mois d'août, une mobilisation partielle est déclarée.

Au bureau de La Française, Émilie ne rédigeait plus que des articles sur les probabilités de guerre, sur les discussions politiques. Les féministes étaient silencieuses, les soucis étaient ailleurs. Betty passait de plus en plus souvent, elle venait d'épouser Adrien. Émilie et Pablo furent les témoins, ils apprirent devant le maire qu'Adrien se prénommait en fait Aaron et que son patronyme était Ferencz. Le nouveau couple avait décidé de quitter Paris, ils voulaient aller se réfugier du côté du Massif central.

— On y sera mieux et plus à l'abri. Des amis nous attendent, ils possèdent une ferme, nous travaillerons avec eux, et promis, on reviendra quand tout cela sera calmé, dit Betty.

Elle ajouta :
— Parce que ça s'apaisera, non ? Cette haine des juifs, ça ne va pas durer ?
Pablo répondait qu'il n'en savait rien, que le monde devenait fou et qu'il ne comprenait plus grand-chose à tout cela.

L'été fut joyeux malgré tout, le 14 juillet, on dansa sur les places, on s'amusa et les commémorations de la prise de la Bastille attirèrent le peuple au centre de la Capitale. Pablo s'était renseigné auprès d'une relation de travail qui avait un frère militaire. Il voulait savoir s'il serait mobilisé en cas de conflit. Après tout, il avait des enfants et était jeune. L'officier avait répondu que toutes les forces vives seraient sollicitées. Il avait fait son service et serait forcément enrôlé. Émilie avait pleuré ce soir-là, elle avait espéré que ça n'arriverait pas. Rassurée pour son père qui, trop âgé et gravement blessé pendant la Première Guerre, resterait à Besançon.

Le 1er septembre, l'ordre de mobilisation générale était placardé dans tout Paris. Pablo reçut au courrier une lettre lui notifiant son incorporation à Belfort. Il irait ensuite dans les chasseurs alpins, là où il avait fait son service. Il partit le 14 septembre, laissant Émilie perdue et en larmes. Il embrassa longuement ses deux enfants, et le cœur lourd, retrouva les autres militaires sur le quai de la gare.
Émilie se rendit à La Française jusqu'au quinze novembre. Cécile Brunschvicg l'entretint ce dernier jour et lui conseilla de rentrer à Besançon avec ses gamins. Si elle voulait, elle pourrait envoyer des articles depuis là-bas. Mais la féministe lui confia que le journal ne survivrait pas à une guerre.

Émilie prépara les bagages, Honoré arriva en voiture depuis la Franche-Comté. Il venait chercher sa fille et ses petits-enfants. Avant de quitter Paris, Émilie alla visiter ses amies de l'auberge de Mauricette. Elles avaient décidé de faire front, de tenir le coup quoiqu'il se passe.
— Après tout, guerre ou pas guerre, il faut manger. Espérons qu'il y aura toujours des provisions ! En tout cas, je garde mes jeunes femmes et mes petits, je les protégerai !
Elles s'embrassèrent et se séparèrent le cœur gros. Elle alla ensuite à la pension Caspari. Marthe tint à peu près le même discours que Mauricette. Jean avait quitté les lieux, lui aussi avait revêtu l'habit militaire. Elle appela sa cousine qui lui assura qu'elle ne bougerait pas de Paris :
— Qui veux-tu que je retrouve à Besançon ? Maman n'est plus là… Ici, j'attendrai Nestor, j'ai ma petite fille et de nombreux amis. Je t'embrasse Mimi !
Au Manoir, Émilie travaillait en lien avec Cécile et Bernadette. Elle envoyait des lettres dans lesquelles elle racontait ce qui se passait en province. Elle recevait des courriers de Pablo qu'elle lisait à haute voix devant ses parents, Carmen et les deux petits. Il disait que les militaires se préparaient, cela ressemblait à des classes, ils s'entraînaient au maniement des armes, à se protéger des attaques, faisaient des manœuvres grandeur nature, etc. Pierre réclamait son père, il fallut lui expliquer de nombreuses fois pourquoi il était absent. C'est en travaillant sur un article qu'Émilie eut un appel de Marthe Bray. Elle lui annonça le décès de Madeleine Pelletier. La jeune femme s'écroula en larmes, ses parents se précipitèrent. Elle sanglotait :
— Mon monde est en train de disparaître, mes sœurs d'arme s'en vont les unes après les autres ! Madeleine, l'incroyable Madeleine est morte. J'ai une angoisse qui monte en même temps qu'une haine pour ce qui se passe. Je vais être dure, mais on dirait que les hommes ont trouvé

en la guerre le moyen de faire taire les femmes ! Je ne peux retourner à Paris pour les obsèques de mon amie. C'est cette tragédie qui l'a achevée, la police et les médecins ont tout fait pour lui nuire.
— De quoi parles-tu ? demanda Honoré.
— Elle avait été dénoncée et accusée de pratiquer des avortements. Je l'ai appris à la fin de l'an passé. Avec son hémiplégie, les juges ne voulurent pas l'emprisonner, mais elle était enfermée à l'asile d'Épinay-sur-Orge.
— Comment est-ce encore possible à notre époque ?
— Oui, elle en a réalisé, bien sûr des avortements, elle était médecin. Il valait mieux que ce fut elle plutôt qu'une faiseuse d'ange comme celle que j'avais rencontrée ! Cette fichue loi de 1920 ! Accuser notre chère Madeleine !
Ils passèrent des fêtes tristes sans Pablo. Il n'eut aucune permission pendant cette période. Émilie écrivait toujours, acharnée et motivée. Cécile Brunschvicg lui téléphonait des nouvelles de Paris, elle recevait aussi des lettres de ses amies, Marthe Bray et Louise Weiss ne l'oubliaient pas. Parfois un courrier du Massif central apportait le sourire, Betty racontait leur vie à la campagne et narrait d'amusantes anecdotes paysannes.

## 1940

Une restriction des denrées alimentaires fut annoncée dès le 15 janvier. Le problème ne se posait pas trop à Besançon, mais lorsqu'Émilie téléphona à Mauricette de l'auberge, elle entendit celle-ci se plaindre. À la capitale on parlait déjà de tickets de rationnement !
— Je ne sais pas si je vais pouvoir continuer de cuisiner pour les clients, je vais sans doute fermer le restaurant et tout faire pour nourrir mes filles et les petits... il paraît que nous n'aurons que deux cent soixante-quinze grammes de pain par jour par personne, soixante grammes de fromage par semaine, deux cent cinquante grammes de pâtes par mois ! Et le sucre, cinq cents grammes par mois aussi, la viande va manquer, c'est sûr !
— Je te promets de t'aider, je ne vois pas comment, mais je connais du monde à Paris.
— Céleste me dit de ne pas m'inquiéter qu'il y aura probablement un marché noir. Mais avec ces boches partout, il va falloir être prudentes !

Au mois de juin, les féministes avaient dissous toutes leurs associations. Cécile Brunschvicg arrêta les publications de La Française et clôtura les locaux de la rédaction. Sur la dernière parution, on put lire un article sur le recrutement et statut des auxiliaires féminins des formations militaires : *« Les Françaises âgées de vingt-et-un à cinquante-cinq ans peuvent contracter des engagements en vue d'aider en qualité d'auxiliaires dans certaines formations militaires du territoire ou éventuellement des armées au titre des états-majors de corps et de troupe ; des services de l'artillerie ; des services du génie ; du train ; du service de l'intendance ; du service de santé... »* Il évoquait aussi les femmes et la guerre, leur mobilisation volontaire, l'appel de madame Roosevelt... L'éditorial de Cécile Brunschvicg en haut de la page se voulait rassurant, il terminait avec ces mots : « *Nous savons que la France a besoin de nos énergies, et qu'à l'arrière comme à l'avant nous devons la servir. La servir en maintenant nos foyers, en sauvegardant la vie de nos enfants, la servir en soignant les blessés, en secourant la détresse des réfugiés, la servir encore en travaillant pour la défense nationale ou pour l'économie du pays ! Le devoir n'est pas le même pour toutes. Chaque Française choisira sa voie, guidée par sa conscience et par son cœur, certaine que toutes les routes du bien convergeront vers un même but : Le Salut du Pays.* »

En juin, les Allemands envahirent Besançon. Des motocyclistes précédant les chenillettes, les tanks et les autos blindées arrivèrent depuis le quai Veil Picard, la gare Viotte, la rue de Belfort. Les ponts de Velotte et Battant furent détruits. Depuis le Manoir, Émilie et sa famille perçurent les explosions. Certaines colonnes allemandes franchirent le pont d'Avanne resté intact et se dirigèrent vers Quingey, Beure, Fontaine, et d'autres sur Besançon même. Ils apprirent le lendemain que lors de ces premiers affrontements, on dénombra une trentaine de morts.

Après l'appel du général de Gaulle le 18 juin, Honoré fut contacté par des camarades résistants du groupe Guy Mocquet. Des jeunes gens avaient ramassé et caché des armes abandonnées par l'armée française en déroute. Ils s'entraînaient au maniement au fort de Pugey. Honoré les rejoignit et leur servit d'instructeur.

Ce soir-là, Émilie coucha les enfants, embrassa sa mère et Carmen, elle attrapa son étole de cachemire, s'en enveloppa les épaules, et, à bicyclette, roula dans le noir jusqu'au camp des francs-tireurs. Sa décision était prise, elle entrait dans la résistance. En pédalant, elle murmura :

« Le combat n'est pas terminé ! »

*FIN*

## Remerciements

Lorsque j'ai commencé de parler de mon projet de livre sur les féministes, j'ai entendu de nombreux encouragements. Je remercie donc déjà les personnes qui m'ont fait confiance dans ce travail.

Merci à mes conseillères, correctrices assidues et infatigables,
Merci pour les mots soulignés, pour les concordances de temps, pour les répétitions pour les graffitis sur mon manuscrit !!
Merci à elles pour leur sérieux et leurs encouragements :

Brigitte, Colette, Nathalie, Patricia

Merci à Nathalie pour la mise en page, l'organisation avant l'édition
Merci à Stéphanie pour la couverture et ses dessins originaux !

Et merci à Jo, mon premier lecteur qui a subi pendant plus de neuf mois mes remarques féministes !

# Documentation

Wikipédia

Le Maitron encyclopédie biographique

La Galaxie Sénat : Des arguments Sénat.fr

Open Edition Book (L'effondrement de la république 1932)

Book Open Édition : justice pénale et violences conjugales

Cairn Info : Sciences humaines et sociales

L'Humanité, archives.

L'affaire Stavisky. Les dossiers du Figaro.fr

Rétro News. Site de la presse de la BFN

BFN Gallica-Fraternité

Revue Histoire- Le Monopoly

Aware archives - L'exposition Internationale du Jeu de Paume

HPI Nouvel Éclairage pour l'Histoire-Les actions féministes

Historia

Besançon-culture humaniste.

## Personnages célèbres cités dans le livre

### Les féministes

Claire Démar 1799-1833
Féministe, journaliste et écrivaine, membre du mouvement saint-simonien.

Marie Curie (Sklodowska) 1867-1934
Physicienne, chimiste. Première femme a avoir reçu deux prix Nobel.

Alexandra David Néel 1868-1969
Orientaliste, tibétologue, chanteuse, journaliste, écrivaine, féministe et anarchiste.

Annie Besant 1847-1933
Conférencière féministe, libre-penseuse, socialiste et théosophe britannique.

Marguerite Durand 1864-1936
Journaliste, actrice, femme politique et féministe, fondatrice du journal La Fronde.

Louise Michel 1830-1905
Institutrice, écrivaine, militante anarchiste, féministe.

Séverine (Caroline Rémy) 1855-1929
Écrivaine, journaliste, libertaire et féministe. Première femme à diriger un grand quotidien : Le Cri du peuple. Faisait partie de la SFIO (Section Française de l'internationale ouvrière)

Madeleine Pelletier 1874-1939
Première femme diplômée en psychiatrie. Essayiste, journaliste, féministe, libertaire.

Hubertine Auclert 1848-1914
Journaliste, militante féministe, qui s'est battue en faveur de l'éligibilité des femmes et de leur droit de vote.

Marthe Bray 1884-1949
Militante féministe. À l'origine de la ligue d'action féminine pour le suffrage des femmes (1926)

Octavie, Adèle Évrard dite Jeanne Valbot 1884-1961
Militante féministe et pacifiste

Simone de Beauvoir 1908-1986
Philosophe, critique littéraire, écrivaine, féministe, journaliste. Elle a partagé sa vie avec Jean-Paul Sartre.

Clotilde Dissard 1873-1918
Journaliste et féministe. Éditrice. A collaboré à la Fronde

Jeanne Loiseau 1854-1921
Poétesse, romancière, journaliste à la Fronde (à ses débuts)

Isabelle Eberhardt 1877-1904
exploratrice, journaliste, écrivaine suisse de parents originaires de Russie, devenue française par son mariage.

Odette Laguerre 1860-1956
Belle-sœur de Marguerite Durand
Militante pour le droit de vote des femmes, professeure de l'enseignement secondaire des jeunes filles. Journaliste à la Fronde jusqu'en 1908.

Cécile Brunschvicg 1877-1946
Féministe et femme politique. Elle fut sous-secrétaire d'état à l'éducation nationale du 4 juin 1936 au 21 juin 1937.

Maria Vérone 1874-1938
Libre-penseuse et féministe. Elle fut avocate et écrivit pour La Fronde et la Bataille syndicaliste.

Louise Weiss 1893-1983
Journaliste et femme de lettres féministe et femme politique française.

Maria Deraismes 1828-1894
Journaliste, suffragette, écrivaine et conférencière

Gabrielle Duchêne 1870-1954
Militante féministe et pacifiste française.

Germaine Chaplain-Hénaff 1912-2011
Féministe, femme politique.

Annie Cohen Kopchovsky dites Londonderry 1870-1947
Journaliste, aventurière, cycliste.

Ciciely Isabel Fairfield dites Rebecca West 1892-1983
Journaliste, suffragette, essayiste, écrivaine anglaise

Octavie Évrard dites Jane Valbot 1884-1961
Militante féministe et pacifiste

## Artistes Peintres

Suzanne Valadon 1865-1938
Artiste peintre et graveuse française. D'abord modèle pour de nombreux artistes (Auguste Renoir ; H de Toulouse-Lautrec), elle se met à peindre. Elle est la mère de Maurice Utrillo.

Maurice Utrillo 1883-1955
Peintre représentatif de l'école de Paris. Il sombre dans l'alcool et fait de nombreuses crises de démence.

Charles-Édouard Jeanneret-Gris dit Le Corbusier 1887-1965
Architecte, urbaniste, décorateur, peintre et sculpteur d'origine suisse.

Jean Cocteau 1889-1963
Poète, peintre, dessinateur, dramaturge et cinéaste français.

Maria Ivanovna Vassilieva dite Marie Vassilieff 1884-1957
Artiste peintre et sculptrice russe et française.

Joseph-Aimé Peladan 1858-1919
Écrivain, critique d'art, dramaturge et peintre.

Tsugouharu Foujita 1886-1968
Peintre, illustrateur, graveur.

Shaïm Soutine 1893-1943
Peintre biélorusse, émigré en France.

Man Ray 1890-1976
Peintre, photographe d'origine américaine

Écrivains

Sidonie-Gabrielle Colette dite Colette 1873-1954
Femme de lettres, actrice et journaliste française. Fit partie de l'académie Goncourt

Paul Bernard dit Tristan Bernard 1866-1947
Romancier et auteur dramatique français. Très célèbre pour ses jeux de mots.

Pierre Dumarchey dit Pierre Mac Orlan 1882-1970
Écrivain, essayiste, poète.

Roland Dorgelès 1885-1973
Journaliste, romancier, écrivain, scénariste. Fut président de l'académie Goncourt.

Frédéric Louis Sauser dit Blaise Cendras 1887-1961 Auteur d'origine Suisse.
Poète, romancier, journaliste. Grand prix littéraire de la ville de Paris.

Chanteuses, danseurs (ses)

Lucienne Boyer 1901-1983
Mannequin, chanteuse. Connue en France et aux États-Unis.

Louise Marie Damien dite Damia 1889-1978
Danseuse, chanteuse et actrice française.

Louise Weber dite La Goulue 1866-1929
Danseuse en cabarets

Josephine Baker 1906-1975
Chanteuse, danseuse, actrice, meneuse de revue d'origine américaine, militante des droits civiques.

Jeanne Florentine Bourgeois dite Mistinguett 1875-1956
Chanteuse, actrice, danseuse, elle fait des tournées sud-américaines.

Alice Prin dite Kiki de Montparnasse 1901-1953
Mannequin, modèle, chanteuse, actrice.

Jules Étienne Edme Renaudin, dit Valentin le désossé 1843-1907
Danseur, célèbre partenaire de La Goulue

Femmes inventrices et pourtant pas si célèbres !

Williamina Paton Stevens Flemming 1857-1911
Astronome britannique
Première femme chargée d'analyser les plaques graphiques du ciel. Elle classifia des milliers d'étoiles (Système de classification de Harvard) Membre honoraire de la Royal Astronomica Society.

Tabitha Babbit 1779-1853
Inventrice américaine
Inventrice de la scie circulaire ; de la tête de rouet et de la prothèse dentaire.

Jocelyn Belle Burnett 1943 — ..
Astrophysicienne britannique
Découvre en 1967 le premier Pulsa, un objet astronomique émettant un fort rayonnement électromagnétique, c'est-à-

dire l'explosion d'une étoile en fin de vie. Mais c'est son directeur de thèse qui reçoit les prix.

Josephine Cochrane 1839-1913
Inventrice américaine
Inventrice du premier lave-vaisselle en 1886

Mary Anderson 1866-1953
Inventrice américaine
Inventrice de l'essuie-glace

Rosalind Franklin 1920-1958
Biologiste moléculaire britannique
Elle aurait dû recevoir 2 prix Nobel, mais elle a été spoliée par ses confrères.

Marie Phelps Jacob 1892-1970
Éditrice, journaliste, inventrice et poétesse américaine.
Elle libère les femmes du corset étouffant en inventant le soutien-gorge.

Hedy Lamarr 1914-2000
Comédienne, productrice et inventrice américaine.
Inventrice de la technologie sans fil : WIFI

Esther Lederberg 1922-2010
Microbiologiste américaine
Son mari fut nobélisé pour leurs travaux communs sur la génétique des bactéries.

Nettie Stevens 1861-1912
Généticienne américaine
Découverte des chromosomes X et Y, son directeur de thèse obtient le prix Nobel.

Maria Telkes 1900-1995
Inventrice hongroise
Inventrice du premier distillateur solaire et du premier système de chauffage à énergie solaire.

Grace Hopper 1906-1992
Informaticienne américaine
inventrice de la programmation informatique.

Lise Meitner 1878-1968
Physicienne autrichienne
Découvre la fission nucléaire en 1878, mais c'est son associé s'en attribue le mérite !

Bette Nesmith Graham 1924-1980
Inventrice américaine
Inventrice du correcteur liquide (Liquid paper)

Stéphanie Kwolek 1923-2014
Chimiste américaine
Inventrice du Kevlar.

## Table des matières

Présentation du roman ................................................... 5
Préfaces ........................................................................ 7
Présentation des personnages ..................................... 15

Chapitre 1 .................................................................. 17
Chapitre 2 .................................................................. 29
Chapitre 3 .................................................................. 49
Chapitre 4 .................................................................. 65
Chapitre 5 .................................................................. 81
Chapitre 6 .................................................................. 93
Chapitre 7 ................................................................ 109
Chapitre 8 ................................................................ 125
Chapitre 9 ................................................................ 139
Chapitre 10 .............................................................. 159
Chapitre 11 .............................................................. 173
Chapitre 12 .............................................................. 187
Chapitre 13 .............................................................. 205
Chapitre 14 .............................................................. 217
Chapitre 15 .............................................................. 231
Chapitre 16 .............................................................. 247
Chapitre 17 .............................................................. 257
Chapitre 18 .............................................................. 273

Remerciements ........................................................ 281
Documentation ........................................................ 282
Personnages célèbres cités dans le livre ................... 283

Les ouvrages de Marie Antonini, par ordre de parution :

|  |  | Éditions |
|---|---|---|
| Enfances | Nouvelles | AÉ |
| Dessiner des nuages | Roman | BoD |
| Singularités | Nouvelles | AÉ |
| Singularités, Encore | Nouvelles | BoD |
| Une valse à trois temps | Roman | BoD |
| Singularités gourmandes | Nouvelles | BoD |
| Il voulait des ailes | Roman | BoD |
| L'étole de cachemire ou le combat des femmes | Roman | BoD |
| L'invisible | Essai | BoD |

Ouvrages enfants

| Séraphin le lutin | Album de Noël | KDP |
|---|---|---|
| Le petit sapin | Album de Noël | KDP |
| Léontine a peur de l'orage | Conte | KDP |
| Léontine et la petite varicelle | Conte | KDP |

Site Marie Antonini :
https://sites.google.com/view/marie-antonini-auteure/accueil
ou Qr code :